名师大讲堂

叙述学讲义

赵毅衡 著

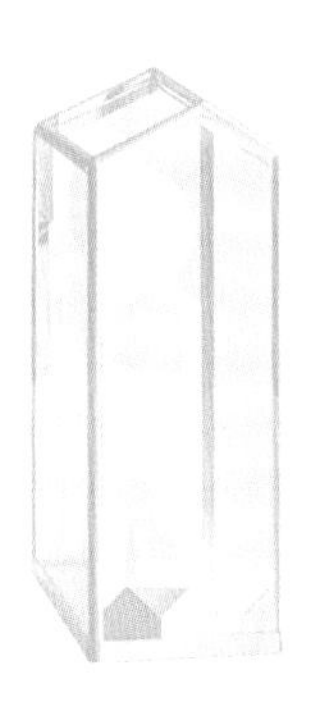

北京大学出版社
PEKING UNIVERSITY PRESS

图书在版编目(CIP)数据

叙述学讲义 / 赵毅衡著. -- 北京 : 北京大学出版社, 2025. 5. -- ISBN 978-7-301-36061-3

Ⅰ. I045

中国国家版本馆 CIP 数据核字第 2025MF8014 号

书　　名 叙述学讲义
XUSHUXUE JIANGYI

著作责任者 赵毅衡　著

责 任 编 辑 张雅秋

标 准 书 号 ISBN 978-7-301-36061-3

出 版 发 行 北京大学出版社

地　　址 北京市海淀区成府路 205 号　100871

网　　址 http://www.pup.cn　新浪微博: @北京大学出版社

电 子 邮 箱 编辑部 wsz@pup.cn　总编室 zpup@pup.cn

电　　话 邮购部 010-62752015　发行部 010-62750672
编辑部 010-62757065

印 刷 者 涿州市星河印刷有限公司

经 销 者 新华书店

650 毫米×980 毫米　16 开本　17.75 印张　240 千字

2025 年 5 月第 1 版　2025 年 5 月第 1 次印刷

定　　价 76.00 元

目　录

前　言

本书是拙作《符号学讲义》的姐妹篇，互相参照阅读会有助益，但也并非必须都读，因为两本书各自讨论一门独立的学科。

我本人一直从事符号学与叙述学研究，也一直教这两门课程，从国外到国内，从 20 世纪 70 年代末到如今，已经接近半个世纪。符号学与叙述学都是形式理论的分支，两者讨论的问题有所重叠，但叙述学的研究领域宽大，应用面广，学者众多，已经很难算符号学的下线学科。

我个人或许是国内第一批从事叙述学研究的人之一，我说的是"或许"，希望并非因孤陋寡闻而妄自吹嘘。20 世纪 70 年代末，我在做"新批评"的研究时，就细读了布鲁克斯与沃伦合著的《理解小说》这本早期的叙述学教科书。1981 年我到加州大学伯克利分校攻读博士学位，当时查特曼的书《故事与话语：小说与电影叙述结构研究》刚出版不久，查特曼是伯克利修辞学系教授。

叙述学整齐的思维方式，那种虽然复杂但却环环紧扣的逻辑，以及实际应用时的生动说服力，让我选择了将叙述学作为博士主修学科。1980 年代中期，我写成了两本书《苦恼的叙述者》(*Uneasy Narrator*, Oxford University Press, 1994)与《当说者被说的时候：比较叙事学导论》(中国人民大学出版社，1998)。出版社的责任编辑后来对我说："哎呀，我在年终总结大会上被社长批评了，说是取了个看不懂的书名。"

这要怪我，我在可以开玩笑时，总是挡不住诱惑。人生要做的严肃的事太多，幽默一下的机会很宝贵。这个书名实际的意思还是挺学术的：叙述者“我”不可能创造自己，要在被叙述出来了以后，才能叙述。那位社长以为我在玩弄文字，没耐心听我说明，但编辑至少信任我。幸好书已经出版了，并且多次再版。至今在叙述学领域中，此书标题依然特别。不过三四十年后的今天，此标题送到出版社恐怕还会挨批评，所以叙述学任重而道远。

此后整整20年，我的主要精力转向符号学及文化批评，但一直没有放弃叙述学之梦。2010年我开始写《广义叙述学》一书，考查各种媒介的叙述体裁，试图找到总体规律。此书出版于2013年。此后10年，我在叙述学方面写了一系列单篇论文，主要收于《艺术符号学》(2021)与《符号美学》(2023)两书中。在叙述学研究上有所进展，但始终未能统合。直到今天完成的这本《叙述学讲义》才有机会总其成，把四十多年来所有的读书思考，所有的教学与课堂辩论的心得，按问题排列，一一阐明。这本讲义是作为课堂参考所用，理论从简，文字从浅，例子是重点；为了不纠缠理论史，尽量减少了引文；但此书依然是我一生叙述学研究的综合。

令人欣慰的是，我看到已经有一代青年学者，在叙述学研究领域有所收获，在各种问题上有新的开拓。人类要生存下去，就得理解自己为什么要叙述。哪怕AI有一天会代替人类创作各种媒介的叙述文本，这位AI先生也得一条条弄懂本讲义讨论的各种原理和规律——假定AI会有读者诸君一半智慧的话。

顺便说一句，关于学科名，我从1970年代末就称之为“叙述学”，不是标新立异，而是习惯使然。古人也喜欢“述”字，如“父作之，子述之”“述而不作”“故述往事，思来者”等等。况且“述字辈”术语众多：平辈的如讲述、陈述、评述、描述、论述、言述、口述、笔述；低一辈的如述本、倒述、预述、侧述、可述、超叙述、次叙述，以及最重要的如叙述者/受述者等。它们形成了一个“述”字术语系列。

讨论中各位可以发现，与“叙事”一词相比，的确“叙述”二字更为方便。“叙事的事件”“这事未被叙事”等语，总还是有点儿累赘。学界多把“叙述学”也称为“叙事学”，而关键功能依然被称为“叙述者”，为顺畅起见，本书取名为“叙述学讲义”，而非“叙事学讲义”。文中“叙述”“叙事”两词绝对同义，可以换用，只求通顺清晰即可，诸君鉴之。

赵毅衡

2024 年 7 月

第一讲　叙述文本

第一节　什么是叙述

1. 叙述学讨论什么

叙述文本跟一般的符号文本相比有何不同？简单一句话就能说清楚：叙述文本有情节，一般符号文本在情节上可有可无；符号学研究的是所有意义活动的文本，叙述学研究的是其中有情节的文本。因此，叙述学应当是符号学的下线学科。但是叙述学覆盖的范围非常大，因此与语言学、风格学、修辞学等学科类似，成为独立于符号学的学科。虽然如此，有情节的符号文本，也遵从所有符号文本的一般规律。本讲义提到相关内容时，会略加说明，以备参照。

我先前总认为叙述学的课比较好上，因为有情节的文本比较有趣而实际，例子大多是大家耳熟能详的小说电影之类。但叙述学讨论的范围，是广义叙述的总体规律。有情节的文本，在人类文化中种类极多，纪实的叙述，如历史、史诗、传记、新闻、庭辩；影视类，如电影、电视剧、纪录片、短视频；演出类，如戏剧、游戏、电子游戏、魔术、比赛；实用类，如广告、许诺、预测、誓言；心理类，如梦、错觉。细说分类，至少有上百种体裁或“亚体裁”，其文本都有情节展开，也就是说，都应当纳入叙述学讨论。本讲义要总结所有这些叙述的总体规律，就不得不仔细剖解一系列的共同问题，由于此，这门课就要求一定的抽象思考。

不过这本讲义依然从小说与电影讲起。选此课的学生,拿起这本讲义的读者,小说和电影应该都看过不少,不少人还写过几篇影评书评。问题在于,作品太多,大家都读过的有多少?你们有谁没有读过《红楼梦》?没有看过《红楼梦》的同学,手都举高点。无论如何,《三国演义》《水浒传》也应当看过,《红楼梦》必须从头细读到尾,因为我们举例时,应当一提大家就都知道。如果只看过电视剧,不能算数,许多问题的讲解,要落实到文字与各种媒介的对比上。为了说明叙述实践的发展,本讲义还会拿一些现代、后现代的叙述文本举例,甚至会举一些当代的例子,那些都比较简单。本讲义例子虽然多,但还需要各位自己举一反三,从自己的阅读观看经验中找出更好的例子。

叙述学最基础的体裁是小说,但小说有各种方面需要研究,叙述学关注的是它讲故事的方式。不过,既然这是一门研究叙述规律的学问,它必须要抽象成一系列可操作的方法,可用到各种不同的叙述文本中的共同规律。我们要细谈叙述方式中有什么道理是不可忽视的,为什么这样的方式会让读者观众觉得故事精彩,以及这些手法是如何取得意义效果的。

本讲义第二讲到第六讲,比较偏重小说叙述学的一些基础问题,第七讲到第十二讲,扩展到各种叙述共有的品质。粗略说,大致上以小说为基型的讨论占一半,以广谱叙述体裁为目标的讨论占一半。小说叙述结构是最复杂的,把小说叙述搞清楚了以后,其他叙述体裁的讨论,往往用这些模式作为对比,就更容易讲清楚。

2. 叙述与人类文化

叙述是人类组织个人和社会经验的普遍方式。在人类文化中,叙述遍及文化的各个环节。把整个叙述文化整合起来,让叙述学变成一种对人类文化特有的意义活动的研究,是本讲义的任务。

人的头脑,时时都在讲故事。人常在不经意间用叙述组织经验,甚至睡觉时还在梦中讲故事。梦总是有情节的,我本人至今还没有做过一个没有情节的梦。我们用两个办法整理我们得到的经验:第一种是抽象思维,抽象思维的目的是从杂乱中找出规律;有一些“泛叙述”学者,把抽象思维也叫作讲故事,这可能太宽泛了。第二种是从具体的细节当中找出关联,不是细节任意堆砌就能构成情节,而是必然有一个前因后果,因此,叙述就是把事件看出一个名堂,说出一个意义的方式。

这两种思维,是先有抽象后有叙述,还是先有叙述后有抽象?抽象应当是比较困难的,虽然个别的抽象不一定是非常有逻辑的思维,可以是孤立的概念推理,但是有前因后果的事件叙述,让思维组织起来,比较容易理清楚,记得住,说得出,传得下去。至少先民的历史,叙述看来是先出的。

原始人住在山洞里,组群集体生活,最关键的问题是他们必须使用符号进行交流。有意义交流,才能构成社群,才能够把积累的经验传达给下一代,从而形成文明。要把经验传达给下一代有两个办法,一个办法是示例,例如示范如何钻木就会有火;另外一个办法就是说故事,奉祀火神的古代宗教或许会说:十代以上祖神钻出了火,为此祖神不惜把自己烫伤,于是脸上有了一个伤疤,号称疤面火神,以火点亮太阳月亮,从此天下光明……

没有情节是事情,有情节意义的是事件,经验就是被意义串接起来的。事件哪怕大半是杜撰的,也不会比特洛伊木马之类更荒谬。事件有了一个能说服人的情节,就容易被记住。如果编得更好,就会传遍人间,受到崇拜。如果加上重述故事等的渲染,重演故事的仪式,就可能成为宗教。所以,叙述是人把世界看出一个名堂、说出一个意义的最基本的方法。如果我们不能用叙述串接经验的话,就没有维系社群的原始集体信仰,社群就可能会散成碎片。

符号可以用各种方式保留并传播文本(口头、壁画、歌舞、文字等),但符号如果组合不起来,不能合成一个“故事-神话”,就传不开,无法承续。没有叙述,我们的存在是空无的。虽然现代人听某些故事觉得很荒谬,但能凝聚部族社群的故事,就是有效的故事。

人类的一个个文明，是由故事所集合的社群，而不是有了社群才产生故事。我们相信盘古开天辟地，黄帝联合炎帝击败蚩尤，组成了中华民族；相信荷马史诗《伊利亚特》的叙事和其他故事，组成了希腊文明；罗马人也曾续写史诗《埃涅阿斯纪》，以证明罗马文明的承续。

因此，文明史就是故事史，文明就是我们讲故事的方式。人类据说已经存在两百多万年了，进化持续但速度很慢。有效地组织并使用符号后，文明才加速成形。或许到近 4 万年前人类才开始记录故事。讲故事是把意义组织起来的方式。我们看到在岩画中，仅仅画一头牛的并不多，往往有一大群人围着，用矛来攻击野牛，这其实是讲一个围猎的故事。

只有故事才能让人们相信，这个世界是有秩序的，生活也是有秩序的。有了秩序后，才有了所谓的文明，及其各个细分：王权、神权、物权、人权等，这些都是镶嵌在故事中。

常说历史是胜利者写成的，但胜者必须有其胜的原因，这一点极端重要。一旦完成神话叙述，什么是善、什么是恶，就开始成为民族信仰。故事因此也就改变了人们的生活和思维方式，哪怕只是偶然的事情，经过故事的叙述，似乎就会制造出令人信服的因果。因此，智人(Homo Sapien)就成为“叙事人”(Homo Narrans)。

以上的简略总结只是想说，叙述是所有文明的出发点。人类发展到今天，叙述已经成为我们生活中无时无刻不在的元素。萨特说：“人的生活包围在他自己的故事和别人的故事中，他通过故事看待周围发生的一切，他自己过日子也像是在讲故事。”[1]每个人都在不断地把自己的生活讲成故事，比如我今天迟到是因为昨天睡晚了，昨天睡晚了又是因为家人生病了云云。人的生活包围在他自己的故事和别人的故事当中。“我”生活在故事当中，“我”看到的周围发生的一切都是故事。

---

① Jean-Paul Sartre, *Nausea*, New York: New Directions, 1964, p. 39.

3. 叙述:经验与经历

所谓生活经验,多少也是在编故事,甚至是添油加醋地强调某种情节的结果。的确如此,我们的生活中充满了无甚关联的事件,但我们的思维会从大量细节中精心挑选,理出一个有前因后果的脉络。实际的生活本身是碎片化、“非叙述”的,我们对自己经历的讲述却总是自圆其说的。

经历/经验是不同的,不是所有的经历都会沉淀为经验。同一段经历也会形成不同的经验叙述,未曾进入叙述的细节则会失落,如果永远没有进入叙述,就可能永远消失。所以生活所经历的事件只有进入叙述,才会成为经验的一部分。正因为如此,所以精神治疗医生会一再让我们通过回忆或心理探询手段发掘出生活经历中被遗忘的细节,目的就是让我们“重组”经验。

我们每天所经验的世间万事,数量巨大,内容庞杂,只有一部分会留存于头脑中,成为我们关于世界的所知。没有挑选与遗忘,也就不可能对世界万物有所知。用什么标准挑选呢?这是叙述学要解释的一个重大问题。因此,叙述学研究的远远不是随心所欲编故事,而是人类如何将生活叙述化。

哲学家罗蒂把全部的哲学命题分成两种:一种是分析的,一种是叙述的。他的说法,暗合着前面说的两种思考方式,第一种是抽象的通则方式,第二种是讲故事的因果方式。罗蒂去世后,哲学界同仁纪念他的文集就叫《分析哲学与叙述哲学》。① 哲学的任务就是两个,一是分析,一是叙述。

但至今为止,思想界对分析思考不少,对叙述思考却不够多。“叙述哲学”这个词,在哲学词典里至今不存在。本讲义不可能填补如此巨大的空白,只能强调叙述研究的是人类特有的思维方式。在进行细

---

① Tom Sorell and G. A. Rogers (eds), *Analytic Philosophy and Narrative Philosophy*, New York: Oxford University Press, 2005.

节分析时,不要忘记我们讨论的不是零散的形式问题,而是人类最基本的生存方式。

4. 叙述是人类基本思维方式:三种证明

人类最早使用符号表达意义时,是讲故事。这个说法有根据吗?要证明这种溯源的事,实地考察是一条路,但比较困难。如今,从未受外来文明污染的所谓人类原始部落已经很难找了。人类学家靠对民间故事的分析揭示部落仪式的发生史,这已经是一种"历史重述"的结果。

另一种替代性溯源方法,是观察幼儿成长过程中叙述能力的形成。一个孩子成长的方式实际上是重复人类进化的历史。胚胎在子宫里发育的过程是把整个生物史演化一遍;婴儿长大的过程,则是在重复人类文化史。镜像阶段是两岁左右小孩的事情,在这个阶段,儿童完成了自我意识的建立,代表着人类人性的觉醒。那么幼儿几岁开始能把事情说出顺序与理由,即开始讲故事呢?有的儿童心理学家认为在三岁左右,也就是在儿童具有自我意识之后不久,在他们具有充分的语言能力之前,就能用各种符号表达"有虫叮我"之类的叙事。

幼儿有一个很奇怪的长大方式:动物与孩子都有记忆,开始时叫"意义记忆",但后来幼儿能发展出"历事记忆"。高等动物(例如狼)会把没吃完的食物,藏到一个地方,这需要记忆,但这种记忆只是单个事件,动物不会记住是在哪个事件之中得到了这块肉,因为什么而存在于某个地方。它没有这个"历事记忆"。幼儿起初也是如此,若问孩子一个好东西例如玩偶在哪里,他会知道。到了一定年龄后,他就能记得是妈妈让他放在那里的。单个的"意义记忆"很容易丢失,但"历事记忆"因为有因果链,就容易保持。

第三种溯源方式,是检查梦境幻觉和无意识活动。无意识活动就是人的生物进化本性的暴露,未经理性控制,可能就是人类早期思想方式的重演。我们很容易看到,梦是叙述性的,是有前因后果串接的一个故事。关于梦的叙述本讲义第八讲会详谈。

所以从这三个方式(原始部落、幼儿成长、无意识活动)、三个方面来看,叙述的确是人类的根本思想方式。我们都知道卡西尔的话:“我们应当把人定义为符号的动物(animal symbolicum)来取代把人定义为理性的动物。”[①]这一点可以修正为:“人是用符号来讲故事的动物。”巴尔特《叙述结构分析导论》的最后一句说得很隽永:“差不多在相同时间(约三岁左右),幼小的人类立即‘发明’了句子,叙述,俄狄浦斯故事。”[②]人脱离动物界的里程碑,人的本性的起源,是获得讲故事的能力。

哲学家利奥塔在他的著作《后现代状况——关于知识的报告》中说,人类的知识是由两个部分组成,一个部分是科技知识,一个部分是叙述知识。[③] 按利奥塔的说法,整个文科都是在处理叙述。看起来这个口开得太大,实际上很切中要害。好多科技也是叙述,比如医学的作为就是,发现病人因为某种坏习惯导致某种病,此病表现出某种症状,这种症状将会如何发展,最后导致死亡。医生做的,就是对一个前因后果的持续叙述。

叙述是一种人类共相,也就是说,凡是人类就必然有此品质。不管是哪个民族,作为人都必然有的。

5. 叙述研究

对叙述的研究,是从小说研究萌芽的。之前许多民族的叙述活动,主要是史诗吟唱,在中国则主要是历史著述。没有人觉得它们采用了特殊的叙述形式,因为它们都是人类文化的自然活动。

有记录的世俗叙述,自长篇小说繁荣开始,直到中世纪后期(中国的宋元时期,欧美的15世纪)才出现于市民阶层中。从这个时期开始,市民需要一种特殊的文化方式,就是看戏听故事(评书或叙事

---

① 恩斯特·卡西尔:《人论》,甘阳译,上海:上海译文出版社,1985年,第34页。

② 罗兰·巴尔特:《叙述结构分析导论》,见赵毅衡编选:《符号学文学论文集》,天津:百花文艺出版社,2004年,第438页。

③ Jean Francois Lyotard, *The Post-Modem Condition: A Report on Knowledge*, Manchester University Press, 1984, pp. 18-23.

诗)。讲故事开始成为一种重要的文化活动。随之出现的是关于小说戏剧的评论。叙述研究的传统,起始于16世纪欧洲蒙田等人的批评,以及17世纪中国以金圣叹为代表的小说戏剧评点。我们可以看到,这些评点大部分是关于内容情节与人物形象的,只有少部分涉及形式,因此可以说是"前叙述学"。

直到小说形式开始出现更明显的"人工痕迹",也就是人们开始用某种特定的形式讲故事,然后才出现关于叙述形式的研究。在中国,这一现象始于晚清时期小说形式的巨大变化,即第一人称叙述出现;在欧美,是亨利·詹姆斯开始自觉地使用"人物视角",并且在小说序言中说出他的形式实验的自觉目的。这些或许是现代叙述研究的第一轮推动,由此出现了1920年代第一批叙述学专著,比如我们至今尚在引用的E. M. 福斯特的《小说面面观》等。

叙述学的正式诞生,是形式论发展的产物。20世纪五六十年代英美新批评派推出了布鲁克斯与沃伦的《理解小说》,它催生了芝加哥学派布斯的《小说修辞》。而在法国,形成了更自觉的一次运动,催生了一批结构主义叙述研究,其间托多洛夫建议使用"叙述学"这个学科名称。这是叙述学的一次大热潮,形成了后来被称为"经典叙述学"的学术传统。许多叙述学的基本命题,就是此时形成的。有一大批学者,如巴尔特、格雷马斯、布列蒙、热奈特等都为此做出了贡献。叙述学的哲学化也在这个时期开始,利科的三卷本巨著《时间与叙事》,开拓了叙述现象学。

1990年代以来,出现了一个叙述学新潮流,即"后经典叙述学",又称"多种叙述学""社会语境叙述学"或"认知叙述学"。实际上它们是新发展出来的各种叙述学流派,没有统一名称。"后经典叙述学"的特征总的来说就是,从视觉转向政治,从作品转向读者,从单学科转向跨学科,从形式结构转向艺术形态。"后经典叙述学"至今没有一个体系,多方向而无可整合的研究方向。它主要集中于小说研究、数字时代大量的叙述新体裁(例如视频、电视剧、游戏)、新叙述方式(例如穿越剧)研究等。小说叙述学已经被打开,覆盖各种样式的叙述、广义的叙述。

第二节　叙述研究的对象

1. 叙述转向

人类文化中涌现出那么多叙述方式,形成那么多叙述体裁,这是社会生活的客观需要,同时不断发展的时代依然在不断推出新的叙述样式。当今正在发生的文化巨变,迫使人文学科也必须跟着变化。

为什么现在需要面向众多体裁的叙述研究?因为当代文化中出现了叙述转向(narrative turn),各行各业越来越多地采用讲故事的方式来展开意义活动,以前直接说道理的领域现在也在开始讲故事。1960年代早期,新闻学开始“着重叙述”。新闻本来是报道事件,但新的倾向是开始接近小说的风格,从重视报道事实,转向更注重叙述事实的技巧,即如何把事实说得有意思。1966年卡波特的《冷血》,就把对一则新闻的追踪报道,写成了一本有相当篇幅的“类小说”,成为“新新闻主义”的开端。

继其后出现的新历史主义是一个有理论有实践的运动。历史叙述讲事实重考证,不像小说追求的是打动人心,但是海登·怀特在他的《元历史》一书中认为,历史虽然不是虚构,但写历史的方法,实际上是在编写一个自圆其说的故事;所谓历史叙述,就是找出一个有前因后果的事件链。① 新历史主义另一位大师格林布拉特则坚持“文本是有历史性的”“历史是有文本性的”。他的著作《俗世威尔——莎士比亚新传》另辟蹊径,细致描述社会文化如何让莎士比亚的出现成为可能。他于2011年出版的《大转折》(*The Swerve*)则生动地描写了现

---

① Hayden White, *Metahistory: The Historical Imagination in Nineteenth-Century Europe*, Baltimore: Johns Hopkins University Press, 1973.

代世界的形成。

接着，在心理学和教育学领域也出现叙述转向，而且影响很大。心理学作为一种精神治疗的知识工具，重要的方法之一是请治疗对象把自己的经验讲出来。这种心理治疗方式很有用，治疗对象一旦把他散乱的经验讲成故事，影响其心理的境遇也就被理清楚了。从这个角度来看，心理治疗并不是那么抽象的医学，可以说是一种通过将某个个体的经验经由叙述组织起来，从而起到调整认知的作用。

社会学本来是对人的总体社会状况进行分析的，但现代社会心理学家主张一种"叙述救助法"，即在做社会救助时，他们相当重要的一部分工作是引导受助者把他的经历讲述出来。叙述是一种权利，让被迫沉默者能发出声音，他就会明白自己在社会上的角色，是如何被形成的。

法学领域的叙述转向，听起来很奇怪。应当说法学最需要尊重证据，但也应看到法学其实相当重视叙述形式。比如在法庭上，控方与被告方都需要讲出前因后果，法官的工作则是据双方的讲述来判断，他们所描述的事实在哪几点上更立得住脚，从而做出判决。

人工智能最迷人可能也是最难攻克的一关，是叙述智能(narrative intelligence)。到目前为止，人工智能已经"独立"生产了长篇小说，生产了情节完整的电影，但都依然"编造"痕迹太露，难以吸引人。未来若能与真人的写作、编导水平不相上下，可能是人工智能更接近人性的真正的进步。

2. 广义叙述

所以，当代社会文化的叙述转向，有三个不同的方面：

- 首先，如心理学领域，让你讲故事，通过对你所讲故事的分析，让你明白如何采取行动。

- 其次，用叙述来描写并研究对象，比如在历史学和人类学领域，就鼓励把不相干的事件通过一定的因果链串结成故事。

- 最后，用叙述来呈现并解释历史文化现象，让读者感同身受，理解抽象的变化。

叙述转向自然也发生在一些本来就是叙述的体裁，譬如电影、小说。20世纪中叶的欧洲电影，热衷于"反情节"风格（到现在依然明显），其中的艺术片往往不以叙事为目的，此类电影多被称作"艺术电影"（art house film）。20世纪末情况大变，吕克·贝松成为法国最出名的电影导演之一。他是讲故事的高手，被称作"法国的斯皮尔伯格"。在欧洲电影中，他的电影不再是"俗作"。他近年出品的《超体》《飓风营救》等，融科幻、惊险、警匪于一体，是神秘而荒诞的高速叙述，非常杰出。

小说本身也在叙述转向。20世纪五六十年代兴起的所谓"新小说"（nouveau roman），拒绝故事，有意忽视情节。博尔赫斯、卡尔维诺等人开创的当代先锋小说潮流，也不追求把故事讲得有趣易懂。但20世纪末新出的一批小说家，注重情节的生动，例如法国的图尼耶，英国的麦克尤恩等人，就特别会讲故事。麦克尤恩的《赎罪》，在情节安排上下足了功夫，真假互参，给我们讲课提供了一些很好的例子。

3. 叙述伦理

小说通常都是写一些不平常的事，符号学上称之为"标出性"，但实际上任何类型的叙述，包括小说、电影、新闻、心理咨询、法庭辩护等各种体裁的叙述，最核心的东西都是通过情节组织来表达最后所归结的伦理道德。

因此，叙述转向也是一种伦理转向，这是人文科学领域的一大趋势，任何叙述实际上都是围绕着一个伦理问题展开。狭义上的说教固然会让叙述显得干涩，但叙述必然有其道德教训。所谓好莱坞模式的大团圆结局，一旦换一个不团圆结局，或者做一个不结之结，就会让叙述显得难以立足，或者不被观众喜欢。关于这个问题本讲义第七讲将仔细讨论。

许多小说或电影，其叙述都是为了创造一个与我们的世界相对照的世界,为了解决我们的世界所面临的道德难题。王安石称《春秋》为“断烂朝报”,梁启超称之为“流水账本”,意思是这本经典,记下的不过是鲁国朝廷处理的各种琐事。但司马迁却说《春秋》饱含道德伦理教义:“《春秋》之义行,则乱臣贼子惧。”司马迁的读法,是有政治眼光的读法,因此,在他眼里,《春秋》就是在强调王权必须被尊重,乱臣贼子必须被严惩。

这两种评价的不同之处在哪里?称《春秋》为“断烂朝报”和“流水账本”,是说它没多少道德教化意义,只是对一些历史事件的记述,而司马迁则认为它充满了道德教训。王安石、梁启超是把后世史书对叙述意义完整性的要求,加在《春秋》上了。当柯林武德说一切历史都是思想史,他是在说,当我们把历史叙述出来的时候,也就在把我们关于历史的思想贯穿在这个历史书写之中了。

语言转向是在20世纪初出现的,叙述转向则是到20世纪末才开始。叙述转向是语言转向新辟的阵地。情节化也就是意义化,而意义本身趋向生活的伦理。所以叙述谈人生,用“叙述自我”替代了“言说自我”。20世纪末,当人的主体性被后结构主义解构得七零八碎时,叙述转向开始强调主体性。因为以叙述为基础的创作与解读,必须有其主体性,没有主体性就无法看出一个故事的因果与道义。虽然本讲义会一一说明叙述中的主体性有多么复杂的变化,但也会细细分析主体性又是如何在叙述中被结合起来的。

读者对叙述当中所呈现的主体意识,会有一个认同感,觉得叙述中出现的人物,就是我们觉得“可以同样行事”的人物,甚至就是“我们有可能变成的人”。武侠小说中,侠士飞檐走壁的本领我们不会,但他的困境与矛盾,他惩恶扬善的做法,却是我们认同的。在这些基本的水准上,我们也能成为叙述中的人。

在看电影、读小说的时候,我们认同的人格在故事中得到发扬与伸张,似乎能让我们在身体上、心理上、道德上超越平庸。作为个人我们永远是微末的存在,叙述让我们“搭个顺风车”,让我们能够通过认同叙述世界,经历能力边界之外的事情,从而超越我们自己的平庸生活。总之,不见得是在对所有事件的处置上,而是在根本的伦理是非上,叙述丰富了我们的人格。

叙述转向,实际上就是把社会文化,把人文学科所要处理的各个领域,都看成是广义的叙述,并要求对叙述学的架构进行改造。某些叙述学家常认为,非文学学科对叙述学框架的占用,往往使其失去精准性。至今,小说依然是叙述学研究的核心。我个人觉得可以这样看:叙述普遍化是一个更广大更基本的现实,叙述是文化,文化是叙述。我们可以看到,中国当代文化生活中充满了叙述,比如旅游热、古迹热、奥运热、消费热,甚至食品安全问题等,这都是一种叙述。尤其是向全世界“讲好中国故事”的客观需求,使得我们必须正视叙述的广义化。

叙述是文明人的基本生存需要,这也是我们需要仔细研究叙述和叙述学的原因。小说和电影是在比喻意义上借用并且强化了生活所具有的叙述特征,因此它们是本讲义分析的核心体裁。

第三节 叙述的定义

1. 最简叙述

我们不得不讨论一个更为根本的问题:究竟什么是叙述?在什么样的情况之下,一批符号组合形成的文本,会成为一个叙述文本?

关于如何定义叙述,讨论的是最简单的情况,即所谓“最简叙述”(minimum narrative)。关于这个出发点,争议很多:

“水是 H_2O。”这不是叙述,这是陈述。因为其中没有变化,否则所有的状态描述都成了叙述。

“水在零摄氏度时结冰。”美学家丹托认为,这种转折构成了叙述。这里有变化了,但依然不算叙述,不然所有的实验报告都成了叙述。

“上周温度降到零度,池塘冰冻了。”有人认为这样的变化即可构成叙述,但我个人认为不算,不然所有的实验记录、生产记录、设备运行报告,都成了叙述。

"等到门前池塘冰冻了,我就去滑冰。"这才算叙述,虽然与上面两句一样都是讲结冰变化,但这句才真正卷入人物。人物是叙述的关键。

上面几种定义,前三种"低于"叙述定义的要求,第四种是符合关于叙述的定义的,因为叙述是文化的,文化是人类生活的特质,没有卷入人物的自然界变化报告,不能算叙述。也有一些学者提出,这样的"最简叙述"要求过高。赫尔曼对叙述的定义是,叙述要有人物,有情节,而且情节还要有目的。他说:"虫是一种低等动物"这句话不能算是叙述,这只是动物学意义上的分类陈述;"人会变成虫",这句也不能算叙述,因为这只是一种可能性的陈述,不符合叙述的标准;"早晨,格里高利发现自己变成了一只甲虫",这是卡夫卡《变形记》的第一句,它应当是叙述。赫尔曼说这样还不行,叙述描写的行为必须要有目的。"格里高利用嘴打开卧室的窗,想与办公室经理说一下情况。"为什么呢?格里高利是公务员,哪怕已经变成了一只甲虫,他心里还想着不能去上班是要请假的。因此赫尔曼关于叙述的标准是:叙述必须有变化,有人物,有行动,有目的。

关于叙述,范迪克是这么定义的:"人的自觉行为引发一种状态变化,用以造成某种期望的状态。"①他认为,一句话是否是叙述,关键看其中人物的行为是否有目的自觉性。格里高利并非自觉地变成甲虫,但是他自觉地要去请假,这就构成了叙述。

著名的电影符号学家麦茨的观点更加复杂,他认为叙述有五个条件:第一,要有开头有结尾;第二,叙述是个双重的时间段落;第三,任

---

① "A change of state brought about intentionally by a (consious) human being in order to bring about a preferred state or state of change", Teun A. van Dijk, "Narrative macrostructures: Cognitive and Logical Foundations." *PTL: A Journal for Descriptive Poetics and Theory of Literature*, Vol. 1, 1976, p. 500.

何叙述都是一种话语;第四,对叙述的感知是被叙述的事件“非现实化”;第五,一个叙述是一系列事件的整体。

上面的这些关于如何定义叙述的例子都太复杂,要求也太高,其中尤其麦茨关于叙述的定义恐怕是过分复杂了。那么最基本的叙述满足什么条件?我认为“最简叙述”不一定要有人的心理活动,无论人物自觉与否,只要被卷入事件,就是叙述。

因此,“最简叙述”有两个必须:必须要卷入人物(或“拟人”);必须要卷入变化。“池塘结冰了,他去滑冰”,就可以算叙述。超出这两个要求,就不再是“最简叙述”。

2.所谓过去式限制

关于叙述的定义之所以被弄得如此复杂,与欧美语言有关。叙述的内容,中文称之为“故事”,即发生的事。英文 story(故事)有一个同根词,就是 history(历史),它实际上跟 story 是同一个词的变形。在法文中这两个词合用同样一个词形 histoire,意为历史就是叙述过去的事。

因此,在西文当中,所有的小说叙述,其动词(即事件变化)都是用过去式,或是“历史现在时”。小说中的故事叙述者不管是讲自己的梦还是讲沧桑经历,都是过去式。过去式实际上符合了西方关于叙述的定义:叙述就是要“重述”一桩事情。亚里士多德和柏拉图都认为,模仿(mimesis)是言说此刻的,而叙述(diegesis)是言说过去的。这样就造成一个很困难的问题:演出或表演不用过去时,戏剧或电影的情节提要,都用现在时,那么,它是不是叙述呢?

亚里士多德在讨论史诗和悲剧时认为,史诗是叙述,因为讲的是过去,比如特洛伊战争已经结束了,奥德修斯已经回到家了。但是如果表演正在台上发生,那就不是叙述,因为正在演出之事尚未成为过去。这对使用汉语这种无时态的语言的人来说,似乎不好理解。叙述的过去时,深深地植根于西方叙述学家的语言当中。维特根斯坦有一句名言,大意是,我们的语言就是我们世界的边界。对他们来说,故事如果不是过去式几乎是不可设想的。

但是,在当今这个泛叙述时代,明摆着好多叙述都不是用过去式,也就是说不是用过去式来叙述情节。然而,西方的后经典叙述学家,还在坚持使用过去式。后经典叙述学的领军人物之一费伦说:"叙述学与未来学是截然对立的两个学科,叙述的默认时态是过去时,叙述学像侦探一样,是在做一些回溯性的工作。"[①]另一位后经典叙述学家阿博特说:"事件的先存感,无论事件真实与否,虚构与否,都是叙述的限定性条件,只要有叙述,就会有这一限定性条件。"[②]也就是说,故事已经发生,然后才能叙述;叙述所讲的故事,必然发生在过去。

我觉得过去限定性是西方叙述学家的误区,这误区之所以会出现,是因为他们的语言对时间太敏感,还因为他们过于重视小说。他们没有看到,电影和戏剧等叙述再现的方式,都不是过去式。例如,游戏是讲一个过去的故事吗?不是,这故事是玩家当场玩出来的,游戏的情节并没有预先发生。

3. 建议一个关于叙述的定义

现在说明我的关于叙述的定义。我认为,叙述要满足下面这两个最基本的条件,这两个条件就是两个叙述化的过程:

• 第一个条件:一组符号组合成一个文本,此文本讲述了有人物参与的变化。也就是情节被组织进一个符号文本。

• 第二个条件:此符号文本可以被接收者理解为具有合一的时间和意义向度。[③]

合一的时间向度不一定是过去,本讲义会讲到叙述文本的各种时间向度。为什么要有合一的意义向度?因为一个文本必须携带合一

---

① 詹姆斯·费伦、尚必武:《文学叙述研究的修辞美学与其它论题》,《江西社会科学》2007年第7期。

② H.波特·阿博特:《叙事的所有未来之未来》,《当代叙述理论指南》,James Phelan等主编,申丹等译,北京:北京大学出版社,2007年,第621页。

③ 赵毅衡:《符号学原理与推演》,南京:南京大学出版社,2016年,第320页。

的意义,“合一意义”不是“只有一个意义”,而是一个文本的意义(如果有几个的话)要能在理解中被结合起来。

这个定义,与《符号学讲义》中关于文本的定义相同,唯一的区别是“包含有人物参与的变化”。也就是说,讲述情节的符号文本就是叙述。这里顺便提一句什么是符号,符号就是“被认为携带意义的感知”①。语言、文字、姿势、表情、图像、动图、心象等,都是可感知的符号载体,所有这些都可以用于叙述。

这里的关键问题是第一个条件中的“有人物”,这个人物可以是一个拟人物,不一定是真正的人。譬如一只熊猫可以有人的品格,有人的行为。“熊猫物种濒危”这句话只是一个环境学的报告,但熊猫可以成为拟人物,比如“熊猫因为生活环境恶化而离去”,就是叙述。

4. 什么是叙述文本

首先,什么叫文本?文本是抽象的。如果今天我带了一本书来,这本书叫作《红楼梦》,我说“《红楼梦》的文本在我手里”,这话很自然,也不能说错,但叙述学所说的“《红楼梦》的文本”,并不是指被两个封面前后包起来的一个物质存在,因此无论是简装本、精装本,还是繁体字版、简体字版、横排版、竖排版的《红楼梦》,它们都只是同一个文本不同的物质状态。

假如说我的这本《红楼梦》是人民文学出版社出版的,另一个人说我所用的是经脂砚斋批注的版本,还有一个人说我分析的是杨宪益夫妇的英译《红楼梦》,这些说法都可以,但与叙述学讨论的“文本”都不是同一个概念。只要表达了同一的意义,就是同一文本。如果这些并不是同一文本,本讲义多次引用《红楼梦》,就每次都要说明究竟是什么文本。我们谈的文本,是脱离物质介体的抽象的存在。

说“我手里拿的是要讨论的文本”,这种日常的说法,也可以成立。但我们做叙述学研究,却要考量其是否合适。例如口头叙述的一个特

① 赵毅衡:《符号学原理与推演》,南京:南京大学出版社,2016年,第1页。

点是每次的叙述方式可能都不同。河南坠子与扬州评话，都有《武松景阳冈打虎》，他们每次表演都是不一样的。像这样的表演是文本跟口头表达结合在一起，每次姿势不一样，道具不一样，表演情况也不一样，所以可以说舞台表演每次都是不同的文本。

同一文本经不同语言翻译而成的不同译本，原则上应当说是同一文本，但实际上不同译本之间有很大的不同，因为翻译本身会改变很多东西。假定在翻译过程中文本的意义一点都没有变，那么不同语言的译本应当是同一个文本，但其实这是做不到的。我们分析下去就会发现，可能一个标点的改变，都会引起叙述形式与意义的重大改变。

文本是意义的载体，不明白文本的定义，接下来的研究就会没有基础。我们必须弄清楚，叙述学里常说的“文本”二字，是一个传送意义的组合；意义无变动，文本就不变；意义发生任何变动，都可能会形成另一个文本。

第二讲　叙述者

第一节　谁是叙述者

1. 为什么叙述一定要有叙述者？

什么叫叙述者？叙述者就是说话的人，也就是这个叙述文本的源头，即究竟是谁说出来的。叙述者是叙述研究最关键的问题，识别叙述者，才能明白叙述中最基本的主体分布；识别叙述者，才能让一个文本中的各种问题都得到解释。

或许有人会问，叙述者不就是说故事的人吗？不就是作者吗？谁讲的故事？当然是作者讲的。这只在某些体裁中是如此，例如新闻、历史、报告等；而小说则不宜说一定是作者在讲述。小说是最复杂的叙述，因为小说中常常有多层主体在参与叙述。

许多故事中的讲述者被送到未来，或穿越到古代，这样的叙述者是作者吗？怎么看都不是，这是作者委托其完成讲述的一个人格。虽然小说是作者写的，但是作者本人无法在小说中说话。这一点是我们讨论叙述结构的前提：小说中公开或隐藏的“我”并不是作者。

这就是问题的关键：这个叙述者人格，是被叙述出来的，是被创造出来的。为什么作者要创造一个人格来代替他说话讲故事？本讲义将着重细论其层层原因。不过有一点是明显的：叙述者不能等同于作者，叙述者本身只存在于叙述中，他要先被说出来，然后才能去叙述。

如果叙述是纪实的，是作者直接讲故事，那么叙述声音明显是来自作者；如果叙述是虚构的，那么就是作者委托叙述者来进行叙述。为什么必须委托一个人格来讲故事？因为情节是虚构的、假的，作者并没有亲历过，而他创造的这个叙述者则经历过，至少了解这个事，因此那就只能让他来叙述，这就是委托叙述（delegated narration）。

所以任何简单的叙述行为，都必须有叙述者和受述者。受述者就是叙述接收者。在他们之间发生的交流叫作叙述行为。这个描述好像是多此一举，但如果忘记这最基本的交流图式，有时候，尤其在复杂的叙述文本的变异中，会弄糊涂。

2. 叙述声音的来源

我们讨论的是源头叙述者（illocutionary source），或者叫作底线叙述者。一部叙述作品中还会有其他叙述者，例如作品中的其他人物也能讲故事，关于这一点，本讲义在讨论到叙述分层时，会仔细说。我们在仔细分析这个问题时，先对这样一个底线叙述者提出三个要求，然后在讨论中我们将不断回顾这三个要求：

- 他是一个叙述文本内的功能，而不一定是个人格，他并不存在于叙述文本之外；
- 他是最根本的叙述声音源头，没有比他更原初的叙述声音主体；
- 他是叙述文本展开过程中任何时候都在场的功能，也就是说叙述文本在任何时刻、任何地方，都不可能脱离这个功能。

这第三点“永在原则”非常重要，很多人直观地认为电影的“画外音”（voice over）、戏剧的“副末开场”，是底线叙述者，但根据第三个要求，它肯定不是。我们下面的讨论会不断回顾这三条要求。

简单举例说一下，比如《红楼梦》，《红楼梦》的叙述者是贾宝玉吗？不是。是曹雪芹吗？不是。这个判断标准很简单：任何说话的人说到自己，都必须是第一人称“我”或其变体，叙述者也一样，而贾宝玉、曹雪芹这两个人物在《红楼梦》中都没有以第一人称“我”来叙述。源头叙述者,就是在最垫底的层次上自称“我”(或可以如此自称)的人。

《红楼梦》的叙述结构是中国传统小说当中最复杂的。它的叙述者安排,对中国小说乃至对全世界的小说叙述都做出了一个很大的贡献。它有一个复杂的分层结构。从字面上来看,《红楼梦》的叙述者叫作石兄,石兄说了什么事?石兄在青梗峰下躺着,它把《红楼梦》这个文本写在自己身上,所以它自称“我”:“我这一段故事,也不愿世人称奇道妙,也不定要世人喜悦检读。”“但我想,历来野史,皆蹈一辙,莫如我这不借此套,反倒别致新奇。”叙述者“我”是这块石头。

所以这个小说原来叫《石头记》,是石兄的自述,被空空道人看见,然后空空道人向读者传送了石兄的故事。你说这个叙述者身份够奇怪了吧?后面还有更离奇的。我们只是问叙述怎么起的头,叙述者可以有各种身份,但叙述者最重要的特征,是说到自己时用第一人称及其各种变体,例如“说书的”“写书的”,甚至“作者”。本来任何人说话,凡是说到自己,必须说“我”。比如说“我今天早餐喝的是豆浆”,不可能把这个“我”字去掉。比如有的小女孩经常说:“人家不高兴嘛!”她说的是“我”不高兴,这里的“人家”是假性的人称。比如两个人斗气的时候,一个会对另一个说:“你不要惹一个发怒的人。”这里“发怒的人”暂时替代了“我”。需要强调一点:小说里自称“作者”的,并非作者,而是以作者名义出现的叙述者。叙述者是叙述源头,整个叙述是他说出来的,这是叙述学的出发点。

因此,作者不可能进入小说,他不可能在小说中说话。很多人不理解这一点,比如鲁迅的《祝福》里说,“我”在鲁镇上见到祥林嫂,祥林嫂问“我”,改嫁过的妇女死后会被锯成两半吗?在我小时候,小学教科书《中国文学读本》中有插图,被祥林嫂问话的“我”,是有胡子的鲁迅本人,这样的插图没有叙述学的根据。

鲁迅《故乡》中的闰土,已经是一个老农民,面对有胡子的鲁迅说话,这个插图或许是可以的,因为《故乡》可以被视为纪实文学,不是小说而是回忆录,回忆录的叙述者必定是作者。而祥林嫂面对鲁迅这幅插图是绝对不可以的,因为小说《祝福》中的"我"是作者委托的叙述者,"我"负责虚构一个世界。这个叙述者没有名字,我们只知道他自称"我"。文学批评家可以分析这个"我"与鲁迅的人格有多少共同点,但与祥林嫂说话的人,不能直接等同于鲁迅,这是绝对确定的。

我们在分析小说的时候经常会说"作者曹雪芹在《红楼梦》里表达了反封建思想"等等。理论上可以这样说,但从叙述学角度看,这话是错误的。作者不可能在小说里说话,因为作者已经委托了叙述者说话。从叙述学角度只能说:"作者借贾宝玉的口表达了什么。"这一点或许是太苛求文学评论者了。但《红楼梦》不是一篇论文,也不是纪实的自传,哪怕《红楼梦》有曹雪芹自传的成分,但他已经写成小说,就不能在小说里直接说话。这不是否认作者的作用,本讲义会谈到作者不可避免会用各种方式"主体租赁"给叙述文本,但作者不是叙述者,这是叙述学的基本观点。

第二节 小说的叙述者

1. 叙述者一定是人物吗?

小说叙述者是小说中的一个人物,他经常是个人格功能,但不一定是人,也可以是猫狗狼之类,或者是非生物,甚至非物。《我的名字叫红》是土耳其作家帕慕克获得诺贝尔文学奖的小说,其章节标题就是换不同的"我",比如"我是一个死人""我是一条狗""我是一棵树""我是一枚金币""人们将称我为凶手""我的名字叫红"等。每一章换一个叙述者,叙述者可变的"身份"因此显得很奇怪。18 世纪英国出现了一种特殊的小说类型,一般称之为"它叙述"(it-narrative),即叙事者是物的小说,比如《黄金间谍》《钞票历险记》等,用金币、钞票、鞋子等物作为叙述者,由于这些物具有流通性,所以它们作为叙述者可以观察不同阶层、不同职业的人的言行。

任何叙述文本都必须要有一个叙述者,如果是纪实性的,那么作者则必须要为文本负责。在纪实体裁中,作者说的话就具有有一说一的直接指称性。小说等虚构文本也必须要有一个叙述者,这个叙述者不一定说话,他可能完全隐身。如果是显身的叙述,那就是第一人称叙述,"我"可以讲"我"的故事,也可以讲"我"听来的故事;如果隐身,叙述则呈现为第三人称。

整个叙述文本都是叙述者操纵的结果。什么叫操纵?因为叙述者不仅说话,而且处理很多事。

一部小说如果叙述者全然隐身,或是若隐若现偶尔现身,那就是所谓第三人称小说。第三人称小说就是叙述者不出现。既然叙述是他讲出来的,他怎么能不出现呢?这个问题的答案是,他在叙述中尽可能不提自己。既然如此,可不可以说此类叙述没有叙述者呢?如果叙述者不存在,很多叙述学问题都解决不了,所以在这里叙述者是以一种特殊的框架方式存在。关于这个问题,应当说至今依然是叙述学中的一个争议点,下一节我们会仔细讨论。

2. 第三人称叙述者难题

所谓的"第三人称"一词是绝对错误的,因为一个人说话说到自己时,不可能用第三人称。如果"我"说的是别人的事,那是"我"知道的他的故事,或者是"我"杜撰的他的故事,所谓第三人称的叙述只是尽可能不自称,不提到自己而已。这个时候就会出现一个叙述框架。关于框架问题,后面会仔细说。总之,叙述者这个人物可以隐、可以显。显的我们叫作第一人称叙述,隐的我们叫作第三人称叙述。

很多学者,例如本维尼斯特,著名的法国符号学家,国际符号学会第一任主席,他认为"第三人称小说没有叙述者",第三人称叙述是作者观察到的事件的再现,没有受叙述者讲述的任何干扰。我冒昧地说,这是不可能发生的情况,事件不可能自行叙述。而且小说之外,大量叙述文本(例如电影、戏剧、游戏等)都没有第一人称"我"来叙述,难道这都是让事件"自己叙述"吗?

任何体裁的叙述文本,都必须是要有人说出来,这个问题关涉叙述学最基本的出发点。无叙述者的叙述是说不通的,叙述声音必须要有个源头。例如没有叙述者,关于叙述学的许多关键讨论就进行不下去。

叙述学家布斯提出著名的“不可靠叙述”理论,说的是叙述者说的话和全书的价值观不一致的现象。在第一人称叙述者“我”说话时,这种局面很容易出现。假定第三人称叙述没有叙述者,事件直接呈现自身,那么叙述就不可能“不可靠”,所以布斯的理论就只适用于一部分小说,即“叙述者身份戏剧化”的作品,也就是叙述者成为一个人物的第一人称叙述小说。

在《孔乙己》这个文本中,叙述者之所以只说现象不说原因(例如孔乙己何故被打伤),是因为叙述者是与社会交往有限的酒店小伙计,作为一个叙述者,他见识有限。第三人称叙述的作品,如加缪的《陌生人》,叙述者更加全面地“不说原因”,可以说这样的叙述极不可靠。“不可靠叙述”是叙述学中的关键问题。的确,第三人称叙述之不可靠的机制问题至今仍然是不清楚的,因为我们对叙述者的形态没有弄清。

中国传统小说,无论是文言还是白话,几乎都见不到第一人称叙述。唐传奇《游仙窟》是一篇第一人称小说,说“我”在某山洞里遇到许多仙女。这篇小说很了不起,不过在中国失传了,后来到19世纪末,中国学者在日本找到,抄了回来。现在看,第一人称小说很自然,但在中国传统当中,这并不自然。这可能与中国的叙述文本崇奉“历史模式”有关,历史叙述不会用第一人称展开。

叙述者身份问题无论多么复杂,这节课也必须把它说清楚才能下课。我很抱歉第二课就遇到这样的硬骨头。但这是出发点,必须说清楚,不然我就没有尽到老师的责任。

3. 叙述者的隐现

因为说话者必须自称“我”,从根本上说,叙述者没有第一人称与第三人称之分,只有隐显之分,所以“第三人称叙述者”这个说法在学理上不成立，叙述者作为说出文本的人，不可能自称“他”。不过大家叫惯了，我们在心里明白即可，要纠正整个社会的习惯用法，是一件苦恼的事，也不会有结果。

偶然现身的叙述者，往往不作为人物出现，但他可以冒出来说话。中国传统白话小说中经常有一个叙述者“说书的”（在晚清小说中也有写成“著书的”），就是此种类型。这个“说书的”一般不出现于叙事文本中，但偶然会出来做一些评论。作为叙述者不经意间的出场，有的时候非常自然。

中国文言小说有的很短，叙述者绝对不出现是有可能的。比如托名陶渊明的《陨盗》：“蔡裔有勇气，声若雷震。尝有二偷儿入室，裔附床一呼，二盗俱陨。”[①]文中似乎完全没有“我”的影子，但细考还是有的，比如文中提到主人公“有勇气”，这是“据我了解”而作的评论，隐约透露出了“我”的痕迹。

当叙述者完全隐身，就出现了一个难题：其身份是何已不重要，连性别是何也不必述及，因此可以称为“它”。但这样的叙述者就非人格化了，很不自然。说到“非男非女”时，大多数语言里用男性“他”表述，但兰瑟是个女性主义叙述学家，她认为女作者笔下的第三人称叙述者，在文中没有说明性别的话，如果批评者提到，应当用“她”。她说得有道理吗？评论者不知道叙述者的性别，但既然是女作者的代理人物，称为“他”，也实在难受，叫“它”，则更怪异，所以称“她”是比较自然的。这是叙述学不得不做的一个没有道理可说的让步。只有在古典汉语当中可以避开这个窘境，因为“他”“她”这个区别，是刘半农到20世纪20年代才提出来的，在古典汉语中没有这个分别，甚至都没有中性的“它”。

4. 受述者

叙述是一种传播游戏，发送者发送出去总得有人接收，因此受述

---

① 陶潜：《搜神后记》卷三《陨盗》，北京：中华书局，1985年，第38页。

者(narratee)是叙述行为中的一个必要成分。受述者就是叙述接收者,这个词的英文表达与中文表达都有点生僻,都只是用在叙述学中的术语。

作者不是叙述者,同样,受述者也不是读者。听叙述者说话的人格就是受述者。我们不是受述者,我们是读者。张爱玲《金锁记》中说:"我们也许没赶上看见三十年前的月亮。"这个"我们"就是叙述者对受述者说话,是"我"和"你们"。显然,这个"我们"不包括读者,读者不是《金锁记》中叙述者说话的对象。塞万提斯的《堂吉诃德》中说:"咱们且把这部历史的来龙去脉交代一下。""咱们"是对叙述中的受述者说话。普希金的长诗《叶夫盖尼·奥涅金》中有话:"我会把一切详详细细,毫无遗漏地交代给你,但不是现在。"这话什么意思?这个"你"是谁?这个"我"是谁?这个"我"是普希金吗?不是他,是叙述者,"你"则是受述者。加缪的《鼠疫》中写道:"正如我们城中的同乡一样……""我们城中的同乡"就是和"我"一样在奥兰城里的人。在这里,叙述者与受述者同时出现。

为什么叙述文本中要有受述者这个人格?因为传播游戏的基本要求是,有发送信息的一方,必定要有接收信息的一方,不然这个传播游戏就落空了,单边的传播不可能进行。没有接收者,传播游戏中的这个球丢出去就没人接了。

受述者在哪儿?与叙述者一样,都只存在于文本中。受述者有现身、隐身两种状态,隐身的情况比较多。正如叙述者隐身一样,受述者隐身并不代表他不存在。比如,是谁在听咸亨酒店的那个小伙计说孔乙己的故事呢?关于孔乙己的脸色如何,他偷东西被打伤了,他身上有伤痕等等,叙述者是说给谁听的?鲁镇某邻居?咸亨旧址新租户?哪怕无法指明,小说中也肯定有一个隐身的受述者,只是作者没有把他写出来而已。

既然叙述者不是在对我们说故事,而是对受述者说的,那么我们怎么会读到呢?因为作者把叙述者说给受述者听的话写了下来。而读者永远处于文本之外，文本把我们隔出去了。在鲁迅写《孔乙己》的时候，读者是在外面，现在过了一百多年了，读者还是在外面。因此任何读者都不能说自己是受述者。那么叙述学为什么要多此一举呢？既然受述者在很多情况之下都是找不到的，那么为什么我们要肯定它的存在呢？是因为这个人格可以不出现，但功能却必须存在，不然的话，很多情况我们无法解释。

正如叙述者可以是半隐身的，受述者也能半隐身。在中国经典白话小说中，这对角色是固定的：受述者是说书场里的"看官"。读《水浒传》小说的读者不是"看官"，只有真的坐在评话场子中听说书的人，才是具体的"看官"，因为叙述者此时也具体了。到晚清小说那里，叙述者的自称改为"做书的"，但受述者依然叫"看官"，这是利用"看"字的歧义，是"读"的看官，不是"听"的看官。同样，18、19世纪的欧美小说里面经常会出现"评论家先生"或"读者女士"，这也一样不是指我们读者。

第三节　第三人称叙述者

1. 叙述主体的框架/人物二象

困难在于第三人称的虚构叙述：第三人称叙述者指的究竟是什么人？本节一开始就提出过这个叙述学中的大难题，现在可以讲这个问题了。

在第二讲"叙述者"一节，因为整个论述刚开始，我们只能简单地说有一些叙述者是隐身的。但叙述者到底是如何隐身讲故事的？语焉不详。现在我们可以把隐身问题说清楚了：第三人称叙述，就是用叙述框架代替叙述者人格讲故事的叙述方式。

经常能看到一个叙述者是一个人物，他自称"我"。《孔乙己》的叙述者不是经常参与情节，但他的身份很清楚，就是酒店当年的小伙计。再比如小说叙述者"我"，碰到一个什么人，然后这个人开始说自己的故事,像鲁迅的《在酒楼上》是“我”遇到的朋友说自己的事儿,这里人物成为“次叙述者”。

因为在叙述中,第三人称叙述占了一大半,这成了一个经常被问到的问题。在过去上百年时间里,叙述学研究领域出了许多著作,但就这个问题,都没有给出一个令人信服的解答。许多叙述学研究,例如关于“不可靠叙述”问题,必须有一个与隐含作者立场相比较的叙述者立场。没有叙述者的话,就不会有叙述者和隐含作者之间的价值冲突,那就没有“不可靠叙述”。

那么到底第三人称叙述,是怎么说出来的呢?应当这样理解:所有的叙述都有一个区隔框架,把叙述出来的世界与经验实在世界相分开。这是叙述文本的普遍要求,没有框架就不可能有叙述文本。哪怕有个明显的第一人称人物叙述者,叙述文本也依然要有个框架,比如《孔乙己》中咸亨酒店的小伙计,就是在一个框架结构里作为人物冒出来讲故事。也就是说,凡是虚构的叙述,都必有与实在经验隔离开来的框架。

简单说就是,第一人称叙述,是框架加人物叙述;第三人称叙述,是框架里不特地安放一个人物叙述者。只有这样的理解,才符合我们一开始就说的关于叙述者的三点要求。

假定《孔乙己》这篇小说没有用小伙计这个人物叙述者,这故事也能用第三人称讲出来:“从前鲁镇上有一个老童生,名叫孔乙己,他身着长衫……”叙述方式不同,艺术效果不同,但故事依然能讲下去。所有的叙述文本的叙述声音源头,都能做出这样的框架/人格变换。酒店小伙计“我”把孔乙己的故事变成自己的见闻,是提供了一个“个人证词”,显得更加生动。

因此,叙述者是“框架/人物”(frame/person)二象的,即两种形态同时存在;它有时候以人物方式出现,有时候变成一个叙述的框架。当它朝框架方面靠,人物形象会越来越淡,逐渐“隐身”,框架本身支撑了叙述;它朝人物方向移动,就越来越个性突出,最后变成第一人称的个人经历叙述，用这种方式，他在叙述文本中“永在”。

所有的叙述方式，都落在这两个极端之间：叙述者充分人格化，与叙述者人格完全消失，在这两个极端之间移动。《孔乙己》的叙述者酒店小伙计，就落在中间。他是个次要人物，个性表现不充分，他的经历也语焉不详。不过整个叙述的重点本来就不在他，而是在他作为次要人物，偶然“亲眼见到”的孔乙己的遭遇，他没有见到的部分就未曾呈现，留给读者去想象。

可以说，所有的叙述者都是在框架与人物二项之间的滑动；也就是说，叙述者既有框架品格，又有人物品格，在这个滑动轴线上站位不同而已。

当然二者所呈现的效果很不相同。孔乙己考小伙计茴香豆的“茴”字有哪四种写法，小伙计觉得这样的孔乙己太陈腐。这个偏见是谁的偏见呢？是鲁迅的偏见呢，还是小伙计的偏见呢？我们只能说是小伙计的。关于这个问题，有网友这样说：“孔乙己要是到现在会是做学问的一块好材料，说不准是哪所著名高校里的名教授，或者是《百家讲坛》的表演型学者，文化达人。”如果这个说法成立，那么我们只能怪叙述者酒店小伙计对孔乙己的判断缺少先见之明，但是我们并不是《孔乙己》小说的受述者。

这样的“二象叙述者”如何能存在？在此，或许可以扯一点量子力学做个比喻。波粒二象论就是说，量子本身可以是电磁场的波动，也可以是粒子的发射。这看法似乎很违反常识；如果是粒子，那么它能通过缝隙射到靶上；如果是波的话，那么通过缝隙就会有衍射现象，在通过缝隙后重新开始波形扩散。量子这两个现象都有，所以它是微粒子，又是电磁场波动，是波粒二象。

我不是在这里讲物理，我是在说叙述者，如果没有人格化，叙述声音就来自文本构成的框架。如此解释，你们或许觉得武断，本讲义下面还会不断回到这个题目上，证明如此理解是必要的。

第三人称叙述，实际上是没有人格叙述，只有框架叙述；第一人称叙述，是框架里有一个人物作为叙述声音的源头。追根究底，任何叙述都有一个框架，哪怕第一人称叙述，也依然有个框架做底。要理解这一点，最清晰的例子是影视作品。电影里经常有个第一人称画外音在叙述，有的只是偶然插一句两句，主要还是让视觉镜头讲故事。《阿甘正传》里的第一人称画外音几乎从头说到尾，但是我们可以清晰地看出来，它也有停止画外音，让纯然的镜头接手之时，因此哪怕是作为画外音的"我"的叙述，也依然需要一个最底层的叙述框架。

如果不用"框架叙述"这个概念，我们无法理解第三人称小说叙述，更不可能理解戏剧与电影的叙述方式。但是框架/人格理论最能解决的问题是找出电影的叙述者、戏剧演出的叙述者。

2. 影视的叙述者

至今为止我们还没有讨论影视。影视是当代人类社会最重要的叙述方式。但电影的叙述者在哪里？这问题大半个世纪以来引发过许多争论。框架叙述理论，在分析影视叙述者的时候，最方便也最令人信服。在戏剧与电影作品里，几乎找不到叙述者，这些作品中可能会有一个画外音，例如传统南戏特有的"副末开场"，但这个声音远不是贯穿到底的底线叙述者，因此不是源头叙述者。

追到底的话，可以发现戏剧与电影等都是框架叙述，这个框架体现在一连串的器物安排上，例如戏剧的舞台、灯光、幕布等，也体现在电影的大规模摄影场地安排与摄影过程上，更体现在导演（或其他指挥班子）的一连串安排指令上。

电影中的叙述者到底是谁，是电影研究界许多年来激烈争论的问题。1984 年马尼提出电影像小说，导演及制片者（filmmaker）就像小说家，而电影的叙述者是摄影机（camera）。[1] 这个说法很符合常识，大

---

① Claude-Edmunde Magny, *The Age of the American Novel: The Film Aesthetic of Fiction between Two Wars*, New York: Frederick Ungar, 1972, p. 12.

部分观众可能都如此认为。这种理论叫作“摄影机笔”(Camera-Stylo),摄影机笔就是电影导演的叙述者。后来这一派又被称为作者论(Auteurism),电影“作者”就是叙述者。

到1980年代,麦茨与科兹洛夫等人提出,影视的叙述者可以称为形象大师(Grand Imagier)①,电影叙述者就是掌握形象。这个叙述者实际上就是导演/制片人团队。但这个说法不全面,因为现代电影综合了很多媒介的信息,并不全是视觉形象。

当代影视理论家波德威尔认为上述这个理论不合适,他认为电影的叙述者不应当是个人格,而是电影“叙述指令”(cues)②的集合,所有的指令合起来就成了电影的叙述者。应当说,这个说法是有道理的,它已经脱离叙述者的人格论,很接近框架概念。电影成形过程中的各种指令形成一个框架,成为电影的叙述者。

但框架如何表现出电影叙述文本的个性呢?“指令集合”如何形成自己的风格?因此有不少当代电影学家回到框架/人格论。布拉尼根、列文森等人提出,电影的全部指令凝结成一个“呈现者”(presenter)③,这个呈现者是一个叙述人格,但同时它也是一个指令集合。因此,电影是有叙述者的,叙述者呈现为一个框架兼人格。

电影的叙述者到底为何是一个非常重要的课题。一般认为电影有八种媒介,合起来,就不能只是一个摄影机,或一个形象大师能解决的问题。整个制作就变成一个人格,这个人格同时是各种指令的集合,而电影的叙述指令由它而形成。

---

① Christian Metz, *Film Language: A Semiotic of Cinema*, Chicago: University of Chicago Press, 1974, p. 21.

② David Bordwell, *Narration in the Fiction Film*, Madison: University of Wisconsin Press, 1985, p. 62.

③ Jerold Levinson, “Film Music and Narrative Agency”, in (eds.) David Bordwell et al, *Post-Theory: Reconstructing Film Studies*, Madison: University of Wisconsin Press, 1996, pp. 248-282.

3. 戏剧的叙述者

同样的论辩也可以用于舞台演出。戏剧演出的叙述者是谁？舞台监督或者制片人等各种各样的经手人并不是叙述者。戏剧的指令集合，可能比电影还复杂。这些东西合成一个人格，在这个人格中起主要作用的可能是导演，但同时也包括音乐、声响、光线、舞台调度等方面的指令，以上这些共同形成一个呈现者。

这个框架本身是多元集合：舞台是一个物理框架，但我们所说的更是一个解释性框架。在符号学的讨论中，我们问过，岩画的画框在哪儿？街头演出的舞台边界在哪儿？此时解释框架优先于物理框架。哪怕演出有一个明确的物理框架，也不能直接当作叙述框架，真正的框架是解释性的，也就是从受述者方向倒推出来的框架呈现者。

所以戏剧舞台的叙述者到底是谁？不只是舞台设计，不只是剧作家（他只写了一个稿本），不只是导演（他只指导了演出方式）。为什么？因为这些人在演出的时候都有可能不在场。按照本讲开始时说的"叙述者三要求"，如果他们是底线叙述者的话，那么他们就不可能不在场，不然叙述就会在某些地方某些时刻消失。

这个问题为什么会变成一个纠缠人的难题呢？相当重要的一个原因来自亚里士多德。亚里士多德虽然对西方思想贡献很大，但是很多问题也都由他而起。他认为戏剧是模仿，不是叙述，史诗才是叙述。但实际上，史诗是在讲故事，舞台表演同样也是在讲故事，而这都是叙述的体裁。中国古典白话小说与中国戏曲，二者的发展紧密融合不可分，希腊戏剧与史诗也一样。

在亚里士多德看来，戏剧根本不是叙述，所以戏剧与电影不需要叙述者。进一步说，第三人称的小说也就不需要叙述者。这个观点在西方艺术传统中根深蒂固，现在我们把它提出来，希望用框架叙述这个概念来把它说清楚。

第四节 叙述者干预

1. 指点干预

叙述者的功能是叙述,但在许多情况下,叙述者会忍不住出来对人物、情节甚至叙述方法评头论足一番。对叙述者这样的“不务正业”,大部分理论书籍称之为“作者干预”(authorial intervention)。但是我们从下面的讨论中可以看出,这个说法大有问题。叙述文本中并没有作者直接发声的地方,所以本讲义建议将上述现象称为“叙述者干预”(narratorial intervention)。干预问题并不复杂,但是值得讨论,因为它暴露出了叙述者的影迹。哪怕所谓第三人称小说,叙述者隐身于框架之中,但在干预时,他作为评点者的人格就冒了出来,足以证明他骨子里是框架/人格二象。

干预有两种情况。第一种干预,指点干预(directorial intervention),是评说自己的叙述,就像我现在说:“这问题说来复杂,你们听仔细一些。”这跟我的讲课内容无关,是讲课中的自我插嘴,提请听者注意的。中国传统小说中的指点干预,用得最多的一句话就是“欲知后事如何,且听下回分解”。章回体小说每章结尾必有这句话,意思就是:“对不起,精彩的地方在下面,你明天再买票来听。”

你们看到这句话,是合上书下一次再来读,还是接着读下去?你们作为读者完全不会受此拘束,只会可能更好奇更想读下去。因为这是说书人对受述者(书场听众)说的,“下一场更精彩,明日早来买票”。在小说中,这句话只是个提醒,说的是本叙述在模仿书场格局,“我”是控制讲述的叙述者,对读者说话仿佛是说书对书场的听众说话。他要先稳定“我”和“你”的关系:“我”是说书人,“你”是买票听书的听众。因此,这是书场叙述方式的指点干预,是对叙述方式的自我评论。

在中国古典小说中还经常能看到这样的句子:“只见有人走来,你道是谁?”“只见”是谁见?是叙述者所见。“你道是谁?”这个“你”是谁?是受述者。这些都是叙述方式。叙述者并没有向读者提问,这个问题其实并不需要问,但也不是废话。这是书场格局的残留,是说书人在对听众说明具体怎么来理解故事。《红楼梦》在古典小说当中,对传统除了革新也还有继承,这种指点干预就是它从章回小说继承来的手法。

极端的叙述干预,见于18世纪欧洲小说,比如狄德罗的《宿命论者雅克和他的主人》就是个典型:

> 读者,您看到的,我所选择的路不差,我完全可以使雅克离开他的主人,可以使他们俩都随我高兴碰上各种各样意外的事情而使您等上一年、两年、三年,再来听雅克的恋爱史。我可以让主人结了婚,使他成为乌龟,让雅克上船到岛上去,把他主人也领到那里,再使他们俩乘同一只船回法国,这些,谁会来阻止我?制造故事是多方便的事啊!但是我不那么做,他们只需要度过一个不痛快的夜晚,您也只需要等待这么一段时间。①

这就是典型的叙述干预。作者通过这段话想要表达的是,我们必须重新讲这个女人的故事,虽然读者你有点烦了,但我还是要把这个故事讲出来。为什么你必须听呢?因为你是受述者,我是叙述者,你的任务就是听,我讲什么你就听什么。

在晚清中国小说中,叙述者干预现象突然增多,这是因为晚清小说逐渐接受了一些外国小说的写作方法。但使用起来还不能很得心应手,所以有些指点干预显得非常啰嗦。《孽海花》中常有“列位且休性急,让俺慢慢说话……”这样的句子,虽然依旧用的是传统小说中说书人的口吻,但这种叙述者干预的特征是来自外国小说。《孽海花》下

---

① 狄德罗:《宿命论者雅克和他的主人》,匡明译,北京:人民文学出版社,1958年,第2页。

面这一段或许是晚清小说中最长的指点干预吧？

> 想读书的读到这里，必道是篇终特起奇峰，要惹起读者急观下文的观念，这原是文人的狡狯，小说家常例，无足为怪。但在下这部《孽海花》，却不同于别的小说，空中楼阁，可以随意起灭，逞笔翻腾，一句假不来，一语谎不得，只能将文机御事实，不能把事实起文情，所以当日雯青的忽然栽倒，其中自有一段天理人情，不得不栽倒的缘故，玄妙机关，做书的此时也不便道破，只好就事直叙下去，看是如何。①

《官场现形记》第十一回，《黄绣球》第六回，都有类似的长篇指点干预，显然这比中国传统小说中的指点干预长得多。它好像是在为一个新技巧辩护，实际上这技巧非常陈旧，即在紧要处断章。

有意的"过分指点"，经常是故意"幽默"。《阿Q正传》中有一段："立传的通例，开首大抵该是'某，字某，某地人也'，而我并不知道阿Q姓什么。"②这不是故事的开头，而是叙述者表示他在模仿中国的传统文体风格，所以引出了一段关于阿Q的个人史的写法，这是有意拿传记文体这种传统体裁打趣。

指点干预的目的是显示叙述方式。在现代小说中，指点干预的变体非常多。比如王小波的《万寿寺》："所以我的故事必须增加一些线索——既然已经确知这稿子是我写的，我也不必对作者客气——人和自己客气未免太虚伪——可以径直改写。"③他是说"我"就是此书的叙述者，叙述者就是"我"——作者。"我的故事重新开始的时候……""对以上故事，又可以重述如下……"叙述者为什么要说这些话？这表示"我"作为叙述者有完全的控制权，并且在有意炫耀、操

① 曾朴：《孽海花》，冷时峻校，上海：上海古籍出版社，2005年，第149页。

② 鲁迅：《阿Q正传》，北京：人民文学出版社，2013年，第61页。

③ 王小波：《万寿寺》，南京：译林出版社，2017年，第91页。

纵,故意说“我不想平平淡淡说这个故事”。

比如莫言的《红耳朵》:“王十千的故事应该结束了。但就这样结束是不是太简单了?用这么短的篇幅、如此粗疏的笔墨打发了这么好的一个素材,确实有点可惜。本来还有好多文章好做呀!譬如……”叙述者说,这故事的精彩之处还没有被说出来,这是有意为之。

又比如古华的《芙蓉镇》:“这几个主顾无所谓主角配角,生旦净丑,花头黑头,都会相继出场,轮番和读者见面的。”这是在模仿京剧讲故事的方式。这类指点干预,就是对讲述方式的评论。在现代小说当中,指点干预已经越来越少见,因为现代作家更追求“似真”效果,而指点干预会暴露出叙述痕迹。

纪实性叙述中的作者干预,大部分是作者在对采访场面做说明,求生动也求实在。新闻记者说:“到记者发稿时,尚未有新的发现。”电视直播说:“这里视线不太好,但是能看见戴安娜公主从车里走出来。”这些话都是记者直接说的。在这里,记者既是叙述者,也是新闻的作者。当然电视新闻的作者通常是一个团队,但出镜记者在这里是个门面人物。

2. 评论干预

指点干预是对如何讲故事进行干预,评论干预(commentatorial intervention)则是对故事内容做出评论。例如,几乎所有的中国古典白话小说中都有一个常用的句子:“有诗为证。”什么叫作“为证”?就是评论。这是在模仿书场里的说书人,在说书过程中偶尔拿起琵琶弹起来唱一曲。

我们可以看到叙述者的评论有的是直接对人物进行评论,有的是对情节进行评论。这时评论者的身份是叙述者。不妨看一下《水浒传》中武松初见潘金莲时,叙述者插了一段对潘金莲的评论:

> 武松看那妇人时,但见:眉似初春柳叶,常含着雨恨云愁;脸如三月桃花,暗藏着风情月意。纤腰袅娜,拘束的燕懒莺慵;檀口

轻盈,勾引得蜂狂蝶乱。玉貌妖娆花解语,芳容窈窕玉生香。

这里插入的评论的内容,是武松所看到的女人的样子。这是武松心里的想法吗?当然不是,这是叙述者的想法。武松作为“不近女色”的“英雄”,他如果真的如上面引文所说的那样看待潘金莲,那么《水浒传》中的许多情节安排就非常不合理了。

再看《红楼梦》中的宝黛初见,贾宝玉见到的林黛玉,是这样的:

厮见毕归坐,细看形容,与众各别:两弯似蹙非蹙罥烟眉,一双似喜非喜含情目。态生两靥之愁,娇袭一身之病。泪光点点,娇喘微微。闲静时如姣花照水,行动处似弱柳扶风。心较比干多一窍,病如西子胜三分。

可能林黛玉的确有些身体不健康,问题在于此段语言实在太陈腐。贾宝玉极有文才,尤其看不起迂腐文人,怎么会想到“闲静时如姣花照水,行动处似弱柳扶风”这样的表达?这语言水准太次了,甚至可以说,曹雪芹的表达也不至于如此低劣。

那么如何理解这种语言风格呢?中国传统白话小说中,叙述者评论的文风是模仿说书唱词。既然叙述者是书场的说书人,说书人面对的受述者(不是读者)是俗众,这些“以诗为证”是俗众喜欢听的,说的也是俗众能懂的陈词滥调,所以武松看见潘金莲,贾宝玉初见林黛玉,在文本中出现的这种叙述者评论,是叙述者对受述者说的,说的是社会上流行的男性对女性的欣赏方式,并不是武松或贾宝玉的思想,也不是施耐庵或曹雪芹的用词。不然我们无法解释这非常大的语言落差,以及其中所隐含的人格落差。

“以诗为证”实际上是叙述者——书场职业说书人——的语言。他用的什么标准?习俗通用的标准。在《红楼梦》中这种情况还很多,比如第五回贾宝玉进入秦可卿的卧室,见到房间里的摆设华贵至极。对这个场景的描写用的手法是典故堆砌，而且多是俗文学中的典故：

> 案上设着武则天当日镜室中设的宝镜，一边摆着飞燕立着舞过的金盘，盘内盛着安禄山掷过伤了太真乳的木瓜。上面设着寿阳公主于含章殿下卧的榻，悬的是同昌公主制的联珠帐。

总体来说，在中国传统小说中，叙述者评论的目的，是用听众能懂的语言，能唱成流行歌的语言，用俗不可耐的描写，来刻画人物形象，或解释听来离奇的情节。

这类叙述者评论的语言，有时会到相当不堪的地步。比如《金瓶梅》中竟然说："往往男子之名，都被妇人坏了者。"坏了男人名声的都是妇人？我知道女同学们看到这句话会恨不得把叙述者揪出来打一顿。但且慢，为什么不能打他？因为书场中的说书人在插入评论时所用的语言必然多是老生常谈，因为要顾及听书人的文化思想水平。

哪怕在现代小说中，有些叙述者评论也还是老生常谈。如《子夜》里说道："这年头儿凡是手里有几文的，谁不在公债里翻跟头。"《围城》中的这一段挺有名的："许多人谈婚姻的语气仿佛是同性恋爱，不是看中女孩子本人，是羡慕她的老子或者哥哥。"说起来挺好笑，却也是受述者（读者）能懂的事情。

3. 作为一种风格的过分干预

干预就是叙述者把自己的主张立场强加于作品，而现实主义作品据称应当是尽量客观，像镜子般客观反映现实。但悖论的是，越是现实主义的小说，其中的干预越多。比如萨克雷的《名利场》，是英国现实主义小说最重要的典范之一。萨克雷认为：

> 小说作者常犯的罪过，是夸而无当，是大言不惭……可能在当今所有玩小说的人中，鄙人的说教瘾最大。难道他不是老停下

故事向你说教？他本应照看自己的事务，却老是拉着诗神的袖子，用嘲弄的宣讲使诗神厌烦。告诉你，我想写一篇小说，其中完全没有唯我中心主义——没有思考反省，没有讽嘲讥评，没有老生常谈（以及其他此类东西），每隔一页就有一个事件，每一章都有一个坏蛋，一场战争，或一件神秘的事。

萨克雷是19世纪英国主要作家中最喜欢在作品里做干预的，他似乎也明白这一点，还会在叙述者干预中嘲弄自己的评论。那么这究竟是作者的声音，还是叙述者的声音？注意在19世纪的小说中，叙述者经常自称“作者”，把受述者称为“我亲爱的读者”，这个“作者”与“读者”，其实只是叙述者与受述者的替代称呼。

许多叙述者干预其实并不妨碍作品对现实生活的反映，也许现实主义作品就是必须把一切都仔细讲解清楚。罗曼·罗兰在《约翰·克利斯朵夫》中用了整整十多页的篇幅来评论革命理想问题。这部小说曾被认为是现实主义作品的典型，但十多页的评论，可能确实有些过分。

米兰·昆德拉的《不能承受的生命之轻》，用了整整数页来讲“媚俗”（kitsch）问题。现代以来许多作家都已经学会用比较客观的语气叙述事物，但也有像米兰·昆德拉这样典型的后现代主义作家，其写法是不同的。昆德拉的这段长评，已经成为文学理论领域在讨论这个问题时的必引之文，很少见到像这样的小说段落被引入理论史的例子。

现代小说的一个特征是比较排斥叙述者干预，因为干预会破坏小说叙述的拟真努力。针对莫里亚克的《苔蕾丝》系列小说，萨洛特写了一篇很尖锐的批评：“在真正的小说里，与在爱因斯坦的世界中一样，没有一个全权的观察者。他眼中没有小说，没有艺术。上帝能穿透一切，但是穿透一切的东西里面没有小说，上帝不是艺术家，莫里亚克先生也不是。”[①]这话说得挺有趣，也一针见血：现代小说并不需要

---

① Natalie Sarraute, *Tropism and The Age of Suspicion*, Riverrun Press, 1986, p. 127.

作者的评判或叙述者干预,更多需要的是给读者留下自己衡量的余地。

在一些特殊场合,叙述者干预可以用得很巧妙。比如《百年孤独》中的第一句话:“多年以后,奥雷连诺上校站在行刑队面前,总会想起父亲带他去参观冰块的那个遥远的下午。”这句话讲到未来,讲到未来他可能会被枪毙。它是整个小说的开场,同时也是贯穿时间的一个大回旋。这是一个在 20 世纪八九十年代许多中国作家喜欢模仿的句式。莫言说他写《红高粱》,就有意仿照这样的描写与干预混合的写法,在开篇第一句话,就涉及过去、现在、未来。

这个句式本身是挺有趣的,但它是干预,是叙述者的话。它说到未来,谁能知道未来?只有叙述者知道,叙述者是从未来回望来作这个叙述的。

反过来,叙述者对小说情节的干预,有时候可能极端隐蔽,比如姚雪垠的《李自成》:“李自成镇定而威严地向全场慢慢地看了一遍,奇怪,仅仅这么一看,嚷叫和谩骂的声音落下去了。”这个“奇怪”是谁说的?是叙述者说的,是为了表现李自成不怒自威。这是叙述者请受述者一道对这个场景表示惊奇:李自成威信之高,竟然到了这个地步。

我们上面举出的几个例子,都是让叙述者插进来干预,在文本中往往可以起到画龙点睛的作用。评论干预实际上经常散布在小说文本的各处,篇幅很短,也很自然。

第三讲　作者、隐含作者、不可靠叙述

第一节　作者与叙述文本的关系

1. 为什么要杀死作者？

从上一讲可以看到，从叙述文本中排除作者，成为叙述学立足的第一步。而“杀死作者”，已经成为文学理论界最耸动视听的口号之一。1968 年巴尔特写了一篇名为《作者之死》的文章。为什么要作者去死呢？因为在传统的文学评论当中，作者是 Author-God，是一个上帝式的存在。上帝主宰世界，作者主宰文学世界。文学世界就这么一点儿大，但作者是他所写出的文本世界的上帝。

近代之前，作者是不受重视的，巴尔特认为作者地位的突然高升，是近现代以来才发生的事，是资本主义意识形态上升的体现。既然作者在历史上是晚出的，那么巴尔特等人坚持要把作者“杀死”，有什么好处呢？

为什么批评家要杀死作者？为什么没有人要杀死叙述者？因为，作者死了，读者就生成了，解释就可以自由了。当然这里的“杀死作者”并不是说把作者真的铲除，而是说，我们不再需要讨论作者的想法，作者的想法不再被作为理解作品的根据。

1969 年，福柯也写了一篇文章，题为《什么是作者？》。他认为“作者”是一个历史范畴，是资本主义生产方式在文学创作领域的体现。

"作者"并不是一个历史事实,它并非阅读的前提,而是批评性阅读的结果,"作者"本身是我们在阅读了以后创造的。我们需要一个意义的源头,而"作者"并不是预先存在的。这个说法对不对?应当说是对的,为什么?福柯建议文学研究应当改变:"不再有令人讨厌的喋喋不休:'谁是真正的作者?''我们有此文属于他或出自他手笔的证据吗?'"①福柯指出,新的提问方式应当是:这个文本存在的方式是什么?它来自哪里?谁控制着它的流传?它的可能的主体是如何安排的?是谁在完成主体的这些不同的功能?符号学、叙述学就是对付上述这些问题的。对于福柯的提问,我们在下一讲"隐含作者论"中将试图回答。

"作者"的确是文化史上后出的功能:莎士比亚究竟是不是莎剧的作者,到现在还是一个可质疑的问题。曹雪芹到现在都没被考证出来他是谁。《三国演义》是罗贯中写的,《水浒传》是施耐庵写的,这是为了给大家一个稳定的说法而定下的,事实上在20世纪50年代之前,这两部小说的各种版本署名不一,罗贯中可能是《水浒传》的作者,施耐庵可能是《三国演义》的作者。欧洲的《亚瑟王传奇》,是从欧洲各国的故事中衍生出来的,没人清楚它最初是怎么出现的,15世纪马罗利把它"写定"成一个本子,但还是阻止不了新的文本。在17世纪冯梦龙、凌濛初这两个"专业作者"出现之前,中国白话小说是没有清晰的"作者"概念的,实际上冯梦龙、凌濛初这二位大师,当时也完全没有著作权概念,经他们改写并被收入《三言》《二拍》的大部分篇章,是已经在书场被讲述,或在舞台上演出的故事;在今天看来,他们这样的写作,无异于抄袭。

浩然是《金光大道》的作者,《金光大道》是关于农业合作化的。在"文革"时期,浩然是作协主席,他的小说在当时的影响力仅次于样板戏。"文革"后有人问浩然关于这部小说的创作情况,浩然说他那时

---

① 米歇尔·福柯:《什么是作者?》,见赵毅衡主编:《符号学文学论文集》,天津:百花文艺出版社,2004年,第523页。

候是受“四人帮”的蒙骗而写下的这部小说。所以一个文本的作者在当时或后来自述的写作意图常常是不可靠的,他可能会说他当时所说的写作动机是假的,后来的自我批评才是真的。

为此,新批评派提出过“(作者)意图谬见”这一术语。作者意图如果在文本中得到了实现,读者看文本就行了;如果作者意图没有在文本中得到实现,那么作者意图就跟我们没什么关系,文本的意义应该由文本决定。这个理论听起来似乎挺说得通的,但实际上文本意义及其解读,不可能完全离开作者,也不可能完全不顾社会文化语境。“文本完全独立”这种看法是荒谬的,作者依然是一个非常强大的主体精神来源。

此节下一段的讨论,会仔细说明,把作者完全赶出文本,是不可能做到的,本节开头引的两位大师说的“杀死作者”,只是耸动视听而已。因为叙述是人创造的,所以不可能摆脱人的主体精神渗透。我们可以说,作者写出了作品,但在虚构叙述作品中,有框架/人格叙述者代行叙述源头的功能。

2. 叙述中的复杂主体关系

主体,就是感知认识判断的来源。在叙述中,主体分化到叙述活动的各个层次。举一个例子,马塞尔·普鲁斯特写了多卷本小说《追忆逝水年华》。这部长篇写一个叫马塞尔的人讲述他自己的一生。在最后一卷的结尾,马塞尔说,他要坐下来把自己的经历写成一部书。我们很自然会想到,这个马塞尔当然就是作者自况,他所要写的书当然就是《追忆逝水年华》。小说当中的叙述者马塞尔,以及他所说到的主人公马塞尔,就是作者马塞尔·普鲁斯特的人格转化。

这部长篇的第一卷出版于1913年,最后一卷出版于1922年,同年作者去世。但根据书中情节推算,叙述者马塞尔在1928年左右才坐下来写作。(小说中写道:“在大战之后10年,我坐下来写。”)但这个时候作者马塞尔已经死了,他怎么可能在死后写这本书呢?

唯一的答案是,这三个人格并不是同一个人,它们生活在不同的世界当中。这里有三个马塞尔:作者马塞尔、叙述者马塞尔、主人公马塞尔,三人应当说是不一样的人格。他们也生活在不同的世界和时间里面。

《追忆逝水年华》是一本著名的自传体小说。既然是自传体小说,那作者写的就是自己。自传体小说应当是作者在他活着的时候写下来的,马塞尔·普鲁斯特就是在1922年他去世前写完《追忆逝水年华》。"自传体小说"本身是一个有太多歧义的概念:在一部小说中,到底有多少成分作者写的是自己,才能叫作自传体小说呢?任何作者都会把自己的一部分放进小说,比如自己的性别、名字、相貌、文风、思想、判断等。

不管是自传还是非自传,作者都会在作品中贡献一部分主体性,这是不可避免的,甚至是不由作者做主的,但究竟贡献了多少,贡献了哪些,才能成为自传体小说,这是我们要讨论的问题。叙述文本里多个主体之间会发生冲突,叙述学讲的就是主体之间是如何发生冲突的,以及怎样造成了多声部。

我手里这本《中国文学史》是20世纪六七十年代大学里中国语言文学系的教科书,是当时中国文学史领域最有影响力的教科书之一。书中讨论元稹《莺莺传》时有一句话:"《莺莺传》中的张生,就是作者自己,那是无疑的,所以故事的发展,心理的活动,都有实际的经验,绝非出于虚构,因此写得格外真实动人。"①如果有历史证据或者有文献可证,这句话或许能成立,但实际上唐代能留下的证据,大多数为诗人应酬之作,数量虽多,但不足以证明《莺莺传》为作者自传。无论如何,说"无疑"恐怕不妥。文学史家哪怕怀疑"张生是元稹本人"都行,但是"无疑"这说法,恐怕太过。我们只能说《莺莺传》可能有一定的作者自传成分,但这成分到底有多少,现在很难考证,所以不妥的是

---

① 游国恩主编:《中国文学史》,北京:人民文学出版社,1963年,第185页。

“无疑”这两个字。1979年该教材出第二版，就改成：“张生形象有作者的影子，有一定的可靠性。”[①]口气缓和多了。

因此，某个文本一旦确定为自传体小说，作者作为主体进入文本就不可避免；这时候把作者排除在叙述文本之外，就变得十分勉强。在此，我们就碰到了一个难题，那就是，到底在什么条件下，可以叫“自传性质的小说”？其中究竟有多少作者主体成分？

3. 自传体小说

什么叫自传体小说？就是作者在小说中讲自己的故事，在文本中，作者、叙述者、主人公三个人及其经历，有不同程度的印合。如何证明这种印合呢？要到文本之外去找证据，只把文本之内的第一人称叙述作为证据，显然是不够的。严格意义上的自传体小说是指，作者不得不委托一个人物叙述者来叙述整个小说文本，这个人会自称“我”，而且用的是作者的名字，比如像《追忆逝水年华》那样，文本中的叙述者与人物都叫马塞尔。

关于自传体小说，我们可以举出很多例子，比如路遥《在困难的日子里》，托尔斯泰《童年、少年、青年》、高尔基《我的童年》《在人间》《我的大学》这个自传三部曲。高尔基的这个自传三部曲可能是他最好的作品，尤其是《我的大学》，我认为是自传体小说中写得最好的。此书为什么让人感动？各位切记这里有一个对比：我们现在上的是大学，而他是一个流浪劳工，上的是“社会大学”。

有人认为郭沫若的《我的童年》《创造十年》也是自传体小说，恐怕不是，因为它们是自传，而小说是需要虚构的，至少部分虚构。传记和传记小说有什么区别？说实话，从表面上看，很难区别。我们只能靠风格来区别，比如直接引语用得多了，恐怕是小说，因为直接引语是人物的原话，如果不是虚构的话，你靠回忆说我当时听到老师说了什么，对不起，多年之后，你怎么能记得那么清楚我现在说的话呢？直接

---

① 游国恩主编：《中国文学史》，北京：人民文学出版社，1979年，第203页。

引语多了,就只能是自传体小说,而非自传。

文本中如果充满人物对话、对人物心情的描写、通过人物视角观察的情节、详细的场景细节等,比如“那天教室里灯光灰暗,窗外阴风撼树似狼吼”之类,这往往是小说。纪实与虚构,不仅是体裁之别,也是风格之别。所以《追忆逝水年华》中的许多对细节的精细描述,表明它是典型的“仿自传小说”。

屈原的《离骚》是一部拟传记叙述,它让作者发了很多感慨,关于政坛、国运、身世等。但长诗一开始就把作者自己的名字、家世,都给了第一人称叙述者:“名余曰正则兮,字余曰灵均。”虽然作者的名字叫平,字原,诗中有“飞龙”“仙子”等虚构的形象,但并不能说明它是虚构。那个时代富于想象的人,可能都认为这是“真实”的。屈家是楚国的大族,控制朝政许多代。这可以说是拟自传的叙事诗。

自传体小说还是非常有吸引力的。比如加拿大华裔女作家刘绮芬的《离家出走:一个街头流浪儿的日记》,非常好的作品,后来被改编成一部电视剧,也是当代华裔作品当中改编得比较成功的一部。华裔家庭一般家教比较严格,女孩子离家出走就显得更戏剧化。据说这是根据她本人的三本日记创作出来的。

到最后,所谓自传体小说,哪怕它里面叙述者与人物是“我”,哪怕它风格很像自传,也不能说明它就是自传。自传与否,必须依靠文外的证据,例如作者本人的日记等来对证,不然的话还是在两可之间。

4. 类自传小说

类自传小说是第三人称叙述,这也是自传体小说中采用最多的叙述方式。按理说自传是不可以用第三人称叙述的,但当人物与作者可以互相印证时,作者把自己主体的相当重要的一部分(例如身份、经历甚至名字的一部分)放到作品里面,到一定的程度时,可以称为自传体小说。

元稹的《莺莺传》,里面的人物叫张生;丁玲的《莎菲女士日记》,里面的人物叫莎菲;老舍的《正红旗下》,琼瑶的《窗外》,还有最有名的奥斯特洛夫斯基的《钢铁是怎样炼成的》,以上作者们放进作品的,不是自己的名字,而是作者自我的其他部分,这是类自传。但是1950年代批判丁玲的人,咬定“丁玲就是莎菲”,可见一个作品在多大程度上被视为作者自传,取决于作者的写法,也取决于阅读的语境。

《大卫·科波菲尔》是狄更斯最好的小说之一,据说是其自传。这个时候如何判断呢？靠研究狄更斯生平的专家。他们在该小说中寻找与狄更斯生平可相互印证的蛛丝马迹,但迄今的研究成果只能说“有很强的自传成分”。乔伊斯的《青年艺术家肖像》,劳伦斯的《儿子与情人》,杰克·伦敦的《马丁·伊登》,德莱塞的《天才》,以上这些作品,没有一个是用作者自己的名字来叙述情节的,都是第三人称叙述。文学史家如果有文外证据,证明作者把自己主体的相当大一部分放进去了,就可以说其“有自传成分”。

甚至《红楼梦》也可以看作一种类自传小说。很多文学史研究者认为,贾宝玉这个人物形象跟曹雪芹在许多方面是相通的,比如家世、经历、精神世界等。端木蕻良凭他对《红楼梦》的研究,写成了长篇小说《曹雪芹》,他是根据《红楼梦》的情节反过来写曹雪芹本人的传记。在这个层面上可以说,《红楼梦》是一个类自传小说,虽然主人公不叫曹雪芹。

很多同学试写过小说,你们写的小说当中有没有自己的影子,有没有自己的经验？那么你们是写了一个自传小说,还是类自传小说呢？或许大多数都只是在一定程度上写入自己的经历和人生体验,毕竟,小说中几乎必有作者自我,自传的成分有多少,只是个程度问题。

5.“自小说”与作者主体租赁

本段讲一个奇特的体裁,叫作“自小说”(autofiction),这个词的中文往往译成“伪自传”。让这个名词变得尽人皆知的,是日本“叛逆美少女作家”金原瞳,她有一部小说的标题就是英文的*Autofiction*。在这个小说里,女作家写她自己的经历,总共分成四个故事,因此是关于自传写作的自传小说。

与类自传小说不同的是,“自小说”用第三人称叙述,因此没有一个与作者同名的叙述者,只是小说中有一个人物用了作者的名字。也就是说,“自小说”是一种特殊的类自传小说:第三人称叙述,写一个与作者同名的人物所经历的事。近几年“自小说”作品越来越多,比如海蒂的《母性》、克瑙斯高的《我的挣扎》、库斯克的《鼓童》,都是典型的“自小说”。

“自小说”有一个广为人知的例子,就是玛格丽特·杜拉斯的《来自中国北方的情人》,其中主人公的名字也叫玛格丽特。小说主人公的经历跟杜拉斯早年经历相似,也是跟越南某华人青年有一场恋爱。玛格丽特·杜拉斯另外一部小说《情人》更有名一点。这两部作品是姐妹篇,可以互相作为文外证明,证明小说中所写的确是她的真实经历,不然她不会用不同方式写了两遍。《情人》中的叙述者自称“我”,但明显这部小说中的虚构成分多一些;《来自中国北方的情人》用的是第三人称。作者的主体变换着不同方式出现,她的不同的部分分别“租赁”给了这两部小说。

李六如的《六十年的变迁》,其主人公季交恕这个名字是作者名字的变形。但丁的《神曲》实际上也可以说是部“自小说”,因为它的主人公也叫但丁,在文本中,维吉尔引导但丁穿过地狱。卡夫卡的著名小说《城堡》《审判》,从某个意义上说也是“自小说”,因为主人公叫K,这是卡夫卡名字的首字母。虽然卡夫卡本人并没有受到审判,也没有在城堡面前迷路,但是他把自己的生命困境写进去了。

作者的主体性总是会租赁一部分给叙述文本。我们前面说了很多关于“作者之死”的话,在关于叙述的研究中也一再说作者不可能在小说当中说一个字,但作者可以——而且不可避免地——把自己的某些东西“租赁”给小说。所谓“自小说”只是作者借出自己名字的方式有些特别而已。卡夫卡小说被改成电影时,导演选杰洛明·安恩斯来演主角K,这位英国演员长得很像青年卡夫卡,脸相是很忧郁的。因为在观众心目中,K就是卡夫卡,长着卡夫卡式的忧郁的脸。虽然谁都不知道 K 的长相，但至少这是观众最能接受的形象。

中国网络小说经常被人看不起，说是写得太水，其实中国网络小说中有很多叙述学的实验，你们或许可以注意一下网络小说的叙事特征。网络小说作者常是职业作家，需要以写作来换得收入，因此每天要发一段。唐家三少的《为了你，我愿意热爱整个世界》，写一个叫长弓的人，与木子 17 年的相爱历史。这是一个“自小说”的格局，作者把自己（张威）与妻子的名字（李默）变形后借了进去，同时用的是第三人称。

某个法国女导演推出的电影新作《摄影机我：自小说》，写一个女导演为了推出她的实验电影，走过了全世界许多城市，有不少艳遇。这部电影的编剧、导演、演员都是她自己，镜头拍的也是她自己，你们对电影感兴趣的，可以试试看这种方式的“故事片”。

结论是什么呢？所有的叙述都是一个主体游戏。这个游戏有两个互为悖论的原则：一是作者不等于叙述者，作者不能在小说中直接说话；二是作者不可能不借出自己的一部分给文本，文本中免不了有作者的影子。也就是说，小说作品是不同程度上的作者“自传”。作者主体的“部件租赁”，就像是汽车修理行里，同一个部件可以被装在不同的汽车上。作者主体中各种各样的“部件”都可以借用。

只是“自小说”借出的人格“部件”比较特殊，比如一些小说中的人物用了作者的名字。我们身上还有比名字更明显的自我标记吗？此时作者的自我既是分裂的又是合一的，就像人物戴了一个面具，一个非常像作者的面具。举个博尔赫斯的短篇《博尔赫斯与我》为例，小说中有一段话：

> 有所作为的是另一个人，是博尔赫斯。我只是漫步于布宜诺斯艾利斯的街头……我通过邮件获得关于博尔赫斯的消息，并在候选教授名单或人名辞典中看到他的名字。这不是荒唐吗？我不就是博尔赫斯吗？所以说我是博尔赫斯，又不是博尔赫斯……

所以我不知道我们俩是谁写下这篇文字。[1]

这段话非常有趣，博尔赫斯好像在戏耍我们，但实际上这段文字正好显示出了作者与叙述中的各个主体之间的关系，只是用的手法夸张了一点而已。王小波《革命时期的爱情》中的“主体租赁”现象也是变幻莫测：小说开始时，主人公名为王二，用的是第三人称叙述；在故事中间某个地方，忽然改为用第一人称来叙述；但在承认王二就是“我”之后，继续用第三人称来叙述王二的事。

叙述是框架/人格叙述者声音的产物，但归根结底，小说的确可以变换作者把自己借进文本的方式，一如王小波可以让《黄金时代》中的叙述者王二声称：“这个被追逐的故事就发生在我身上。”

第二节　什么是不可靠叙述？

1. 隐含作者

上一节已经交代了作者进入虚构叙述的各种方式，有些方式很奇特，但作者毕竟是叙述文本之外的主体，我们承认这个主体的存在，以及他对作品的种种影响，但是这些都要文本之外的证据来支持。因此，如果我们不进入文学史，在讨论叙述学时，就先“悬置”作者，存而不论，不然无从讨论。

如果不去看作者生平，叙述学作为一种理论就必须承认：在读者和受述者之间，作者和叙述者之间，还有一个主体，即隐含作者（implied author）。要那么多层主体干什么呢？因为叙述者说话可能很不可靠，或是有意不可靠，经常是半遮半掩，欲言又止，或是言非若是，“阴阳怪气”，或是有二说一，顾左右而言他。我们怎么会知道？因为

---

① Jorge Luis Borges, “Borges and I”, *Labyrinth*, tr. E. Irby, New York: New Directions, 1962, p. 1.

我们从叙述文本中可以读出一个隐含作者，这个隐含作者代表了文本的价值立场，可做对比。

有了隐含作者以后，才能讨论所谓叙述可靠性。因为叙述者是作者的代理人，这个代理人可以是一个唯命是从的人物，也可以是一个有叛逆个性的人物。如果他的个性跟整个叙述文本的价值观不一致，就会在作者与叙述者的单纯委托关系中，演化出隐含作者与叙述者的关系。

为什么要讨论得这么复杂？因为这是现代小说最关键的问题之一。现当代小说，很少有可靠的叙述；也就是说，很少有可靠的叙述者。为什么现代小说有如此演变？因为现代叙述是一种艺术，艺术的本质就是不能有话直说。

任何一个文本都有一套自己的价值观。本书第一讲就说过，叙述文本是一个伦理性的构造，它有一套价值观。任何文本，不一定是叙述文本，也包括其他文本，比如我们这个教室的结构，我们这个教学楼建筑的设计，我们这个校园的布局，甚至我们这个班的组成，都隐含着一套伦理价值观念。

这个伦理观念的发出者是作者。但是，作者意图不可追，我们不一定知道这个校园是谁设计的，谁拍板定案的，我们只是明白这个主体的价值观是：生态、宁静、有现代追求、有学术气氛、努力培养爱国情操和现代性思维等等。大家想一下是否如此？也就是说，可以不去追索设计师的言说，文本的价值观是客观独立的存在。如果把一个叙述文本类比于校园，我们可以同样移用这个思路。这就是隐含作者，它是文本价值观的体现者。

你们就看看学校对面的楼盘：这个是高档楼盘，那个是廉租房。任何事物，只要将其看作表达意义的文本，就会发现它有一套价值观念的支持；各种东西配套起来的时候，就会合成一定的观念。对叙述作品更可以作这样的理解；一部小说或电影，更会有它的价值观。文本既然已经在那儿了，这个价值观就体现在一个类似作者的人格上,有了它,我们可以暂时不去追寻作者本人的声明,因为实际上他的声明并没有文本本身说得清楚。

更何况我们也可以看到,这一套价值观不完全是作者的价值观。你可以说,校园设计者不是这样有高尚道德的人,而只是个生意人。没关系,只要他设计时采用的理念如此即可。上一讲说过,作者这个人格不断地在变化。我们在《符号学讲义》最后一讲中仔细讨论过这个问题:没有一个人占有稳定的人格,人格是在意义活动当中变化的,也是在意义活动中实现的。如果一个作品已经完成,它就不再由作者决定其意义,而是体现为一个可观察的价值观,一个相对稳定的伦理意义。

2. 叙述分析不需要原作者

我们读《红楼梦》,会觉得《红楼梦》当中有一套价值观,这套价值观是什么呢?就是鄙视尘世的各种荣华富贵,把爱情看得无比高尚。能不能说这个是曹雪芹的观念?第一,我们不了解曹雪芹其人,也弄不清曹雪芹与其他周围人(例如脂砚斋)的关系;第二,我们不了解曹雪芹是一直怀着这样的价值观呢,还是在写作过程中有变化?须知故事结局是文本中所有价值观的总结,而偏偏我们没有证据确认高鹗有没有按曹雪芹的意图,来处理《红楼梦》的结局。既然找不出作者的意图,我们唯一可以看得出来的,只有《红楼梦》隐含作者的价值观。

每个人虽然对《红楼梦》的解释不一样,但整个社群对它的看法,整个中国的读者群对它的看法,大致上是一致的。在《哈姆雷特》剧中,我们可以推断出来一个体现了文本价值观的隐含作者,但这个人格与历史上的莎士比亚能否对应,作者人格与历史人物的人格是否相合,是文学史中的重要的问题。文学史到现在依然苦于缺乏确凿的证据,甚至也不能确定是否真有莎士比亚这位剧作家。但这并不能阻挡我们分析《哈姆雷特》的价值观。

如此一来,我们就知道,文本中的价值观需要一个人格来体现,这个人格就是叙述文本的隐含作者。比如上一讲说到的《莺莺传》,对其隐含作者的价值观是可以看清楚的,但如果一定说这也是作者元稹的价值观,那就要提出证据来。引入隐含作者这一概念的目的是,即使没有足够的文本外证据(反正那些证据也不管用),我们也依然可以讨论叙述声音的可靠性。

所以,隐含作者只能是我们通过阅读归纳出来的一个人格。这个人格支持文本背后的一套社会文化形态、个人心理以及文学价值观、道德、情感。这些来自一个源头,既然这个源头不方便直接放到作者头上去,我们就只能放到隐含作者头上去。这样有什么好处呢?就是如果作者玩失踪,或写篇回忆录"回心转意""洗心革面",我们可以对之暂时不理,因为他的价值观已经固定在文本中了。作者会变,作者会骗,作者会编,但不管他个人如何,文本都已经"立此存照"。

况且作者的此时之心非彼时之心,而且写下的心思不一定是作者的真心。他甚至可能也并不了解自己。比如关于李白,"世人皆欲杀"这句话不会毫无根据。如果李白的人设坍塌得很厉害,那么知人论世这个工作要不要做呢?要做。交给文学史家去做。文学史家写李白传,会把此人写透,会把唐朝社会文化描述清楚。我们祝愿他们能完成这任务,肯定会对我们了解李白有帮助。但一本又一本"李白评传"的出版,足以证明这工作是多么任重道远。我们分析李白的作品,不一定非得等文学史家们。

隐含作者就是体现在作品当中的人格,注意,不是作品之外的人格,而是体现在作品当中的人格。而且,观察作品,我们会发现一个奇怪的情况:隐含作者一般来说比真实作者高贵、聪明,也更有艺术能力。你们仔细想想是不是有这样一回事儿?

罗伯特·弗罗斯特是美国最著名的田园诗人之一,西尔维娅·普拉斯被认为是女性主义杰出的前驱诗人;但叙述学家布斯评论说,"当我得知弗罗斯特、普拉斯和其他善于戴面具的人生活中的一些丑陋细节时,我对其作品反而更加欣赏了"①。为什么知道了作者的性格缺

---

① 布斯:《隐含作者的复活:为何要操心?》,见 James Phelan、Peter J. Rabinowitz 主编:《当代叙事理论指南》,申丹等译,北京:北京大学出版社,2007 年,第 78—79 页。

点,反而对其作品更欣赏了呢?因为作品克服了作者本人的人格缺点:在文本中生存的隐含作者,能比在尘世中生活的作者更迷人,能让我们更加感受到作品的魅力。

文学史上晋代的潘岳是《闲居赋》的作者,现实中的潘岳,据说是一个出了名的贪官污吏。元好问曾评说道:“高情千古闲居赋,争信安仁拜路尘。”“安仁”是潘岳的字,“拜路尘”就是在路边的尘土中下拜高官,拜的目的是往上爬。那么问题来了:如此人品,岂能写《闲居赋》?

所以费伦提出来,隐含作者跟作者相比的话,一般来说隐含作者更高贵、更聪明、更有艺术魅力,为什么呢?因为隐含作者只生活在文本当中,而一部作品比一个人更能传世、更有艺术魅力是肯定的。我相信我如果写虚构作品的话,比我现在讲课说的话肯定要漂亮一点。第二,更聪明,更高贵,这一点是最奇怪的事情,为什么在作品当中的隐含作者会比作者高贵?因为作品需要某种伦理道德观念的表达,而伦理道德在相当程度上是公众所赞同的。

唐太宗读关于隋炀帝的文章时曾感慨道:“朕观《隋炀帝集》,文辞奥博,亦知是尧、舜,而非桀、纣。”①历史上隋炀帝是昏君的典型,做了好多坏事,但唐太宗说他的文字好漂亮,写得文辞奥博,由此足见文辞当中的人格远远比真人来得更高贵。

前面说的是“人不如文”,那么有没有“文不如人”作为反例?应当说反例很少。钱锺书曾举过一个例子,“竹林七贤”之一嵇康的《家诫》。嵇康在此文中关照家里人要低头做人、谨慎处事。但嵇康也在《与山巨源绝交书》中,义正辞严地宣告自己的立场:我就不跟权势走。因此钱锺书评论说:“人之言行不符,未必即为‘心声失真’。常有言出于至诚,而行牵于流俗。蓬随风转,沙与泥黑;执笔尚有夜气,临事遂失初心。”②这就是说,我们做某事的时候,并不见得我们就

---

① 袁枢:《通鉴纪事本末》,北京:中华书局,1986年,第2600页。

② 钱锺书:《谈艺录:补订重排本》下卷,北京:生活·读书·新知三联书店,2001年,第501页。

是这样的人。嵇康一方面关照家人要低头做人,另一方面,他的《与山巨源绝交书》为他招来了杀身之祸,刽子手提起刀,嵇康临危不惧,弹一曲《广陵散》,慷慨成仁。

我们知道范仲淹是宋代的第一儒将,但他却写出“酒入愁肠,化作相思泪”这样的词。他曾带着大军与西夏作战,俗话说“慈不掌军”,这个人应当是宋朝的硬汉子。我们也知道他的崇高道德名句:“先天下之忧而忧,后天下之乐而乐。”如此担得起重任的人物,怎么会“酒入愁肠,化作相思泪”呢?这个人格是范仲淹吗?不是他,而是《苏幕遮》这首词的隐含作者。因为当时的词都是“男子作闺音”,文人写词给歌女唱,歌有歌法,应当说这样的创作是一种文字游戏。此词的隐含作者身上或许有范仲淹的影子(他的文人才气之体现),但绝对不是他本人。

我们前面说到当代文学理论家要“杀死作者”。要作者“死”,“死”的是哪一个呢?福柯说要杀死隐含作者。我认为隐含作者是杀不死的,为什么呢?简单来说,只要文本在那里,隐含作者就活在文本里。

这样就让我们思考下一步推论:既然不同作品里有不同的隐含作者,那么会不会同一个作者,写出几个不同的隐含作者?费伦对此有一句幽默的话:一个土豆可以做成几种菜,但是做不成番茄。土豆作者能把自己做成番茄吗?能伪装自己到他人完全认不出来的地步吗?也许是能的,例子实际上不难找,上面说的潘岳就是一个。

费伦举的例子是凯特·肖邦,美国19世纪著名女作家。她写了几本小说,其中,一本小说提倡妇女解放,一本小说写追求自由的女主人公反悔自己解放得过了头;一本小说说黑人有劣根性,另外一本小说说黑人正直善良。她变来变去,可能是因为她的观点就这样变异不定,也可能她的观点并没有变,只是每一本不同的书里写着她不同的观念,类似于“一鱼三吃”。这个问题需要传记作家来研究。就一位作家而言,不能要求他的各个作品的隐含作者都必须统一。

实际上并不需要作家另写作品,同一作品如果版本改动过大的话,可能文本意义就变了,也就可能换了隐含作者。《金瓶梅》的节本(洁本),与全本相比,变动之大,各位都知道。聂华苓的《桑青与桃红》,1977 年的香港版与 1980 年的北京版非常不一样。李劼人在 1949 年之前出版的《大波》,很轰动,1954 年作家出版社要重版此作,李劼人因此请他的儿子做重版的改写指导;他儿子很早就投身革命,李劼人希望通过他儿子的指导,运用历史唯物主义思想来重写。哈代的《德伯家的苔丝》,最早在杂志上分期刊登时的内容,跟后来出版的不一样,结尾变了,原先的版本对人物比较迁就宽容,后来的版本则表达了人物走向绞刑架的绝望。

所以每一个文本都有一个隐含作者。注意,版本不同的话,不一定是文本不同。120 回的《红楼梦》跟 80 回的《红楼梦》的隐含作者几乎是同一个人,因为虽然全本《红楼梦》前后文笔风格有很多不同,但价值观几乎是延续的,我们看不出《红楼梦》有前后矛盾的隐含作者。有的人说高鹗背叛了曹雪芹,此论至今无证据。我觉得曹雪芹前面已经埋下了相当清楚的伏笔:贾宝玉是肯定会去考科举的,也会跟薛宝钗过上比较平安的生活,夫妻不见得会吵架,只是贾宝玉心有所念,不会长久在尘世苟活。再例如《三国演义》是由很多片段集合而成的书,但也只有一个隐含作者,因为该书中表达的尊刘反曹的儒家历史道德是贯穿始终的。

版本不同造成隐含作者变化大的最明显例子,是《水浒传》。《水浒传》原版本也是 120 回。金圣叹评点"水浒",只留 70 回,他说写到梁山聚义就行了。虽然他的做法大有争议,但也许他是对的,因为写下去梁山好汉要么失败,要么就背叛原先的宗旨。120 回的版本有投降这个内容,70 回的版本则以梁山好汉大聚义结束。所以 70 回本的隐含作者,主张的是农民革命的胜利。隐含作者总是在结尾这个节点上形成,所以 70 回的和 120 回的两个版本有两个完全不同的隐含作者。我们没有根据说它们是出于不同的作者之手,但是这两个叙述文本的隐含作者有非常明显的不同，这是事实。

再举一个例子。英国作家哈葛德的小说 *Joan Haste*，中文标题作《迦因小传》，1903 年蟠溪子所译。当时这个译本流行很广，但原书只译了半部，译者说是另外一半找不到。林琴南是当时头号"翻译家"，他就译出了一个全本，由商务印书馆出版。原译者蟠溪子当时因此非常不高兴，发表文章说，他当初花了好大力气遮掩："几费斟酌，始将有孕一节为迦因隐去……不意有林畏庐者，不知与迦因何仇，凡蟠溪子所百计弥缝而曲为迦因讳者，必欲历补之以彰其丑。"①

该书下半部分讲的是女主人公迦因未婚先孕，蟠溪子为塑造其（当时中国人眼中的）完美女性人格形象，有意不译这一部分。而林琴南似乎"与迦因有仇"，译出了人物的隐私丑事。这就不再是版本的区别了。钱锺书认为，林纾的翻译比原作的英文漂亮。原作在英国并不算是一部非常优秀的作品，这没关系，译本的命运不一样。

一个故事的不同版本，可以像《水浒传》或者《迦因小传》的不同版本一样，表达的是不同的价值观，所以我们现在就明白了，隐含作者和作者不同：作者是个具体的人，我们有时候不认识他，找不到他，或被他欺蒙；隐含作者则是一个独立的人格，它住在文本里，永远在那里为文本承担道德责任，虽然它所承载的价值观也会顺应社会而发生变化。林纾译的足本《迦因小传》，在晚清卖得很好，在林译小说中销量仅次于《茶花女》。其原因也许在于，晚清时期的读者被这事儿闹出了好奇心，况且那时候的中国读者，并没有蟠溪子认为的那样神经过敏。

3. 两种隐含作者

隐含作者是体现作品价值观的人格。那么这个人格如何确定呢？目前看来有两种方式。

一种叫修辞法。修辞法以费伦为代表，主要是说叙述中的各种手

---

① 寅半生：《读〈迦因小传〉两译本书后》，见阿英主编：《晚清文学丛钞·小说戏曲研究卷》，北京：中华书局，1960 年，第 285—286 页。

法都是作者的修辞目的,因此隐含作者的价值观是由作者决定的,这个人格是作者为取得某种价值观目的而写出来的。隐含作者就是作者在写作的时候的价值观的体现者,我们可以叫它"第二作者"(second author)。修辞法,就是价值观的"源出作者"。

另一种是认知法,主要是指隐含作者是读者从文本中读出来的,是读者从文本阐释中得出来的价值观的集合。这种隐含作者是"推断作者"(deduced author),认知法就是价值观的"源出阅读"。后面这种看法似乎更合理一些,实际上困难更多。同一作品,"执行作者"与"推断作者"很可能很不同。究竟采用哪一种,理论界至今有争议。

作者置于文本中的价值观并不一定是作者的价值观。前面已经再三说过,作者会变,作者会骗,作者会编,那是我们无法控制的。但是作者的叙述中贯穿着一种价值观。一旦写完,这种价值观就以"执行作者"的名义,独立地留在那里了。

我们读者、批评者、研究者,能比作者在构思作品时更清楚文本的价值观吗?我们所处的时代,我们所具备的社会文化意识形态不同,因此我们对人物所作所为的评价也有所不同。例如我们有时受不了《水浒传》中石秀、武松等"水浒好汉"的嗜杀,尤其当他们在杀女性时所流露的"痛快"。

《水浒传》的"执行作者"看来"仇女"。如今我们读《水浒传》所得出的"推断作者"却不同,水浒豪杰仗义行侠依然让我们兴奋,但却不喜欢他们的过度嗜杀。照理说这两种隐含作者应当合一,但实际上由于"执行作者"与"推断作者"可能分处于不同的时代,"执行作者"只出现在作品写作的时代,而"推断作者"则出现在任何一个作品被阅读的时代,这就引出了下一节要处理的二次叙述问题。

第三节　二次叙述

1. 协调式二次叙述

从以上分析中，我们可以看到两个叙述化。第一个是文本发出者把文本说成一个故事，即叙述化（primary narration）；第二个是文本接受者的二次叙述化（secondary narration），即重新把文本理解成一个故事；二者合起来才构成一个叙述过程。如此理解可以回答不少疑问。我们可以看到，二次叙述可能有以下几种方案：

- 协调式二次叙述；
- 悬置式二次叙述；
- 创造式二次叙述。

例如，单幅图像是不是叙述？实际上广告就经常靠单幅图像来叙述，因为单幅图像中有某些因素，可以激发读者的二次叙述来补足情节。单幅图像只要能被二次叙述理解成一个有合一意义的故事，那就是完成了叙述。

比如莱辛论《拉奥孔》，作为一个现代文艺理论家，莱辛就是从分析这个雕像的叙述方式出发的。他强调，雕像或图像往往选择再现最富于孕育性的动作的那一顷刻。什么叫作孕育性？就是能够产生一个故事：从这个瞬间，能看到前因，也能得出后果。但如果接受者不知道《伊利亚特》的故事，这二次叙述就做不起来。再看梵高著名的自画像，它是不是叙述？是叙述，但是我们依然需要一点背景知识才能看懂它。自画像里的梵高为什么包扎着耳朵？我们需要知道这是因为他患上了精神疾病，割了自己的耳朵。

有的图像的二次叙述，需要的背景知识少一些。比如有一幅著名的摄影作品，内容是大战来临，一个农家子弟把自行车搭下了去参军；他上了前线就没再回来；后来，小树长成了参天大树，自行车长进树干里去了。此中很多细节虽然我们并不知道，但从中读得出这样一个故事:美好的青春被战争吞噬。

利科说文本不是“构造好的”(structured),而是“构造中的”(structuring),[①]这点说得非常精彩。文本中的事件是不断地被进行构造的,所以二次叙述能够把情节重新置于变化之中。本书第一讲说到叙述的最基本定义(一组事件被放在一个文本中,这个文本可以被读出合一的意义与时间向度),就包括了这两者。再简单的文本,只要它给二次叙述提供了条件,读者能够从中看出事件具有合一的意义的变化,那么它就是叙述。

这里就触及了“文本空白点”的问题。英伽登说文本最大的特点是,它不能决定一切,因为其中肯定有意义不定点,有不确切的因素,有未决定的事情,留下被看、被阅读、被发挥的余地,由观众、读者、接收者把它的意义读出来。这就是叙述文本的特点。我们说“水在零度时结冰”,这句话里有变化但不能算叙述,部分原因是这句话是对一个规律的陈述,其中没有任何不定点,它讲满了,它不给二次叙述留下任何余地。

所以文本不是自我封闭的整体,而是一个充满不定点的解释邀请书。一旦阅读活动有点难度,意义解释需要二次叙述的努力时,文本就活了。如果完全没有阅读阻力的话,二次叙述也就不必出现。

叙述文本与非叙述文本相比,只是少一个情节,我们需要二次叙述来补充的,就是情节的不定点。用舞蹈来讲一个故事,舞蹈本身只是一些姿态的变化,观众要把它读出故事来,需要二次叙述的努力,这才是问题的关键。所以历史本来没有故事,二次叙述出来才有故事让乱臣贼子惧,好像历史有一个贯穿性的前因后果,有个内在结构似的。

科学不鼓励抓住不定点发挥的二次叙述,人文学科才鼓励如此的二次叙述。医生不喜欢你把自己的病情说得过于有前因后果,因为你的故事很可能误导你自己,也误导他的诊断。你说,你昨天在某地做

---

① W. David Hall, *Paul Ricoeur and Poetic Imperative*, *The Tension Between Love & Justice*, Albany: SUNY Press, 2007, p. 56.

了某事，就此就生了某病，这个病是如何如何。医生信你的还是不信呢？医生需要所谓“病者自述”作为参考，但你所叙述的内容究竟有没有因果关系，需要他从专业角度做二次叙述，而不能由你这外行式的二次叙述误导他。所以，科学不鼓励执于一词、自圆其说的叙述，因为一个把因果关系说得太清楚的叙述，很可能只是不符合事实本身的疑神疑鬼。

因果关系是阅读组织的结果。比如我们看故宫博物院所藏的汉代砖画《弋射图》。雁在空中飞，人在搭弓，箭中飞雁，飞雁落坠，一张图把整个射雁过程全部画出来了。照理说这种情况不可能发生，因为射箭与中箭，不可能同时发生在一幅图的瞬间。连环画讲故事，是一幅一幅分开的。如果全部放到一张图中，因和果就连成一片了。从这幅砖画可以看出，古人也认为这个世界有因果顺序，只是他们没有用画面隔开时间。

《弋射图》至少有个左右展开顺序。单图叙述甚至不用左右顺序。希腊的拉哥尼亚陶杯装饰画，讲的是《奥德赛》的故事：食人独眼巨人把两个人吃到只剩两条腿了，像我们手拿着鸡腿啃一样。水手们用酒把独眼巨人灌醉，然后十多人合力用一个长矛把他的独眼刺瞎。这幅陶杯画里面有巨人在吃人、喝酒以及水手用长矛对着巨人的眼睛刺，先后情节在这里呈现的是同图同时发生。观者只要知道故事，就能欣赏这幅画的叙述。

敦煌莫高窟《摩诃萨垂太子本生图》，即著名的“舍身饲虎”故事，也是类似的异时同图单图叙述结构。它的情节，从王子发现饿虎，送上自己让虎吞食，一直到王子的遗骨被人埋葬，并建塔纪念，几个场面散乱地放在一幅壁画中，没有合成一张图，间隔顺序也不清楚。但信徒观此图，并不需要顺序，因为故事早就烂熟于心，观者看到图像，自会有身临其境的震惊。

再例如至今矗立在罗马市中心的图拉真记功柱，柱上写的是罗马皇帝图拉真征服达契亚的故事。达契亚就是现在罗马尼亚的这个地方,这也是罗马尼亚名称的由来。记功柱上的浮雕是回旋而上的一套连环画:图拉真如何出兵,他打了什么仗,如何大功告成,如何凯旋。这是讲了一个非常复杂的故事,画幅上各个情节之间却完全没有隔开,但这并不影响观者对故事的理解,因为大众早就把他的故事记熟了。实际上大部分宗教画,无论是基督教堂里的关于耶稣生平的画,还是中国壁雕中的关于十八层地狱的画,都没有画幅间隔。古人并不觉得需要画幅隔开才能明白画中所叙述的情节的先后。

由此可以看出为什么需要二次叙述,因为叙述文本无论多么周密,都不可能把故事说得完整明白,总是要读者去补足细节。叙述的本质就是隐和显之间、在场与不在场之间的交互影响。叙述在再现一个故事时,只需要部分细节在场,在场的目的是给二次叙述的想象一个跳板,只要尚能补足,空档跳得越远,艺术欣赏上就越觉得有意思。

2. 悬置式二次叙述

鲁迅是一位了不起的文体家,他的每一篇短篇小说都为中国文学开创了一种新的叙述样式。当代的读者可能觉得鲁迅也没有太多的技巧,不像乔伊斯他们,花样玩得那么极端。但鲁迅的写作对中国文学的冲击力非常巨大。五四时期,中国诗歌的进化步履很清楚:从胡适写的《尝试集》,康白情写的那些浅白话开始,一步一步像个小学生练笔一样。而在白话小说创作领域,鲁迅一开始推出的作品就是一个大跳跃,给中国现代文学在叙述技巧上提供了很高的起点。

在五四时期和五四之后数年间,鲁迅几乎每一篇小说,都创造了中国现代小说的一个新模式,跟古典白话小说一千年的渐变完全不一样。比如中国现代小说第一篇《狂人日记》,是一个疯子的狂言,但同时又是一个先知对中国社会的抨击。《狂人日记》前面有一段内容写得很清醒的“楔子”,说的是狂人已经恢复正常,去当官“候补”了,留下的一份日记里,是发狂时写的疯话。这一段话符合隐含作者的价值观吗?与后面的“狂言狂语”相比,哪一个更符合隐含作者的价值观呢?这里,狂人说的话更可靠,前面那个“楔子”可能反而不可靠。

为什么这么说？因为你从叙述正文得出来的隐含作者，跟狂人的价值观是一致的。在叙述风格上，"楔子"所用的冷静文言文是当时的主流文风，狂人的日记则是"引车卖浆者流"的白话风格，在当时，后者处于文化的边缘。所以《狂人日记》中，文言文的"楔子"不可靠，白话正文反而可靠，其隐含作者跟狂人的价值观是一致的。

《狂人日记》的"楔子"说，这个"正常的"社会中，狂人"正常"的话也是想做官的。"楔子"的叙述是不可靠的。为什么不可靠？因为它和正文中隐含作者的态度是相反的。什么叫作不可靠叙述？不可靠指的是叙述者和隐含作者观点不一致，"楔子"部分的叙述者"我"，与隐含作者观点就不一致，所以这段是不可靠叙述。

我们对《狂人日记》进行二次叙述时，把狂人的"狂"悬置了。在实际生活当中，我们听狂人说话，是无法相信"狂"言的。在读《狂人日记》小说时，读者采取的是妥协式的二次叙述，怎么妥协的呢？就是把"狂言不可信"悬置起来。

这就是妥协式解读，说得更准确一点，就是悬置它的某个情节处理。比如前面所举的帕慕克《我的名字叫红》这个例子，在小说中，死者说话是不可能，凶手说话不可信，因此，只能悬置这类情节，权当其可行，直接阅读文本。

3. 创造式二次叙述

创造式二次叙述，就是承认叙述者的人格完全不能承担叙述责任，我们无法搁置一部分情节做妥协式二次叙述，因此，必须改变阅读态度，对叙述可靠性进行挑战。尤其是面对所谓"犯忌"的主题，不得不用新的道德标准来构建隐含作者，实际上作者创作的目的，就是要让读者想想：我们道德标准是不是要改？是否忽视了更重要的方面？

这就是迫使读者采用创造式二次叙述，读者可能拒绝，也可能接受，思考本身就是一次价值观的淬火。具有如此挑战性的叙述作品，例子还不少，比如霍桑的《红字》、劳伦斯的《查特莱夫人的情人》。还有一些电影，比如在《沉默的羔羊》中，女警员克莱丽斯去请教一个疯狂的杀人犯,她在这个特殊情况下发现“盗亦有道”,与此人在交流中产生了共鸣。这是典型的不可靠叙述,电影的隐含作者是相当清楚的。作为观众,我们开始是觉得不可理解,难以承认,后来,随着叙述的逐渐进展,我们接受了新的价值。

所以我们看到,二次叙述相当重要,它造就了叙述对故事世界的判断,使我们接受小说的内在主旨,继而对文化起塑形作用。我们读了鲁迅的《药》,接受了置于叙述中的价值观,然后就逐渐接受了“医治人之前,必先医治社会”的观念。

又比如关于梦的叙述。我们怎么会去相信梦呢?我们必须先悬置“梦是虚假的”这个前提,采取“分合脚本”法,即把文本中的一部分内容先剥离出来。梦者相信自己的所见所闻是真的,比如我们读《爱丽丝梦游仙境》这种幻想小说,实际上和今天的精神分析师读梦相似:先把幻觉悬置,才可以说“这是值得一读的”,然后才能读进去,最后才来看“幻想成分”造成的区别。

“详梦”本身就是一种创造性阅读。弗洛伊德在《梦的解析》当中提到过一个例子,就是关于这种创造式阅读方式:我明白你的梦不是真的,但这一点先悬置,然后看这个梦到底有什么意义。弗洛伊德说到,有个年轻的医生做梦,梦到他在填自己的收入报表时吓了一大跳,要交好多税,因为他收入太高。但实际上他刚入行,收入很低。弗洛伊德解读他的梦,读出来的意义就是,此人太想高收入,才做了一个反向噩梦:他不得不交的税实在太高了,因为相对来说他的收入太低。这里,发财梦变成了交税噩梦。弗洛伊德所指的是,梦里大多数是坏事,发财带来的坏事就是高税。这个例子挺可笑,也挺有趣,是典型的“意义过于丰富”的不可靠叙述。

由于引入了隐含作者这个概念,我们可以回答一个似乎好笑的问题:是先有作家还是先有作品?这个问题听起来似乎是无事生非,但实际上很值得研究。上文说过,隐含作者有两种生成之法:认知法是先有作品,修辞法是先有作家。实际上两个都是对的,作者与作品互相生成,没有作品就算不上是作者,但有时候作品也会改造作者。

你们如果写作时弄个假的人格,假的执行作者,假的一套价值观,也就是说,真作者,假隐含作者,到最后,真作者被隐含作者的价值观改造了,这可能吗?

举个例子。美国新诗运动期间,有一个诗人叫宾纳,他对于美国诗坛那个时候喜欢学中国诗看不惯,就用假名弄出了一套"光谱主义"诗歌,很受诗评界追捧。两年以后他宣布这是开玩笑的。然后诗歌界笑一场也就算了。但之后宾纳发现,他已经控制不住那位假的中国风诗人了。"我已经不知道他在何处结束,我从何处开始。"[①]此后他就因"东方式诗人"的身份而成名。

彭佳教授提出过一个有趣的例子:北朝有个诗人叫阳俊之。这个时期,北朝是胡人统治,文化管得松一些,创作更自由一些。阳俊之写的俗歌叫作《阳五伴侣》,都是情歌淫曲之类,大受欢迎。有一天他在市场上看见有卖他的俗歌的书写本,那时候发行多靠抄写,印本还很少。他说"这里抄错了,我来改一下",卖书的不让他改,说"这是古之贤人写的。圣人写的书,你哪能改?"之所以这个歌本的作者,似乎比阳俊之这个真作者更真实,就是因为隐含作者在作品里面。

4. 隐含读者

隐含作者的对应人格,叫作隐含读者。隐含读者在这个交流传播游戏中,负责接受隐含作者的价值观。就像叙述者的对面有受述者,隐含读者就是代替我们每个读者接受作品价值观的一个"执行读者",或者说,是隐含在叙述里的读者,不是手执书本坐在书房里的真实读者。

你们会问,不是说,在文本里取代读者的是受述者吗?受述者是相对于叙述者而言,隐含读者是相对于隐含作者而言;既然有隐含作

---

① James Kraft (ed.): *The Works of Witter Bynner*, Vol. Ⅲ, New York: Farrar, Straus and Giroux, 1979, p. XXVII.

者,他的价值观就有一个接受者,这才组成一个传播游戏。隐含作者是对着隐含读者说话,我们与隐含读者如果完全没有距离的话,就会完全认同隐含作者所代表的文本价值观;如果保持一定距离的话,就会出现一些解释标准问题。应当说,解读是自由的、无法完全控制的,也就是说,叙述文本不能把某种价值观强加于任何读者,因此,隐含作者-隐含读者所代表的文本价值观,只是叙述文本的推荐。

这样的讨论,似乎是纯理论的探讨,但实际上,这是我们每天都会碰到的问题,需要以一定的方式去面对。

我们经常会遇到一些特别的看法,比如金圣叹认为《水浒传》有意把宋江描写成奸诈之徒,因为宋江旁边经常跟着充当保镖的李逵,作者在叙述时常用李逵的实诚来对比宋江,“其意自在显宋江之恶”。因此,《水浒传》写宋江处处“义字当头”就全是不可靠。金圣叹给此种安排一个词叫“皮里阳秋”,我特别喜欢这个词。同学们谁搞创作,用用这个词,我觉得比“言不由衷”形象多了。《水浒传》叙述者说话时,脸皮似乎有阳光,内里却为秋天的阴霾。

那么,我们就面临一个问题:到底什么是这部作品的价值观呢?这也就是金圣叹说的“其意”。一部作品的意义从哪儿找呢?

第一个意义存在之处是作者意图。赫施说,作者的意图是不变的,作品的意义则会变来变去。赫施是著名的阐释学家,他的《解释的有效性》这本书很有名,里面说,我们不管什么读法,到最后都只有一个标准,即作者原来的意思。他认为这个说法来自胡塞尔的话:“只有当听者也理解说者的意向时,这种告知才成为可能。”①任何交流都是要告知一个意义,但小说却不一定,因为叙述者可能不可靠。叙述者说的,不一定是隐含作者的价值观。我们前面谈过,《水浒传》的作者意图是缺席的,只有在隐含作者那里去找作品的价值观。

第二个意义存在之处是文本中心。这是新批评派的理解,他们认

---

① 埃德蒙德·胡塞尔:《逻辑研究·第二卷·第一部分》,倪梁康译,上海:上海译文出版社,1998年,第35页。

为一切意义都在文本里,一切有效的解释都需要从文本里拿出证据来,所以批评最主要的方法是细读文本。但这个问题有些麻烦。难道意义真的就安坐于文本中心等待解释,不需要考虑阅读时各种各样的社会文化意识形态问题?例如金圣叹对《水浒传》中宋江的“义气”特别反感,是否是因为他受到了明末清初局势的刺激?

于是就出现了第三个意义存在之处,即接受美学与读者反应论。提倡接受美学的学者承认,文本邀请阅读,邀请意义的解读。但是,阅读是原子式的,各人读各人的,各有各的看法,散乱而难以集合。

为了不至于被某些个人(例如金圣叹)的特别读法所左右,我们需要重新回到皮尔斯的“探究社群”观念。《符号学讲义》第十二讲仔细讨论了这个意义标准的优点与缺点,这里不妨参看。一个社群提出来的观点、大部分读者都同意的观点,才可以作为解释的标准,而社群基本上固定在一个读者群基础上。卡勒的“自然化”理论也接近这个立场:“解释社群”的看法,才是“自然”的看法,中国读者的“解释社群”,至今没有认为宋江是个伪君子,也并不认为《水浒传》的叙述“皮里阳秋”,所以金圣叹的读法只是他的“个人意见”。或许金圣叹的说法不无参考价值(我个人觉得他说得有理)。假设可以拍一部电视剧《水浒传》,其隐含作者认为宋江以假仁假义骗了各路英雄上梁山,这样一部电视剧恐怕会收视率惨淡。

我们只能说,各家关于意义解释的标准的争论,都有对的地方,也都有不足之处。人文学科的理论,不会是抽象的纯理论问题,而是沿着社会文化语境变换不断试错的一条曲折之路。胶柱鼓瑟,刻舟求剑,理论上的一家之言,对解释实践不会有好处。

第四节　不可靠叙述

1. 何为不可靠?

叙述学中最需要深思的关键点,是不可靠叙述。什么叫不可靠叙述？在叙述文本中，有隐含作者，它是体现作品价值观的人格；叙述文本还必须有一个叙述者，叙述者是讲述声音的源头。这两个人格观点立场不一定一致，实际上在现当代文学中，经常是不一致的。一旦叙述者所说的与隐含作者的人格观点不一样的时候，叙述者的话就会显得不可靠。这个价值观问题，是我们研究文学、电影乃至任何叙述文本的关键之关键。

《红楼梦》的叙述者说："原来贾宝玉生来就有一种下流痴病，况且……看了些邪书僻传。"叙述者为什么说贾宝玉有"下流痴病"，而且读的书是"邪书僻传"？我们知道贾宝玉与林黛玉看的"邪书僻传"是《西厢记》之类的书。《西厢记》是不是"邪书"？对于贾政来说的确是，但对于《红楼梦》的隐含作者来说不是。但是叙述者就这么说了，应当如何理解呢？我们看到这一段的时候，并不认为这是在指责贾宝玉是堕落青年，我们也明白叙述者是在说反话，因为在第十二回叙述者还赞美地描写了贾宝玉与林黛玉一道读《西厢记》的情节。

上述这个例子只有一两句长，仅仅是一个局部的不可靠叙述。如果给一个非常长的、贯穿性的不可靠叙述，情况可能就麻烦了。所谓不可靠叙述，就是主体各层面之间的分裂，尤其是叙述者说的话，不符合隐含作者的价值观。

实际上，引进隐含作者这一概念的目的，就是为了解释不可靠叙述。"似谲而正"，隐含作者就代表了这个"正"。这样一来的话，叙述是否不可靠，最终就是由读者决定的，为什么由读者决定呢？因为是读者引出了认知性的隐含作者。隐含作者的立场，与叙述者的话可能会相反。是读者推断出隐含作者支持贾宝玉读《西厢记》，且并不认为他有"下流痴病"。

不少批评家认为，《红楼梦》是中国文学作品中不可靠叙述的领跑者。戚蓼生就曾评注《红楼梦》说：

> 观其蕴于心而抒于手也，注彼而写此，目送而手挥，似谲而

> 正,似则而淫……写闺房则极其雍肃也,而艳冶已满纸矣;状阀阅则极其丰整也,而式微已盈睫矣;写宝玉之淫而痴也,而多情善悟不减历下琅琊;写黛玉之妒而兴也,而笃爱深怜不啻桑娥石女。

这话什么意思?虽然是手挥琴弦,眼光却看在别处。戚蓼生说,他已经体会到《红楼梦》的很多地方,例如写贾宝玉之"痴",写林黛玉之"妒",甚至是写贾府女性的一本正经的"雍肃",写荣宁二府的繁华,其实叙述者说的这些话都是假的,也就是与隐含作者的价值观是不对应的。这一段批评,是在中国关于不可靠叙述的最早的讨论。

叙述的不可靠性是叙述者的一种性格特征,也是读者的一种解释策略。张爱玲的《红玫瑰与白玫瑰》中有一段话,讽刺中国人的品德:"他是有始有终有条有理的,他整个是这样一个合理的中国现代人物,纵然他遇到的事不是尽合理想的,给他心问口,口问心,几下子一调理,也就变得仿佛理想化了。"张爱玲笔下的这个人物,是永远好像可以过得去的样子,但这样的叙述明显是在说反话。

马克·吐温的《哈克贝利·费恩历险记》开场就说:"本作者奉兵工署长 G. G 指示,特发布如下命令——如有人企图从本书记叙中发现写作动机,将对之提起公诉;如有人企图从中发现道德寓意,将处以流刑;如有人企图从中发现情节结构,将予以枪决。"这是太明显的正话反说,不可靠过于显露。

大部分叙述的不可靠,比较隐蔽,也就比较耐读。文本中出现的不可靠叙述可以短到只有几个词。鲁迅的《铸剑》写到刺客的头颅与大王的头颅无法分辨,只好一道下葬:"百姓都跪下去,祭桌便一列一列地在人丛中出现。几个义民很忠愤,咽着泪。"这里的"义民"实际上就是保皇的,他们认为三个头颅不分开就下葬,是对王很不尊敬。小说的隐含作者并不认为"义民"很忠愤,而是说这些人很愚蠢。

2. 叙述不可靠之纠正

叙述不可靠需要纠正,实际上纠正本身在叙述中的存在,也证明此叙述不可靠。

我们发现《红楼梦》不是真说贾宝玉有“下流痴病”，而是故意说反话来吸引读者注意。读者靠什么来纠正？靠读整本书读出来的。这是很有力的纠正，因为隐含作者在整本书里。

叙述中的不可靠部分，用可靠部分来纠正。如果纠正的根据出现得非常晚，或非常少，或纠正的力度太小，这时候麻烦就来了，最后就往往要靠读者的敏感来纠正：原来叙述者说的是假话。为什么本讲义要特别重点地讲不可靠叙述？因为现代小说中的叙述几乎都是不可靠的。如果某个现代小说的叙述是可靠的，我们往往会觉得它乏味简陋，甚至平庸。所以《狂人日记》正话反说、反话正说的写法，为中国现代文学开了一个意味深长的头。

有些纠正方式，是文体自带的。比如广告，“使用本减肥药，建议你一个月不要瘦超过十斤”。我们知道它是正话反说，所要表达的意思是，一不小心药效就会太好。再如“劲酒虽好，可不能贪杯哦”，这是劝我们不喝，还是劝我们喝呢？当然广告是劝我们喝，但用的是“自我纠正”的表达方法，风格幽默，表达大度。

万一文本内无纠正，或者纠正不力，隐含作者立场就不太明确，这个叙述的不可靠就会成为无法纠正。一个典型的例子是，1950 年，中华人民共和国成立以后的第一年，《人民文学》刚出版第一卷的第三期，其中有萧也牧写的小说《我们夫妇之间》。小说刚发表时很受欢迎，但不久，作者就变成了文坛的重要批评对象。

小说讲的是一对夫妻，丈夫是第一人称叙述者，他是知识分子出身，妻子原来是贫农。两人参加革命，胜利以后进入北京，丈夫思想因生活环境的变化而起了微妙变化，开始嫌妻子“土”。“我发觉，她自从来北京以后……她的狭隘、保守、固执越来越明显……”此类夫妻裂痕因此经常出现，但叙述者把它归结为知识分子与劳动群众的差别。小说结尾，“我”认识到妻子是对的，“我自己还保留着一部分很浓厚的小资产阶级的东西”。

这句话到最后才出现，出现的时候太晚了，因为整个文本都是在描述妻子是如何“土”，而叙述者本人作为知识分子，是多么适应北京大城市的生活。虽然，从作者意图看，小说的主题是用反讽手法来教育知识分子，但对知识分子的问题的纠正来得太晚，以致整篇叙述读下来，读者弄不清作品的价值观是在批判知识分子，还是在表达对劳动人民的轻视。所以冯雪峰批判说，“作者是一个最坏的小资产阶级分子”。注意冯雪峰说的是“作者”，这里，他直接就把隐含作者当作作者了。因为纠正太晚又无力，所以读者会认为隐含作者与叙述者一致，导致批评者会把叙述者的看法，等同于作者的意图。

另一个例子是近年的中国电影《暴裂无声》，讲的是一个儿童绑架案，在叙述里，这个案子最后也没破，只用字幕说“警方最终将他们绳之以法”。这在中国近年电影当中是很有意思的一部，各位不妨看看。犯罪电影因探案而吸引观众，但是其价值观不能是纵容犯罪，这是起码的。如何纠正犯罪者，有效传达作者想要表达的价值观，很考验创作班子。这个字幕式的纠正实在是来得太晚太弱，一定程度上就会导致电影的主题从表达犯罪会被严惩，变成了表达社会治安之不易。

相反，某些不可靠叙述如果得到及时纠正，意义效果就会很惊人。比如五四时期的作家鲁彦有篇小说《菊英的出嫁》，通篇都是写婚礼如何热闹，菊英的母亲如何高兴，参加的人如何喜庆，等等。到最后，情节有个出乎意料的翻转：原来这是一桩冥婚，菊英已经死了好多年了，别人家的儿子也死了好多年了，这场婚礼是在将两个亡灵合起来，给两家做个安慰。到此，前面对母亲的欢乐的描写就变得不再可靠：其实这是个悲伤的仪式。叙述纠正是到小说的最后才出现，情节的翻转很令人深思。

3. 可靠叙述

那么，怎样的情况下才出现可靠叙述呢？叙述的不可靠性变化无穷，主体间的游戏变幻莫测，只有读者的阐释才是意义的判断标准。这一段只是举出一些最明显的可靠叙述类型，下一段会讲一些最明显的不可靠叙述类型,请各位注意对比。注意,可靠与不可靠在相当多的情况下是混杂的,经常是在大体可靠的叙述中,有部分不可靠。

以下谈的是全篇性的可靠与不可靠。可靠的叙述式样非常多,列举以下几种,只是为了提示读者:

- 纪实叙述;
- 传统俗小说;
- 讲史小说;
- 感伤小说;
- "笨人"叙述;
- "罪人"叙述。

在完全可靠的叙述中,隐含作者与叙述者价值观重合。几乎叙述者的每一句话,都符合隐含作者的价值观。在这方面特征最明显的体裁,是新闻报道。这类文本的执行作者与叙述者合一,写稿的新闻记者就是叙述者。他写稿时,作为叙述者,与隐含作的伦理立场必须保持清晰一致,这是新闻的道德要求(注意,这里并非说记者的立场一定正确)。而小说、电影的叙述,哪怕写同一事件,与新闻的叙述也会天差地别。

因此,可靠叙述的标记之一是纪实文体,因为纪实叙述的叙述者和作者是合一的,所以它的隐含作者也是合一的。恺撒的《高卢战记》是拉丁文学中最重要的名著之一,是学拉丁文的人几乎必读的,就像学古文必读《古文观止》一样。这本书的叙述方式很有趣。它不说"我"是怎么布阵的,采取什么样的战术,而是说恺撒做了什么,用的是第三人称叙述。原来,《高卢战记》是恺撒写给罗马元老院的报告,恺撒嫌他的军团中的书记官文字不好,于是自己动手来写。这样的叙述算是"绝对可靠",它的叙述者与隐含作者的价值观必然一致。所谓可靠,并不是说文本说的都是真实的,而是指叙述者与隐含作者一致,哪怕叙述者说的不是真话,也是可靠叙述。

第二类可靠叙述,是传统白话小说,它们的叙述基本上不会不可靠。故事情节再离奇,它的价值观也是可靠并贯穿始终的。哪怕是《西游记》,它的价值观也是可靠的:孙悟空护法有功,得道封神;妖魔鬼怪是必须要收掉的,小妖多被打死,妖精头目大多是天庭上神仙的小童、坐骑之类,其结局常是被召回天庭。

传统白话小说是俗小说,其社会文化地位过低,对主流价值观大多无权质疑。它讲的故事可能情节奇特,但大多与主流价值观保持一致。如果去看文言小说,你会发现其中的不可靠叙述要多得多。《红楼梦》的特别之处是什么?它是白话小说,但一下子拉高了白话小说的文化高度。《红楼梦》的叙述有很多不可靠的地方,而其他白话小说大多是可靠叙述。在中国传统社会中,文化地位越低的叙述文本,就越会尊重道统;越是往下的,价值观越是主流,不然此类叙述就无法立足,这就是中国文化分层的原因。

最明显的可靠叙述,发生在讲史小说中。在中国,讲史小说表达的大多是儒家历史哲学观和价值观,虽然历史叙述中有各种各样的阴谋诡计,但其历史观和价值观不太会动摇。比如,这类小说的叙事走向经常是,真正的天命之子会成功登基,英雄好汉的正途多是投奔明主。《三国演义》的主线之一是刘姓坐天下,在这一点上,叙述者和隐含作者的价值观是一致的。各位不妨查一查,看看中国的讲史小说,有不可靠叙述吗?

可靠叙述的另一个标记,是假性第三人称。加缪的著名小说《鼠疫》在 1947 年出版之后,轰动读书界和批评界,被认为是存在主义哲学最积极的表现。《鼠疫》讲的是奥兰城鼠疫爆发,全城陷入危机,小说主人公里厄大夫站出来,耐心沉稳地组织人们抗疫,最终疫情消退。该小说体现了隐含作者的价值观。临近结束时,小说中出现了这样一句话:“现在是里厄大夫承认自己就是叙述者的时候了。”这条声明无非是说,叙述者就是里厄大夫自己,这里用的是第三人称叙述,虽然他本来应当自称“我”。这有点儿像《高卢战记》中的第三人称叙述。既然叙述者就是里厄大夫,而他的价值观也是隐含作者的价值观,所以全书价值观一致，没有反讽叙述。

绝对可靠叙述更经常出现在感伤小说（sentimentalism）中。感伤小说，中文译作感伤主义，讽刺的译法是“酸的馒头”。感伤主义主要是煽情，煽情的目的是让读者流泪，而不可靠叙述大概率不会让人流泪。通俗小说、言情小说经常是这五个成分挤在一道：隐含作者、叙述者、主人公、受述者和隐含读者，这同一主体分化出来的五个人格经常会同时哭。这话好像有点儿瞧不起通俗、言情小说，但煽情的目的，的确就是这个效果：价值观合一。

鸳鸯蝴蝶派小说发端于20世纪上半期的上海，但这个流派里最成功的却是北方作家张恨水，他的小说《啼笑因缘》，恐怕很少有同学看过吧？看了电影是吧？哭了没有？不肯说？咱们课堂留点私密。

现代小说已经绝大部分是不可靠叙述了，而网络小说却很多是可靠叙述，不知道为什么。原因可能在于网络小说大多是爽文，读者读网络小说有的是为了羡慕一下别人的成功之道，幻想自己也能如此幸运。网络小说由于大多是在网上连载，作者为了点击率，需要每一个局部都能吸引住读者，读者认同了，才会想看下一期。

可靠叙述还可能有一个：叙述者智力太低。这个话有的人认为不对，叙述者如果智力低的话应当是不可靠的标记。叙述者笨的话，他什么都弄不明白，说的话应当不可靠才对，是吧？可是实际情况恰恰相反，为什么？因为智力高的人往往是被文明社会玷污了，学了一套作假的手法。

老舍《月牙儿》里的叙述者是个妓女，王蒙《悠悠寸草心》里的叙述者是个乡镇理发匠，马克·吐温《哈克贝利·费恩历险记》里的叙述者是个半文盲流浪儿，君特·格拉斯《铁皮鼓》里的叙述者是个侏儒，夏目漱石《我是猫》里的叙述者地位更低，但他们的叙述总体可靠，为什么呢？因为与自以为聪明的人对比，他们反而更可靠。这个可以称为“笨人”叙述。

在许多现代小说中，隐含作者往往对现代社会持批判态度，认为是虚伪的教育把人性扭曲了，反而未受教育者还保持着一种纯真。《喧嚣与骚动》是福克纳最著名的小说，其第一、二、三部分分别是一家三口的自述，这些自述都很不可靠，这是个疯狂的家庭。但第四部分从一个黑人女仆的视角，用第三人称叙述，一对比就知道这是正常的语调，反衬前面的疯话、狂话，使之显得更不可靠，黑人女仆的叙述反而可靠。为什么？因为她没文化，反衬出了那些所谓有文化的人，所谓南方贵族家庭成员的叙述之不可靠。

不可靠叙述的标尺还有个更有趣的变体：如果叙述者承认自己是坏人，那么虽然局部叙述可能不可靠，但全局反而可靠。这个可以称为"罪人"叙述。莎拉·沃特斯《手指巧匠》中的叙述者苏珊是个小女贼。而她周围那些所谓的上等人，比如收养她的萨克比太太等，都诡计多端，比她更坏。小说这么写显得更有趣，不然的话，坏人就是坏人，从小坏人，永远坏人，就太简单了。这样的小说为什么能够取得我们的同情呢？可能恰恰是因为她被命运标明是坏人，是贼窝里出来的。狄更斯《雾都孤儿》中的奥利弗·退斯特是个小偷，他观察世界的角度往往错中有对，为什么呢？因为他是资本主义社会里的被抛弃者。

王小波《黄金时代》中的叙述者自称"流氓"，称他的女朋友是"破鞋"，他从头到尾是个坏家伙。但文本中的隐含作者的立场接近叙述者王二的立场，这是王小波小说的迷人之处——它的叙述者承认自己坏。《黄金时代》的特点就在于它的叙述总体上是可靠的，但却是通过不可靠的语调叙述出来；在文本中，叙述者说的大多数是反话，但就全局而言，叙述是可靠的。

4. 不可靠叙述的类型

前面已经说过不可靠叙述一些结构上的方式，例如纠正太晚、纠正太弱、完全不纠正等。本段说的是不可靠叙述的一些常见的类型。

不可靠叙述是叙述者"言一说二"：我想的不告诉你，告诉你的不是我想说的。很多理论家认为，"所言非所指"是所有文学语言的特点，因为语境的压力，使得文学叙述不太可能直接说教。我们可以从以下几个方面，寻找叙述的不可靠：

- 语调与内容不一致；
- 低调叙述；
- 各部分叙述者态度对比过于明显；
- 叙述者直接说我的话是假的；
- 叙述者直接说不顾基本道德；
- 叙述者长期扣留关键性信息。

不可靠叙述的标记之一：语调“阴阳怪气”或“耍花枪”。现代小说几乎全部是不可靠叙述，因为它们以下这几个特点很明显：叙述者的讲述方式很奇特，叙述者的评论常是反话；叙述者的认知能力往往比较低下，或有意扣留信息；叙述者道德观念缺乏，对残酷事件态度冷漠；将残酷事件描写得很残酷，反而令其显得不残酷。实际上一个文学作品如果总是“所言即所指”，那个作品就会很浅薄。一首诗要读者读得有趣，肯定不能让读者一看就懂，一般来说比较直接的表达只能用于直抒胸臆的歌曲；读者看一篇小说如果一看就明白的话，会觉得自己还不如去看新闻报道或历史记载。

不可靠叙述的标记之二：有意说不清楚。14 世纪乔叟写了英语文学中最早的作品之一《坎特伯雷故事集》，其中已经有明显的不可靠叙述，比如《巴斯妇的故事》就需要读者反读。叙述者妇人是第一人称，她经常误引原文，记错故事，说错成语。小说与历史新闻的叙述模态最基本的差别就是：小说经常说反话，而新闻以把真话说清楚为目标。那么小说非说反话不可吗？当然不是。但“有一说一，说一是一”这样的小说没有充分使用小说这种体裁的特点。新闻是有意要说清楚，文学是有意要说不清楚，以让读者有思考的余地。

戏剧独白体几乎都是不可靠叙述。布朗宁最著名的叙事诗《我已逝的伯爵夫人》中，叙述者伯爵一直在说他如何怀念他的夫人，但不经意间他却说了她很多坏话，我们因此能知道伯爵是一个心胸狭隘的人。

有一种低调叙述，其叙述是有意过分克制的。莫泊桑的《项链》各位应当在中学里读过。这篇小说是典型的不可靠叙述，不可靠在哪呢？故事讲的是，这个女人因为爱慕虚荣而受到惩罚。在19世纪，劳动者的生活条件是很差的，所以她很快因为劳苦而变得皮肤粗糙，满脸皱纹。在小说结尾，真相突然被揭开：原来她一生的辛苦只是个误会，她丢失的项链是玻璃珠子做的！叙述在这里戛然而止，不给读者留感伤的余地。这是克制叙述的神来之笔。

不可靠叙述经常出现的标记之三：同一个故事用几种方式叙述，这些讲述在价值观上互相矛盾。《喧嚣与骚动》中四段互相对比，应当至少有一个人的叙述是可靠的。电影《十二怒汉》讲一个陪审团的故事，这个故事到最后也没有结论，故事中人物各说各的，每个人看到的都不一样，没办法彼此纠正。严歌苓的《白蛇》所讲的故事有官方版本、民间版本、不为人知版本，这三个版本说不清哪个是可靠叙述，哪个是不可靠叙述。这就是"罗生门格局"，唯一可以得出的结论是，各种说法都不可靠。

不彻底的"罗生门格局"，最后大多会有纠正。中国电影《全民目击》、美国电影《生死豪情》在情节构造上有相似之处，故事中每个人都看到了事情发展的前后经过，但每个人都看错了，到最后要来一个"揭示真相"的处理，以纠正前面的诸种误判。如果没有一个纠正，这样的文本往往是对解释者判断力的考验。

不可靠叙述的标记之四：直接说出来自我纠正。电影《阳光灿烂的日子》是中国电影史上比较出名的作品。电影中关于打群架的情节，刚开始的叙述好像是可靠的，但后来电影中的画外音叙述者说："事实上这种变化已破坏了我的记忆，使我分不清幻觉和真实。千万别相信这个，我从来就没这么勇敢过，这样壮烈过。"

坡（中译往往称"爱伦坡"）的小说名篇《黑猫》讲的是一个很奇怪的故事：叙述者不仅把猫杀了，把妻子也杀了，把妻子等同于猫。小说一开始，叙述者说："我死到临头了，我现在一定要让自己灵魂安生。"

“我”显然也承认自己说的话不可靠。

不可靠的标记之五：叙述者违背基本道德。《黑猫》实际上已经属于这种了，另外比如短篇小说《妻子的梦》开始第一句：“我愿意大胆承认，我是个依附于男人的人。”说这话的叙述者就是不可靠的、违反社会基本道德的，因为在现代男女平等的社会，女性一般不会说这个话。

芥川龙之介《地狱变》中的叙述者说：“我侍奉了大公二十多年，被大公的牛撞伤真是多么大的荣幸。”这也太卑躬屈膝了。伯吉斯的《发条橙》一开头，叙述者就说：“弟兄们哪，他们不厌其烦咬着脚指甲去追究不良行为的‘根源’，这实在令我捧腹大笑。如果人们善良，那是因为喜欢这样，我是绝不去干涉他们享受快乐的，而其对立面也该享受同等待遇才是。”这里他在理直气壮地说“恶有理”。

不可靠叙述标记之六：叙述者拒绝解释疑点，扣留关键信息。有一篇英文小说叫《万壑松风图》，标题来自南宋四杰之一李唐的名画《万壑松风图》，它是中国山水画中的瑰宝。这个小说讲的是哥伦比亚大学美术系来了一个新教授，讲授中国美学史。他的讲课天马行空，内容包括中国人的山水观、自然观、天人合一观等。学期结束时他看到了一份课堂作业，然后就打起行李准备开溜。走之前他把交这份作业的学生叫来，指责他抄袭。学生说：“对，我就是抄袭，抄袭的就是你。”该学生早就怀疑他是个骗子：“你自己都搞不清楚你自己写过什么。”原来这个教授是疯人院里的男护士，他在疯人院里工作时，发现一个疯子的包里有一张哥伦比亚大学美术系的高薪聘书。这个护士想，“东方美术？我也能教”，就来到了哥伦比亚大学美术系。这里，叙述者“我”扣留了关键信息。这个小说其实是在拿美国汉学界开玩笑，说他们理论太玄妙了，以至于一个门外汉都能用他们的理论胡吹。

这有点像阿加莎·克里斯蒂的《罗杰疑案》：叙述者是个医生，去帮助波罗侦探本地发生的一件谋杀案，破案到最后，他发现自己就是那个杀人者。虽然他自己逐渐心里有数，但从头到尾都没说。直到随着案件的一步步侦破,要推论到他头上了,他才准备自裁谢罪。

不可靠叙述虽然有如此多的类别,但实际上不必一一记住,因为它们的共同特征是需要纠正。可以在文内得到纠正,也可以在读者的穿透性阅读当中得到纠正。有纠正的存在,或者有纠正的需要,就是不可靠叙述的标记。

5. 无纠正的不可靠叙述

有的小说在文本内没有得到纠正,比如卡夫卡的《城堡》,我们称之为"绝对不可靠叙述",因为文本内没有上面说的任何一种纠正方式。我们怎么知道它不可靠呢?因为其情节过于不合情理。不可靠叙述,并不是说叙述者撒谎,也不是说作者做假,而是恰恰相反,为了让读者明白文本叙述之深层的真实,叙述不可靠才能激发读者的思考。因此,卡夫卡创作《城堡》时,最好的办法就是把这个故事、把人物K的迷茫全部写出但不作解释,使得这个小说"绝对不可靠"。

鲁迅的《伤逝》是一篇非常细腻的"绝对不可靠叙述"。我们看第一遍的时候会觉得作为主人公的叙述者挺可怜的。仔细再读,就会发现叙述者说的话不可靠,他过于软弱无力,懦弱无能,幼稚不负责任,在妻子生病去世之后他似乎也没有自责。同样的故事如果让鸳鸯蝴蝶派的作家来写,会极其感伤,这就取消了不可靠。《伤逝》的写法是不提供纠正,叙述者的不可靠,需要读者自己去深思。鲁迅在创作中所做的这种不可靠叙述,的确是大师手笔。

到这里为止,我们分析的不可靠叙述,大多是第一人称叙述。第三人称叙述是如何不可靠的呢?不可靠这个概念的提出者布斯知道这是个问题。他认为叙述者如果不"自我戏剧化",不在叙述中作为一个人物出现的话,也就是说,叙述者如果不是第一人称的话,确定一个文本中的叙述是否不可靠就很困难。但是第三人称小说就不可能是不可靠的吗?

在前面举过的例子中,《城堡》的文本叙述是不可靠的,但却是第三人称叙述。在这里,叙述者并没有"自我戏剧化"。那么我们怎么知道叙述者和隐含作者的价值观是互相冲突的？靠我们的穿透性阅读。叙述者虽然隐身，但这个故事依然是通过叙述框架讲述的。我们穿透的是什么？这个故事的因果关系有过多的重大的缺失，使叙述无法可靠。《城堡》中有太多关键问题并没有说清楚：K 为什么一定要进城堡去？文本中的他没有动机，他就是一门心思要进城堡。《审判》也是这样，K 不断地被人审判，但究竟他犯了什么罪，给他的罪名是什么，文本中都没说。所以，一个文本中的因果链如果有过于重大的缺失，哪怕是第三人称叙述，读者也会认为叙述者扣留了关键信息，与隐含作者同情人物遭遇的态度相矛盾，这就是不可靠叙述的由来。

再看《红楼梦》，同样是有许多情节没得到解释，比如凤姐跟贾蓉欲言还止，到最后也不清楚他们要说什么，让人觉得这两人关系不干不净。许多专家都在猜测这两个人的关系，但大多只是这也不太可能，那也不太可能。这也正是不可靠叙述所要达到的目的，即让读者觉得叙述不可靠，促使他们去独立思考。

叙述者不可靠还有多种，但都比较局部。例如叙述评论干预的不可靠。本讲开始时，举了《红楼梦》中几个很突出的不可靠的评论，上一节也举了《水浒传》与《红楼梦》中一些“有诗为证”，作为叙述者评论人物与隐含作者价值观对应不起来的例子。这些都是比较局部、孤立的例子，很快就被上下文纠正了。

一旦不可靠叙述的应用出神入化，就能形成文学名篇，甚至造成文学史的转折，令人叹为观止。整体的、“绝对”（不提供纠正）的不可靠叙述，需要读者解读全书才能参透，这可能是最佳的不可靠叙述。这就是为什么戚蓼生如此赞美《红楼梦》的整体反讽叙述；这也是《堂吉诃德》《伤逝》《城堡》《尤利西斯》等作品中呈现大规模不可靠叙述的关键。甚至，鲁迅《狂人日记》对于文言小说、张爱玲《倾城之恋》对于言情小说、东野圭吾《白夜行》对于侦探小说而言，它们的深度意义所在，也宜于做如此理解。它们都是第三人称叙述，也都是典范的不可靠叙述。

关于不可靠叙述,往大规模里说,整个不可靠叙述文本都是对于某种文化程式的颠覆,此时叙述创造了新的价值观,也就是建立了新的隐含作者,因此在叙述者身上同时体现出两种价值观。此时要靠反复的批判性阅读,才能看出价值观转化所造成的历史性苦恼:旧秩序崩塌的余哀,新价值萌生的艰难,以及二者纠缠又对抗所形成的两难之境。

第四讲　视角与方位

第一节　视　角

1. 视角研究的历史

视角，英文 point of view。这个英文词组很常用，一般指“观点”。注意，看英文文献时，不要混淆了叙述学术语“视角”与日常意义上的“观点”。

视角问题在20世纪初的小说研究中，是最热闹的题目，甚至可以说，整个现代叙述学的研究就是从视角问题开始的，所以托多洛夫称之为“在本世纪诗学所研究的最多的作品的一个方面”①。注意，他说的“诗学”指的是文学理论，他认为“视角”是文学理论的大成果。

视角就是叙述者叙述情节所采用的“观察点”，任何叙述的任何部分，都有视角问题。成为研究课题的，只是系统的人物特定视角，也就是整个叙述局限于某一个人物的感知与意识。

叙述者本是全知全能的，他应该什么都知道。既然作者委托他讲这个故事，那么他就是作者的代理人，凡是作者知道的，他全都知道。一旦叙述局限于某个人物有限的意识，通过这个人物的意识来过滤情节，就会出现视角问题，实际上也就是把叙述集中在一个人物所能感

---

①　茨维坦·托多罗夫：《诗学》，怀宇译，北京：商务印书馆，2016年，第43页。

知到的范围内。

叙述学总是以大量作品作为研究的例子,然后才能总结出规律。理论跟着创作走,而不可能走在创作前面。对于我们做理论研究的人来说,这似乎是很没面子的事。在文学、电影、艺术等各个领域,都是实践远远走在前面,迫使理论研究跟上。例如所谓荒诞戏剧,实际上这个名词提出来时,戏剧已经“荒诞”了好多年了;意识流理论的提出,也远远在最著名的一些意识流作品写出之后。艺术理论是在总结实践,实践上做不到的事情,理论也不可能预言。

叙述者对于故事本来是全知的,一旦叙述被局限于某个人物的视角,就是一种权力自限。什么叫权力自限?就是我有权谈,但我就是不谈,自己束缚自己,放弃权力。为什么叙述者要放弃权力呢?比如新闻和历史,其文本作者所知有限,这点无法求全责备。艺术叙述就不一样,因为可以天马行空,戴的镣铐越重,舞就跳得越精彩。

叙述不说全,有很多说不清楚的地方,这样一来,通过二次叙述来重建故事就要花更多力气。文艺创作的特征之一就是把认知变得困难,把阅读变成一种探寻。这样的文本叙述的关键就在于叙述者的“自限”,整个叙述学讨论的核心问题,就是叙述者如何自我折磨捆住自己。

伊恩·麦克尤恩是英国现代著名的才子型作家,非常聪明。他令人惊叹的短篇处女作,叫作《立体几何》。故事讲的是,男主角的生活世界很空虚,他的苦恼得不到妻子的理解,但这并不是一个很简单的夫妻疏离的故事。男主角的曾祖父是个怀才不遇的数学家,他发明了一个立体几何公式,证明只要把平面不断折叠,到一定形态,平面就会消失。曾祖父被认为是数学怪人,最后他在一个数学会议上把自己折叠消失了。主人公最后读懂了祖父的数学手稿,到了夜里,就把妻子来回折叠,但却把她折叠消失了。这篇小说化繁于简的叙述方式,让人惊愕。这样的叙述当然极不可靠——叙述者表面上是迷恋拓扑几何,但实际上是杀人灭尸。文本貌似科幻小说,但它的叙事的目的就是不说清楚究竟发生了什么事。

2. 视角人物的选择

视角问题，听起来好像是个“视觉”问题，的确也是来自视觉艺术。拍照为什么说“选的角度不对”？被拍的人没错，是拍摄者的错。要看一朵花，四周上下都可以看，摄影者只选一个角度，这就是他的视角。听觉也有“视角”，叙述者可以只写某人偷听到的只言片语。

比如拍武汉长江大桥上的一个雕塑——这个雕塑讲的是大禹为了治水把九头龙给宰了——可以用仰视的角度，这样可以让九头龙显得更加恐怖，让大禹显得更加有英雄气概。另一边桥头上的雕塑讲的是大禹驾车检阅九鼎，拍这个雕塑的时候，马前面要留个空间，镜头可以直冲而入，不然这个姿势感就缺少空间对应。体育电视节目也充满视角问题：同样一场比赛，主场转播者会提供一个中立版，同时转播还需要另有主队版和客队版，以供观众据自己的兴趣做角度挑选。

视觉叙述的视角问题容易理解，但一旦搬进小说就不一样了。小说叙述本来不是一个视觉叙述，它的视觉性只是个比喻。第一个运用有限视角叙述手法的是福楼拜。他的《包法利夫人》在文学史上的地位非常高，不仅因为其文字优美，更是因为所有叙述都被限制在两个人的视角中：包法利先生与包法利夫人。叙述者放弃了全知全能，只从他们两个人的视角出发。福楼拜说：“作家不该表露自己的信念；艺术家在自己的作品里，就像上帝在自然界一样不露面。”[①]这话不太符合现代叙述学对叙事的理解：福楼拜所要消除的并不是作者的痕迹，而是全知全能叙述者的痕迹。

第一个有意识地实践单人物视角叙述的是亨利·詹姆斯。亨利·詹姆斯的每一本小说前面都有个序言，这些序言可以说是整个叙述学运动的开始。在这些序言里，亨利·詹姆斯提出了一个概念：“意

---

① 转引自特罗亚：《不朽作家福楼拜》，罗新璋译，北京：世界知识出版社，2001年，第397页。

识中心”(Centre of Consciousness)。这个提法很准确,叙述文本都是通过这个中心来过滤的,这种过滤并不是为了让叙述更清楚,而是为了更好地揭示叙述世界是如何在人物的头脑中展现的。

视角这个词是“意识中心”更形象化的说法,它是20世纪20年代作家E. M·福斯特在他的《小说面面观》中提出的。这本出版于100年前的书,是最早的研究叙述的专著。虽然其中有些观点已经被学界更新了,但它提出的关于视角的理论,依然极为重要。叙述学发展起来后,不少理论家分别提出了一些术语,但都没被通用。大家比较接受的是热奈特的关于摄影的术语“聚焦”(focalization)。摄影机在拍摄时,通常会聚焦于某个情景,这时其他人物或情景就会形成模糊化的背景。“聚焦”这个词其实有点儿令人困惑:不是叙述集中于一个人物,而是叙述用某个人物的头脑作为透镜,只讲他观察到的情景。

作者写小说是委托叙述,把叙述权力让给一个叙述者;叙述者再把叙述意识委托给某个人物。因此叙述是一层一层地委托,最后的这个关键人物,可以叫作“聚焦人物”(focal character),他的意识,则成为聚焦的镜头。

如此的叙述者自限形成一种“长牙齿的全知全能”①。叙述者对于全部信息都有解释权、讲述权,全知全能的叙述很自由,但也有很多缺点,关于这点以后我们会仔细说。主动放弃全知全能,就会出现“刘姥姥进大观园”这种典范式的自限的叙述文本。

《红楼梦》在开首几回之后,叙述者说,这贾府两家,是千头万绪,两家都有几百口人,我从哪里讲起呢?幸好现在来了一个不知名的村子里的小人物,为了什么事来找远亲求助。然后接着讲,刘姥姥进了贾府,她从来没见过如此的富贵荣华,贾府的一切,都让她感到新奇。上一讲说叙述者往往可以是“愚者”,视角人物也可以是“愚者”,这才能代替读者去好奇。

---

① Wayne Booth, *The Rhetoric of Fiction*, Chicago & London: The University of Chicago Press, 1983, p. 161.

类似这样的叙述文本有很多。比如,茅盾的《子夜》开头描写上海的十里洋场风光,用的是乡下来的吴老太爷的眼光。只读《太上感应篇》的吴老太爷,被十里洋场的景色人物刺激出心脏病,因此去世。王蒙成名作《组织部新来的年轻人》,这题目已经点明了视角人物的特征:干部堆中新来的年轻人。高晓声的《陈奂生进城》的视角人物是一个进城的农民。苏童的《妻妾成群》的视角人物是一个嫁入大户为妾的年轻女学生。可见"刘姥姥进大观园"这样的写法,作为一种视角人物叙述方式,对中国文学影响极大。

《阿Q正传》是全知全能的第三人称叙述,但有某些地方会突然进入自我限制。比如,阿Q突然"发"了。怎么发财的?大家都不知道。再往后才开始知道阿Q是"做这路生意的"。究竟什么生意?第三人称叙述者也与鲁镇居民一样讳莫如深。直到阿Q被杀头的时候,众人才明白阿Q是如何"发"了的。阿Q不说,谁都不说,虽然赵太爷是明白内情的,但是叙述者没有用赵太爷的头脑聚焦,所以叙述者也没通过赵太爷说出内情。这样就造成了阿Q至死也不明白自己错在何处这样的文本效果,让读者看出社会对底层人的残酷。

3. 人物视角的道德后果

视角是自我限制到人物的感知的叙述。托多洛夫说,小说通例是第一次用表象方式陈述命题,第二次是对同一命题进行揭示。其实揭示可以在若干次陈述之后,也可以永远不揭示。第一次我们知道阿Q出了事,到后来第二遍再说这件事叙述者依然没有说清,第三次提到似乎是他要参与革命,一直到阿Q被判死刑,文本对此说得都不多:不仅阿Q自己死得糊涂,由于叙述自限于糊涂的镇上居民,让读者也只能跟着糊涂。叙述的视角方式才是《阿Q正传》的主题之所在,应当说,这个小说对视角自限的应用,其手法令人叹服。

可以看到,在现代小说中,视角自限使"怎么说"成为叙述的重点,以前的小说重点在"说什么",而一旦视觉自限多了,叙述的关键就变成了"怎么说"。一个故事,如果讲法不一样,就有可能是完全不同的叙述。卡夫卡的《城堡》,如果非要把K的事情说清楚的话,不过就是城堡不让他进去。但作者用K的视角来叙述,故事就变成了一个人始终弄不清楚他为什么进不去城堡。《城堡》给读者的窒息感,就是来自这里。

所以,视角的选择,有历史意义和社会意义在里面。"持续的内视点"一旦延长到一定程度,这个人物的道德选择就成了对隐含作者的压力。如果用了人物视角,而这个人物又聪明能干,能看到全局的话,那么叙述者就没有多少自限。然而叙述者就是要用人物视角来限制自己、捆住自己的。

所以布斯认为,从19世纪的亨利·詹姆斯开始,叙述从全知视角到人物视角的变化,表征着整个资本主义社会的变化:社会从一个"可操作社群",变成了一个"失效群体",个人的意见越来越重要,而社群失去了意见统合。希利斯·米勒说布斯的观点是有道理的,19世纪末精英主义者的文化观、社会观确实逐渐失效了。艺术上的唯美主义,开启了这个转变期,社会文化上的许多观念,都开始转向个人主义,这就是福楼拜、亨利·詹姆斯这些作家发明人物视角叙述的时代精神大背景。

在文本内部,人物视角的压力,也会造成道德价值的变异:持续的人物视角,能够把坏人变得让人同情,这在电影文本中可能更明显。斯科西斯导演的《出租车司机》,讲的是一个暗杀者的犯罪故事。德尼罗把这个角色演得非常令人信服,观众最后就变得同情他。所以斯科西斯有句名言:"只要能让观众通过一个人的眼睛看一个半小时,观众肯定会移情到这个人身上。"

李碧华的小说《潘金莲之前世今生》,采用第一人称视角叙述,叙述者跟视角人物合一。这个小说是为潘金莲翻案的,故事情节如旧,但是从视角人物的观点来看,潘金莲大有可原谅之处。

一个最能说明这个问题的电影是《女魔头》(*Monster*),演主角的是查理斯·塞隆,好莱坞第一美女。她为了演好这个连环女杀手,戴了牙套,使自己的脸变形,因为如果角色太好看,她取得同情就容易了。在电影中,这个角色每次杀人,似乎都冤有头债有主,道理十足。哪怕她杀人只是出于控制不住自己的愤怒,她的愤怒也是有自己的道理的。这就是为什么观众会同情她,因为观众能理解她为什么控制不住愤怒。

另一个例子,是基斯洛夫斯基的《十诫》(*Dekalog*)系列电影。这个系列第五集讲的是一个少年,他妹妹被朋友的汽车误压死了,他很愤怒,但又不能去把朋友杀了,就随便杀了个出租车司机,然后被判处死刑。这人物所做的事违反十诫之一"勿杀",在情节安排上,以杀人带出杀人,所要表达的是,世事残酷得没有道理可言。这个影片的特别之处在于,它在叙述上守住人物视角,反而达到了让观众对人物的行为产生道德同情的效果。

对很多女性主义批评家来说,他们的理论阐释的材料宝库是简·奥斯汀的作品。奥斯汀并没有说过女性要解放,她不断述说的故事是女子怎样嫁个中意的男人。在18、19世纪之交,年轻女性的唯一目标是嫁人。为什么女性主义者喜欢分析简·奥斯汀的作品呢?因为它们都是从女人的角度看社会。只有女性才有能力发现这个男权社会外表与内在价值的分离,让读者认同女性的凝视。这样的作品因此成为女性主义研究的样本。女性主义电影学家劳拉·穆尔维——我在伦敦教书的时候,她是我隔壁学院的教授——认为所有的电影都是男性凝视(male gaze),凝视带来男性控制权。她的这个观点广为流传。从这个角度看,奥斯汀很了不起,她在两个世纪前就已经把小说写成了女性凝视。

第二节　视角人物与叙述语言

1. 视角人物不改变叙述语言

有个重要问题是,视角转换不等于语言转换。"谁看?""谁说?"

是两个必须要加以辨别的问题。这点必须提醒同学们仔细想一想:刘姥姥进大观园,不是刘姥姥讲大观园,不是让她(用乡下土话)来讲贾府,如果那样,《红楼梦》的语言会支离破碎。《子夜》如果用吴老太爷的《太上感应篇》式的语言来写他对上海的观感,也会非常怪异。而且这也是曹雪芹与茅盾都做不到的,哪怕如司马迁写陈胜的老乡的感叹(下一讲会说到),也只能用个别短句,即使这样也会很突兀。

再举个例子。亨利·詹姆斯的一部小说《梅茜所知道的》(*What Maisie Knew*),不太有名,因为题材比较小众。小说写一个八岁小姑娘,她的父母已经离婚,各自都有了自己的新家庭。他们在争抢这个小女孩的抚养权,所以小女孩在这家住半年,在那家住半年。跟着小女孩的是一个家庭女教师。梅茜在母亲家住的时候,看见了他们的一些事;在父亲家住的时候,也看见了一些事;她全经历了,但是她不说。最后在法庭上,当她的父母争夺监护权时,梅茜对法官说:我只跟着女教师过。

这个小说在当初出版时显得很惊人,妙在哪儿呢?整本书的视角全部放在一个八岁的小姑娘身上。这非常典型地体现了布斯所说的"笨人做视角中心"①的现象。甚至更进一步,该小说把视角中心放到了一个没有责任能力和判断能力的小姑娘身上,这技巧是很震撼人的,因为八岁的小女孩只能听到、看到大人的虚伪言行,却无法用童稚的语言描述清楚。这个小说好像没有中文版,它很难翻译,语言很典雅,不是八岁女孩的语言。梅茜聪明到能看懂一切,但她却不可能把这个复杂局面讲述清楚。

我再举一个有趣的例子:毕飞宇的小说《玉米》。玉米是个乡下姑娘,只念过三年书。后来,她谈上了恋爱。小说中写道:"他们到现在都没有说一句话,没有碰一下手指头。玉米想,这就对了,恋爱就是这样的,无声地坐在一起,有些陌生,但是默契;近在咫尺,却一心一意地

---

① Wayne Booth, *The Rhetoric of Fiction*, Chicago & London: The University of Chicago Press, 1983, p. 265.

向遥远的地方憧憬、缅怀。”

注意,这是玉米的心理,却不是她的语言。彭佳教授曾在课堂上提出,如果用玉米自己的语言应该是这样:

> 玉米想,原来恋爱是这样一回事,别看两个人身子离得远,心可靠得近哩。两人的心里眼里满满的都是话,不消说出来,就互相都懂得了。玉米的身子轻飘飘的,好像不知道自己到哪里了,又觉着暖烘烘的踏实。恋爱的味道竟然恁般好呢。一肚子的肠子都化成水了。

彭佳教授的这段转换(把“谁看”变成“谁说”)非常精彩,借录于此,特致感谢。所以,此种语言转换是可能的,只是有的段落,恐怕谁都转不过来。例如《阿Q正传》里阿Q要参加革命,却被赶出钱府后他的感受:“于是心里便涌起了忧愁:洋先生不准他革命,他再没有别的路;从此决不能望有白盔白甲的人来叫他,他所有的抱负,志向,希望,前程,全被一笔勾销了。”这是阿Q这个人物的心理,但绝对不是阿Q自己的语言。这种知识分子式的词汇,在这里用得太好。

所以,谁说的(叙述者),与谁感到(视角人物),是两码事。这两者能合一当然好,本讲义第五讲会仔细谈引语问题。另外,只管“谁看”,而依然用叙述者的语言,则是更常见的事。

2. 叙述方位

方位(aspects)就是叙述者和视角的配合方式。上一节我们讨论了叙述声音与视角经验是两码事。托多洛夫提出方位这个术语,但他对叙述者和视角二者配合方式的归类似乎太简单了。比如,他认为:

如果叙述者大于视角人物,就是全知叙述;

如果叙述者等于视角人物,就是人物视角叙述;

如果叙述者小于视角人物或叙述者等于零,就是纯客观的行为主义叙述。

这个分类太简单了。我从叙述者身份(提供叙述语言)与视角人物(提供所述经验)的搭配,归纳出了两者之间的七种配合方式(见表4.1)。第八种,只是一个理论性的存在,实际例子我没有找到,请同学们帮助。在叙述学领域,叙述方位是重要的基本知识,一旦整理清楚了,就不会像初看时那么眼花缭乱、那样神秘了。

首先我们要区分隐身与显身。显身就是第一人称叙述者。我们说过了什么叫隐身叙述者;隐身叙述就是讲故事不提自己,就是平时我们说的第三人称叙述。完全不提自己是几乎不可能的,叙述者即使是在隐身叙述时也经常会露出马脚来。只要叙述者基本上是隐身的就算第三人称叙述,就是他不能提到自己。但即便如此,它还是有各种各样的人格痕迹(见表4.1)。

表4.1 叙述者身份与视角人物的七种配合方式

叙述者	视角			
	全知	主角	次要人物	主叙述外观察者
隐身	①任意式 (全知叙述)	②主角人物视角叙述 2A轮换式	③次要人物视角叙述 3A“他们”式	④全不知式
显身	⑤第一人称全知叙述 5A第二人称叙述	⑥自述式	⑦仰视式 7A“我们”式	?

第三节 各种叙述方位

1. 第三人称全知全能(方位一)

全知全能是最古老的叙述方式,也是最常用的方式。但是注意,全知全能必是第三人称。“第三人称全知式”正确的说法应当是

"任意多视角",叙述者有任意进入所有人物的内心的权利,能自如地进进出出,所以它有另一个称呼"零度聚焦"。"零度聚焦"实际上就是"全聚焦",即叙述可以采用任意视角。注意,这是指整篇或整段小说,一句话的叙述很难显示为全知全能。全知式就是叙述者被赋予绝对的说话权利,他是文本世界的上帝。

中国传统小说的叙述大多是全知全能的。我们说过《红楼梦》当中有很多人物视角叙述,但都是局部的。请看下面这段,如果叙述者不是全知全能的话,就不好写了:"王夫人恐贾母乏了,便欲让至上房内坐,贾母也觉脚酸,便点头应允。那时赵姨娘推病……"注意这一句中,"恐""觉""推""欲",都是各人的内心想法。一句话中任意进入四个人的内心,如此真正的全知全能,一句话就能做到的,并不多见。如果上面那句话只说"那时赵姨娘推病",就可以说是人物视角。因此,全知全能一般来说是指全文本的品质,并不是指个别语句。《红楼梦》就其文本整体来说更是如此,"同篇多人物视角",是绝对的全知全能。

托尔斯泰在《战争与和平》中说:"这天晚上法军与俄军都开始准备进入会战。"叙述者不可能知道法军和俄军双方的活动,这是真正的全知。我们说所谓全知全能小说,其特征就是叙述者在全篇中比较随意地进入不同视角。

《水浒传》的叙述者是全知全能的,所以每个人物的内心活动可同时写出,但是这也不妨碍某些段落用人物视角来叙述。例如宋江"杀惜"这段:宋江误把晁盖的信留在阎婆惜那儿,他急急忙忙赶回来。此时阎婆惜的母亲是视角人物,听到的全是他们两人的对话:"只听得楼下呀地门响,床上问道……这边也不回话,一径已上楼来。"所以金圣叹点评:"《水浒传》到这里亦是紧张关头,却不直接写当事人所思所为,一片都是(阎婆惜母亲)听出来的,有影灯漏月之妙。""影灯漏月"这个术语太雅,不太好用,不然它可以变成叙述学一个新的法则,在"视角"这个译词出现之前。

2. 人物视角 POV 叙述(方位二)

方位二是第三人称的人物视角叙述。视角,在叙述学中一般简称为 POV(point-of-view),这是上一节已经讨论过的术语。注意,这里 POV 指的是第三人叙述者的人物视角。为什么是第三人称叙述者?如果是第一人称的话,自然就会变成写自己所见。如果是第三人称叙述者,却自限于某人物内心经验,这就是亨利·詹姆斯的叙述方式。POV 指的就是这一种方位。

应当说,任何人物作视角都有利有弊:叙述文本选某个人做视角,肯定是有其道理的,或者是为了生动有趣,或者是为了道义目的。在电影当中,POV 片段很多,但电影视角很容易转换,几乎不会被觉察,全部用人物视角的电影恐怕很少,整个文本一以贯之的 POV 在电影中也并不多。一个典型的例子如《世贸中心》,用一个消防员的视角来叙述,电影几乎全部是用他的视角来看世贸中心的坍塌。

《降临》是一部著名的符号学科幻小说。为什么叫符号学小说?它讲的是外星人怎样跟人类沟通的故事。在小说里,外星人用的语言是环形的文字,有点儿像中国的水墨画。这种语言是无顺序也无始无终的,所以能够预示未来。

从叙述学角度来说,《降临》这部电影绝对不能用外星人的视角来叙述,因为外星人的语言符号对过去、现在、未来全知,如果用他们的视角来讲述,故事就没有任何神秘之处了。整个电影用的是地球上的一位女符号学专家的视角,她煞费脑筋在破解:到底这些外星人在说什么?它们的符号怎么会这么怪?这个电影很有趣。瑞典隆德大学的兰达教授过来讲学,说他们就这个电影举行过一次研讨会,他主张我们也举行一次,然后我们就有了一次很生动的关于《降临》的研讨会。有些科幻电影玩弄各种各样的奇怪景色,这部电影不玩这一套。人类的视角一旦解开了外星人的符号,最后会怎么样呢?本讲义第六讲将讨论到这里面有个可怕的时间伦理问题。

人物视角限于所见,会造成叙述的困难。也就是说,叙述者一直不能说,正在发生的奇怪事件,究竟是怎么回事。这样就会给叙述形成压力。譬如像阿Q做强盗这个事情,到最后才“纠正”,之前的所有叙述由此成为待解之谜。《林教头风雪山神庙》中,来害林冲的凶手把草料厂给烧了,凶手这么做的目的是,哪怕林冲不烧死,也会因失职被治罪。但这段叙事的视角人物是林冲,他对这些阴谋完全不知道。既然林冲受人栽害,不报仇不成故事,但要报仇又必须弄明白是怎么一回事。所以林冲在山神庙里躲雪,正好遇到三个阴谋执行者走到门口,他们在交谈过程中把这个事情全部说出来了。他们不知道林冲在里面,但是神差鬼使这事情全让林冲听见了。于是林冲一脚踢开门,把三个人全杀了。这就太巧了,巧得也太过分了。本来叙述自限于林冲的视角,但作者的写作意图是想让林冲当场手刃仇敌,所以就做出了这样的安排。

普鲁斯特《追忆逝水年华》中的叙述者承认说:“我作为旁观者见到的事件总是在不太可能的鲁莽轻率的情况下发生,好像只有冒险或者鬼鬼祟祟的行为才能使我得到事实真相。”这句话坦白得太好了,的确如此。为了破解POV困境,叙述安排的好多场面,都是本来不太可能但却出现了。局限于视角人物的话,就没办法把故事讲全。在《林教头风雪山神庙》中,安排林冲在山神庙偷听,是破除叙述自限的方式。

因此出现方位二-A,作为人物视角叙述的变体,即每隔一部分换一个人物做视角人物。比如陈若曦的《突围》、伍尔芙的《到灯塔去》就是如此。又比如乔伊斯的《尤利西斯》,前面是用史蒂芬做视角人物,后面是用尤利西斯做视角人物;福楼拜的《包法利夫人》,则是夫妻两个每人作为一段叙述的视角人物。

汪曾祺的小说《受戒》颇受读者激赏,它是方位二-A佳例。方位二-A是复式人物视角,故事中的明海和小英子轮流做视角人物。小英子做视角人物是看佛殿的金碧辉煌,场面宏伟,有点像刘姥姥看稀罕。明海是小和尚,他对小英子的爱恋之心,就必须用他的视角来写,“这一串美丽的脚印把小和尚的心搞乱了”,这是轮换人物视角的好处。

3. 次要人物视角（方位三）

方位三是极局限式的第三人称叙述。虽然是第三人称，但是是次要人物视角。之前说的是主要人物视角，比如《尤利西斯》以布鲁姆为视角人物，他是主要人物。次要人物看到的东西实在太少，他只能观察主要人物，因此看得很模糊，文本留下的不定点就太多，需要读者在阅读过程中补足。

海明威的《杀人者》可能是这方面的范例：两个杀手来镇上准备暗杀某人，故事的视角人物酒吧小伙计听到此事，赶快去通风报信。不料作为暗杀目标的被害者听到消息之后表现得无所谓，仿佛已经置生死于度外。此事前因后果为何，我们与小伙计一样都一概不知，直到全篇结束也依然如此。小伙计因此而对人生感到困惑，他决定离开此地。作为读者我们也一样困惑。

茅盾的小说《泥泞》，写北伐战争的时候，南北拉锯地带一个村庄的农民，他们完全不理解革命的宣传工作，也不理解反革命的暴行，只是看到一批军队来了，打着一个旗帜，另一批军队来了，打着另一个旗帜。这批军队来的时候是做宣传做鼓动，选农会主席；那批军队来的时候却是把农会主席拉去枪毙。村民们真是搞不清楚这都是怎么回事。实际上，茅盾创作这个小说的时候对农民运动正有些迷茫，小说用第三人称叙述者，人物视角受限，不能对他所看到的事情作出解释，这样的视角人物对于表达作者此时对此事的心态恰到好处。

4. 全不知式（方位四）

方位四是全不知式，与方位一全知式处于两极，叙述者什么都不知道，“墙上苍蝇式”。好像事件就在面前展开，叙述者只是没有带任何感情色彩地将其记录下来，不作任何评论。注意，这里的关键问题是：不能评论，也不进入任何人物的内心，就是连次要人物视角都不用。

海明威的《白象似的群山》，写一对男女在车站上的对话。男士要走了，女士舍不得他走，但女士关键的问题又说不出口。在这个叙述当中，叙述者完全没有描写这一对男女到底是在做什么事，只是记录了他们片片段段的对话。这样的小说很难写，有一种让人深思的无奈。

此种方位四，有点类似“零度风格”（writing degree zero）写作。所谓“零度风格”，是巴尔特提出来的概念。他举的典型例子是康拉德的小说《水仙号上的黑人》。在小说中，叙述者有意把船上的黑人写得神神秘秘的，好像会巫术。但全篇都没有写黑人自己的认知，只写那些水手对他极为害怕，为何害怕？原因不知，反而更神秘。

加缪的《陌生人》也是很好的一个叙述者“全不知”例子。实际上巴尔特写《零度风格》一文，就是为了讨论《陌生人》的写作风格。《陌生人》中的第三人称叙述者拒绝对情节做任何评论。整个小说的叙述好像完全是由一个旁观者做出的。小说主人公是一个少年，母亲刚去世，他无缘无故杀了人，然后被判了死刑，但他对这一切却都无所谓。《陌生人》的这种写法后来成为现代文学与电影的一种风格，其主要特征是只写事情不解释。所以哪怕是主角人物的视角，本应当有强烈的感情卷入，但只要叙述者完全拒绝写他的所知所思，也一样可以“全不知”。叙述者自限，让自己闭嘴，他不说话无须理由，在文本中，他的不说胜于任何言辞。

5. 第一人称全知（方位五）

第一人称叙述者“我”，应当说不可能是全知的。“我”既然是文本中的一个人物，哪怕是主人公，也不可能进入其他人物的内心，而只能叙述“我”知道的事情。但实际上第一人称叙述者有各种办法说出自己不知道的事情。19 世纪欧洲小说中有许多是这类第一人称全知——“我”可以用各种各样的方法来补充情况。这种文本的叙述者，既有第一人称亲历亲见的生动，又不局限于自己的个人经验，因此是假性的。亨利 · 詹姆斯之前的第一人称小说，大抵如此。

《大卫 · 科波菲尔》是很有名的例子，许多文学史家认为它是狄更斯的“类自传”。这本小说写出了很多“我”出生之前发生的事儿，通过“我”的女仆佩格蒂的转述，写得很生动；也有不少“我”无法亲见的事儿，要用迂回引用的方式听别人说。

方位五更特别的办法是安排一个特殊的非人间的叙述者。中国电影《最爱》讲的是河南某地因为输血问题一度艾滋病流行，一个孩子因为艾滋病很早去世了，但他作为“我”讲了全部故事，用死者的视角讲，他能知道一切。

几个“我”轮流出现来讲故事，即“复式”第一人称叙述，这在现代文学早期还是很流行的，尤其是书信体小说。《危险的关系》是其中成功的案例。现在它还在被不断改编，有的改编只是取用了部分内容，原因是原来的书信体写法就是不断的书信往来。通信可以讲很多“我”个人不知道的事。日记体、回忆录体都可以是这类的叙述框架。虽然是第一人称，但因为是多人轮流叙述，不同人物暴露内心，所以形成全知。

此类叙述的变体，是所谓第二人称的“你叙述”。这是“我”拿受述者作为主要人物，说“你”怎么样，实际上是叙述者把“你”推在前面，叙述声音还是来自“我”，“你”的一举一动是“我”看到的，“你”做的事，想的心思，“我”都能说，“你”触及不到的事“我”就不说。

关于“你叙述”的文本案例，有莫言的《欢乐》、严歌苓的《扶桑》等，都给人新鲜的阅读感觉。国外的第二人称叙述的名著，首推卡尔维诺的《寒冬夜行人》。布托尔的《变》也是第二人称叙述的典型作品，但被改编成电影后，除了片段的画外音外，第二人称叙述的特点消失了。

实际上所有的第二人称“你叙述”，都可以改成第三人称叙述，说成一个“他”的故事；也可以改成第一人称叙述，说成一个“我”的故事。当然，第一人称叙述和第三人称叙述也可以反过来改成第二人称叙述。我试了一下，可能第一与第二人称叙述相互之间转换更为自然一些。第二人称叙述的小说，是一种读起来很奇特的文本，很有一种宿命的感觉,似乎一切都有前定,似乎人物“你”在叙述者“我”的提线操作下才进入故事,因为“你”很难作为行动主体。

6. 个人经历自述 PEN(方位六)

个人经历自述,即所谓 PEN(personal experience narrative)。注意,方位三的 POV 是第三人称叙述人物视角化,方位六的 PEN 是第一人称叙述者的个人经验叙述。这是“真正”的第一人称叙述小说。POV 与 PEN 在自限的方式上颇为相似,但是 POV 依然用第三人称叙述,而 PEN 的视角人物成为第一人称叙述者后,是“我”说“我”的故事,“谁看”与“谁说”因此合一。我们在此讲第二节所举的例子,《玉米》中对玉米的恋爱心理的叙述,毕飞宇原文是 POV,彭佳教授的改写如果延展到全篇,则就是典型的 PEN。

塞林格的《麦田守望者》,写 13 岁左右的中学少年,用的是第一人称自述的写法。这就不像《梅茜所知道的》中的 8 岁小女孩的视角,人物自己的语言能力不够,叙述者不得不用第三人称 POV 描写。《麦田守望者》用的是初中生的语言,小说在 1950 年代出版的时候,被视为对文学界的巨大的挑战——初中生的小流氓式语言,把读者看得目瞪口呆,但同时又觉得生动异常。如果《麦田守望者》用冷静的成人语言,效果会怎么样?那可能生动性就差得多了。

不过《麦田守望者》的叙述有一个设定条件:主人公回校不久,校方让他去见心理医生,小说全篇都是他对心理医生讲述的自己的经历。此时主人公是尚未离校的初中生,有他特定的青少年的街头语言表达方式。你想象一下,如果叙述者已经长大成人,他的语言不可能再如此少年腔,那么全书就很可能失去了这般魅力。有时候我们觉得这个故事太简单了,只是个不良少年跑出去瞎闯了一阵,最后又跑回来而已,但你看原文就知道,这是一个惊险的语言游戏。

另一个例子可能更妙:小说《阿甘正传》。《阿甘正传》的叙述用的是个弱智者的语言。注意这跟 POV 不一样,POV 用的是叙述者冷静的语言,而 PEN 用的是实际主人公的语言。《阿甘正传》的情节够复杂的,主人公经历了许多影响世界历史的大事。这样的作品在语言风格上很难处理得当,但作者不仅做到了而且极其生动。据小说改编的电影有影像为助,语言的处理就更容易一些。《阿甘正传》中的叙述惟妙惟肖,因为拼音文字可以模仿叙述阿甘的语言,例如他的用词和语法的混乱。中文翻译则很难用谐音的方式将这些模仿出来。

狄更斯的《远大前程》的叙述也是少年人第一人称 PEN,但是叙述发生时叙述者已经长大了,就没有像《麦田守望者》那样用少年人的语言。而且《远大前程》的叙述里经常有旁引信息:“我一点一滴了解到(主要从赫伯特那里)范克先生毕业于哈罗中学,又在剑桥大学读过书,是才华卓越的学生……”这些东西都是在“我”所不知的范围当中,因此只能绕弯儿全知。这就是 19 世纪小说与当代小说(例如《麦田守望者》)的区别:当代小说拒绝把故事讲清楚。

说到第一人称叙述,有一件事不得不提:中国古典小说中几乎没有第一人称作品。我说“几乎没有”是让一步,因为的确也找到了几个例外。

对晚清、对五四时期文学产生最大影响的中国古典“小说”是《浮生六记》。当时只发现了四册,所以现在能读到的只是《浮生六记》中的“四记”。这部作品对于五四时期及之后的第一人称小说创作的启发很大。但《浮生六记》是回忆录,不是虚构的小说,只是它文辞很漂亮,而且写的是日常生活。叙述者“我”是个商人,商人有这么漂亮的文笔,在清代是可能的。五四时期开始的第一人称小说创作,人们总说它是来自日本的“私小说”,其实受到《浮生六记》的影响很大。

中国古代唯一的一篇第一人称小说,是唐传奇中张文成的《游仙窟》。《游仙窟》以“仆”“余”自称,讲述其与仙女交往的艳遇。但这篇唐传奇是从日本抄回的,为什么这一篇会在中国失传,却在日本流传呢?我觉得原因可能在于中国古人就是不喜欢第一人称虚构叙述,不然怎么解释呢?

唐传奇中另一篇《古镜记》,讲的是一个叫王度的人经历了什么事。这篇没有作者署名,后来收入《太平广记》时有了作者署名,就是“王度”。当时人对唐传奇的整理,好处是保存了不少可能会散佚的作品,坏处是自以为是地改了好多东西。我们不能将作品中人物的名字直接就当成作者的名字。这从叙述学上来说不能,但从古人惯例上来说,或许可以如此?

方位六的 PEN 也可以是复式的,只是这样的作品不多。我举个例子,《亚历山大四重奏》,几乎每一部都是不同叙述者的第一人称叙述,因此“四重奏”是四个不同的人物叙述同一个故事,而且是重复地叙述,这很有意思。《亚历山大四重奏》最近已有中文译本。有些电影(例如《太平轮》上、下)轮流叙述了一连串人物的经历,另外还用了不少画外音自述,有点像复式 PEN 文本。

7. 次要人物第一人称叙述(方位七)

这个叙述方位非常有意思,它是第一人称叙述,但“我”却是次要人物,因此叙述的主要不是“我”的个人经历。“我”作为次要人物只能旁观旁听主要人物的所历所言。上面说过,第一人称叙述是有困难的,这包括语言上的困难和经验上的困难,此时就会有高度自限的戏剧性。

比如梅尔维尔的《白鲸》中的叙述者,是个小青年水手以实玛利。这艘捕鲸船的船长阿哈伯是个很奇怪的人,他的一条腿被白鲸咬掉了,然后他驾船穿越惊涛骇浪,一直紧紧追着那头巨大的白鲸要报仇。这个人物形象很神秘。如果作者是直接来写这个神秘的人,就会说穿这个神秘:他不过就是个有强迫症的复仇者。但是要保持叙事的神秘,就不能让读者很快认同这一点。这个时候怎么办?找个普通人,从他的角度来叙述。甚至可以把故事中的“我”作为旁观人物,即视角人物加叙述者,这样读者就不得不跟着“我”一路苦于艰险,也一路苦于猜测。

方位七正因为双重自限(囿于人称与次要地位),由此产生了不少佳作。《呼啸山庄》中的叙述者洛克伍德,是后来才来到呼啸山庄的访客，对庄园奇怪的前主人原是一无所知，在跟女管家聊天的过程中才逐渐了解。《福尔摩斯探案》用华生作为叙述者来写，为什么不用福尔摩斯自己作为叙述者呢？因为要保持福尔摩斯的神秘感。后来，一连串的改编电影也受这样的叙事角度的影响。华生虽然很聪明，但他是普通人，猜不透福尔摩斯的底细，故事的趣味性就在这儿。许多刑侦小说、神秘小说，都是用一个看不穿主角到底是怎么回事的人来做叙述者，通过他们无可奈何的自述，让故事显得尤其生动。

《黑暗的心脏》是一部世界文学名著，非常有名，但也一直在读者中很有争议，争议原因之一是，作者让船长马洛作为叙述者，来讲述完全不为世人所理解的主角库尔茨。在《了不起的盖茨比》中，盖茨比为什么了不起？因为他的痴恋让人看不懂，这个“看不懂”是从盖茨比的朋友尼克·卡拉威的角度来看的。阿城《棋王》中的王一生，是从一个普通的知青“我”的角度来叙述的，如果让王一生自己作为叙述者来写的话，“棋王”作为“王”就不显得神秘了。从以上例子可见，如果一个故事中的人物，他不需要我们同情，而是需要我们敬而远之，那么最好的办法就是既不让他做叙述者，也不让他做视角人物，而只做一个被叙述的人物。

其实电影更常用这种次要人物作为观察视角。尤其是警匪片，在情节设计上，常用一个年轻稚嫩的新警探，搭配一个经验丰富、态度有点混世的老警探，从新警探的视角去观察老警探并叙述故事，在此基础上展开情节，更为惊心动魄，扑朔迷离。几十年来，《七宗罪》《训练日》《恶世之子》等电影中的情节都是如此安排，让老一套的血腥故事，在新人的好奇眼光下翻出新意。

方位七-A 有个变体，就是把叙述者变成庸庸俗众的“我们”。《献给艾米丽的玫瑰》是这方面的好例子。福克纳很少写短篇小说，但这个短篇小说写得很漂亮。“我们”是这个村子的村民，完全不了解艾米丽在搞什么神秘事情。它跟上面方位四讨论的《泥泞》不一样。《泥泞》是第三人称叙述，写革命与反革命，以及农民的浑浑噩噩；而艾米丽所在的村子里的农民是这篇小说的视角人物，同时也是叙述者"我们"，"我们"自认为猜不透艾米丽，所以在"我们"的视角下，艾米丽就更为神秘。

方位八是第一人称但绝对旁观的叙述。"我"不在故事中扮演任何角色，因此是双重最高度的自限。我找不到这样的例子。理论上应该是有的，可我没有找到。我在此高价征求，各位如果能举出第八方位的实例，有重赏。如果有同学说"这个不可能吗？我给你写一段"，那就更好了。最好你把它发展成作品，那就是世界上第八方位的第一篇小说。有点吓人是吧？所以高价征求。

8. 各种非小说体裁的叙述方位

我们刚才已经说过了小说。小说是比较复杂的，因为它的语言（谁说）和它的经验（谁见），可以是两码事，而其他的体裁就不一样了。写历史必是第一方位，也就是第三人称全知全能；写回忆录必是第五方位，也就是第一人称全知，不然写不出来。

新闻大部分是第五方位，也就是第一人称全知。虽然报道者是叙述者自己——"我在何处现场做此报道"，报告文学也可以是第五方位——我采访到这人怎么说，那人怎么说；但完全也可以补充：后来我们又知道了什么新情况。

电影的叙述框架是第一方位。它的画外音人物叙述，往往是框架叙述里的次叙述者。注意，不要把画外音叙述当作第一人称叙述，因为电影不是画外音叙述出来的。你说怎么不是画外音叙述？明明画外音在说："我那天走到了山前，遇到一个奇怪的人，完全出乎意料。"那这个电影不是第一人称自述吗？为什么不是呢，因为你不可能找到一部用画外音从头到尾叙述的电影，画外音只是引一下，冒出来几次，而本讲义在第二讲就提出，对叙述者的要求是，他的声音要在文本中从头到尾贯穿。

那电影视觉能不能人物化呢？能不能用视角经验变成 POV 呢？可以的。那就是主观性的、幻觉性的，就是模仿人物的"视觉语言”——镜头,研究电影的学者称之为“主观镜头”(subjective shots)。

电影的叙述方位肯定是多变的。这个题目做起来有点困难,为什么困难?跟小说不一样,电影的方位变化太多,它几乎是任意变化的而且非常自然,观众往往还没注意到,它就已经转成另一个人物的视角,或变到全知全能的视角。而小说一旦变化到人物视角,读者很容易就能看出来,为什么呢?因为电影是视觉化的,而视觉的对象如景色等,是观众共享的形态,不像小说语言有强烈的个人风格。

《忠犬八公》这部电影有日本、美国、中国的各种翻拍版。这部电影用一条狗的视角来看周围的世界,狗能看到的往往很局限,它的动作只是在车站等待。电影的主人公是一个大学的教授,他做的事情狗很少能见到,在电影中的确也叙述得很少。另外,比如,主人公在工作时中风倒下了,这不是狗能看到的。所以整个电影无法坚持都用狗的“人物视角”。据说狗是色盲,所以主人公去世后,电影调子也变得灰暗。这就是返回狗的视角,用了主观镜头。八公弥留之际看到的画面变成了彩色,表示狗的精神得到了升华,视觉叙述也有了“人”的质地,不过这种设计太零星,并不是贯穿全篇。

从电影方位的变化的角度,几乎可以看到一部当代中国艺术电影的变迁史:《黄土地》用的基本是方位一,第三人称全知,但随时收拢为人物视角。《十七岁的单车》几乎全是方位二,PEN 电影。贾樟柯的《小武》用的几乎是方位三,行为主义,没有解释。

第四节　跳　角

1. 跳角的用途

叙述方位引出的一个问题,是跳角(alterations)。有些叙述学著作称之为“视角越界”,这名称也可以,只是不太简洁而已。

跳角就是叙述文本为了某种原因,局部改变了方位。在一些文本中,因为情节规模不大,不太好改变叙述者,所以往往就会发生视角的局部跳动。跳角有些是结构的惯常原因,例如开头、结尾为了说明全景,常用方位四“墙上苍蝇”式。另外一种跳角,即人物视角的转换,经常是出于一个道德原因,即情节中有一个关键处,从原来人物的视角出发的话,无法做出解释,只能跳出去。本来文本试图保持叙述视角的整体,突然改换视角,就相当于放弃了保持文本整体形式的努力。但如果像《战争与和平》或者《红楼梦》这样,本来视角就是随意转换的,是第一方位全知全能的视角,就不成为跳角。

前面说过,叙述者用人物视角,本来是一种权利自限。当叙述者不得不把某个事情说清楚的时候,那就只能冲破这种自限。上面提到的例子如狄更斯小说《远大前程》或《大卫·科波菲尔》,当叙述者要补充某个信息时,就说这是“我”从其他人口中听到的什么故事。《祝福》中的祥林嫂嫁到山里去这一段,是“我”不可能知道的,所以“我”只能是从女仆四婶那里听说。引用四婶的话,在这里并不是跳角,因为它已经说出了消息来源。文中还有一句话是评论祥林嫂的改嫁:“如果祥林嫂一头撞死了也就很好了”,这个评论是一个恶劣的偏见,通过四婶的嘴说出,相当于用一句话写活了祥林嫂和四婶这两个人物。

但是无论采用哪种方位,叙述文本的开头都往往有一段全景介绍。几乎所有的全知小说都是以“全不知”,即第四方位开场;很多POV小说也都以旁观者方位开场。因为开场要介绍环境,在影视术语当中这叫作“定位镜头”(establishing shot)。比如电视剧《老友记》(*Friends*)每集的第一个镜头都是从街上看他们公寓;《繁花》每一集的开场也总是一个上海外滩的镜头,或是和平饭店外景。

高晓声的短篇小说《鱼钓》讲的是一个乡下汉子与鱼搏斗的故事,这个故事用的是严格的人物视角叙述,但开场却是第一方位的介绍:“那儿站着一个穿戴着蓑衣笠帽的人,眼看去像个不成形的怪物,他面河而立,不动也不响,好像凝神关注着什么。”这是一个定位镜头,是叙述者绝对旁观视角,然后文本才进入人物个人视角。

2. 常规跳角

跳角也往往出现在叙述的结尾，跳进一个解释，从方位二即人物视角跳出来，进入方位四。方位四是客观的介绍，很有点儿像电影在结尾处用文字写明主要人物的结局。

我举陈映真的《将军族》为例。这个小说讲在军乐队吹乐的两个男女，他们总是穿得很像将军的样子，但他们只是小人物，一度离散多年，各奔东西，到最后又见面了，彼此还是觉得都没有前途，还是只在军乐队混。故事的结尾是个方位三式的场景：

> 第二天早晨，人们在甘蔗地里发现一对尸体。男女都穿着乐队的制服，双手都交握于胸前，指挥棒和小喇叭很齐整地放置在脚前，闪闪发光……一个骑单车的高大的农夫……对另一个挑着水肥的矮小的农夫说："两个人躺得直挺挺地，规规矩矩，就像两位大将军呢"。

用方位四是客观叙述，交代了两人的结局是自杀。"将军服"所表达的是大人物与小人物之间的反差，方位四是场记式、记录式，只客观记录，不做评论。这个跳角的作用是点明了小说的主题。为了点明主题，必须跳出全篇的人物视角。

《骆驼祥子》的人物视角基本上是从祥子出发，一切通过祥子的心里眼里，甚至虎妞追求祥子的过程，也是用祥子的视角来写出。祥子有点儿太简单木讷，很多时候，他看不懂自己的故事。但这个文本中有一处叙述者不得不跳角的地方：祥子看到虎妞与父亲刘四爷吵架，这父女俩都是绝顶聪明的市井人物，但他们吵架的动机祥子并不懂。若祥子能看出个中名堂的话，作者对这个人物形象的塑造也就被破坏了。于是叙述者在这里跳角成第一方位。那么，《阿甘正传》中的阿甘是怎么把他遇到的那些复杂的历史大问题（例如"水门事件"）说清楚的呢？那是因为作者的预期是读者都知道阿甘所遇到的都是些什么惊天大事。

另一种跳角，是因为要处理道德上的难题。比如电影《星际大战》中有一段奇怪的跳角。汤姆·克鲁斯饰演的主人公，带着女儿从外星人的围攻中逃亡，遇到有好心人收留他们，让他们躲藏起来，但这位好心人却要出去与外星人决斗；克鲁斯为了不被外星人发现，就只能把这个人杀了。虽然，去跟外星人斗的话，纯粹是一个自杀行为，而且的确会暴露他们父女，但杀死好心人这情节，无论从什么角度来说，都是不道德的。这个时候电影的叙述很奇怪，父亲去杀好心人的场面没拍，只拍小女孩躲着，自己在那儿唱摇篮歌，她什么也没看见，所以观念也就可以避开这个“不道德”的场面。这个场面涉及的是一个巨大的道德难题，不能说，所以就用了跳角手法。

邵振国的获奖小说《麦客》，写到女主人水香引诱割麦短工吴顺昌，让他夜里去她那里。吴顺昌经过思想斗争，决定不去，此时叙述方位突然跳入水香的意识：“水香没有睡……是的，她的确认为自己坏，眼前她依旧这样认为；我是个坏女人，坏女人啊！哥，你不来对着哩，对着哩，对着……”这一段跳角破坏了全篇坚持的人物视角叙述方位，情节安排上也并非必要，因为不管水香是否自责，都不影响情节的发展。这个跳角是一个道德上的表达：不写水香的自我谴责的话，人物的形象就成了问题。也许可以说，没有这一跳角，这个小说不可能得奖。

所以，视角不是一个单纯的叙述技巧问题。

第五讲 转述语与“二我差”

第一节 转述语

1. 叙述者如何转引说话者

本讲讨论的是一个特殊问题:叙述者如何转告人物说出来或心中想的话语。转述语(reported speech),看起来是非常具体的问题,细究起来却并不简单,它涉及面极广,是叙述学中不可回避的题目。

形式论最大的特点,就是把研究对象变成一系列可分析的问题,把一个本来混作一团的问题变成能清晰分析的条块。中国知识界历来的思想习惯,是大而化之,不拘泥细节,高屋建瓴,大开大合。这当然有好处,但是形式论也有它一定的好处,就是尽量具体细致地分析问题。同学们如果觉得这一课太具体甚至太琐碎了,那么请注意,这正是叙述学的特色。本讲最后,你们会看到这并不是一个细小的形式问题,而是关系到对文化构成的大局的关键性理解。

叙述文本全是叙述者的话语,如果里面的人物开口说话,或自言自语,就成了“话语中的话语”。我们从上一讲的讨论中知道,叙述文本的整体风格特色,是由说话主体控制的。这样就产生了问题:叙述者一旦转述人物的话语,到底这话语是由人物控制,还是由叙述者控制?因此,转述语是主体各部分争夺话语权的地方,会引出很多叙述问题:意识流、二我差、对话理论、复调理论等等。引语方式为何,凸显了叙述中永恒的主体冲突。

小说跟表演话剧不一样,话剧里所有的话都是由演员直接说出来,而小说的转述则不一定,小说的叙述可以用多种方式呈现人物的思想话语。这里有个双重的话语权问题,在所有的文字叙述,如小说、历史、新闻中,都有双重话语的问题。口述讲故事、说书表演中会不会有这个问题呢?也会有的,但在口述中的转述语,方式是不一样的,后面我们会就这个来具体讨论。

对不同引语方式的分类有两个基本原则:第一种划分原则是直接式和间接式。直接式是直接记录人物的话,说话者在话中自称"我"。比如你直接记录某个人说的话,你说:"昨天我在路上碰到小汪,小汪说:'我心里很难受,作业做得不够好。'"小汪说"我"心里难受,就是直接引语,你直接引了她的话语。如果我把它变成间接式,就成为"我遇到小汪,小汪说她心里很难受"。两种记言方式,一种是直接记录,一种是间接记录。

第二种划分原则,是引语式和自由式。引语式有引语的书面形式。如果没有引语形式,而是直接放入叙述文本,叫作自由式。

所以这里有两种基本的处理原则,一个直接式/间接式(如果以说话者来分的话,就是我/他);另外一个是引语式/自由式(以有无引导句来区分)。两条线一划分就变成了四种形式。如:

> 他犹豫了一下,他想:"我看来搞错了。"(直接引语式)
> 他犹豫了一下,他想他看来搞错了。(间接引语式)
> 他犹豫了一下,他看来搞错了。(间接自由式)
> 他犹豫了一下,我看来搞错了。(直接自由式)

以上内容,可以归纳如下(见表5.1):

表 5.1　说话者与引导语的不同变化及结果

有无引导语	说话者	
	我:直接式	他:间接式
有:引语式	直接引语式	间接引语式
无:自由式	直接自由式	间接自由式

引语标记可以有两种,一种是“某某人说”,一种是引号,二者可以合用,或单用其一亦可。所以第一式有个变体:

他犹豫了一下,他想我看来搞错了。(直接引语式无标点)。

如果没有这些引语标记的话,就是自由式。同学们可能会说这太简单了,没有什么了不起的。其实很多问题就出在这貌似简单上面,所以我们要记住这四种方式。请你们用纸笔做一下这四种方式的练习。注意最好以一段叙述文本作为参照:“他犹豫了一下。”有了文本背景我才能知道你举的例子是第三人称叙述还是第一人称叙述。

上面的几个例子,背景都是第三人称叙述。如果叙述人称是第一人称的话,情况就不一样了。直接式与叙述背景更容易混到一起:“我犹豫了一下,他看来搞错了”,就不可能,而是“我犹豫了一下,我看来搞错了”。这里不用引号就看不出直接式与间接式。

这好像有点烦琐吧?实际上我们在叙述事情时会很自然地转换着用这四种形式,它们所形成的效果很不一样,尤其是大段大段地叙述的时候,是不一样的。你不做几遍的话搞不清楚。要自己做几遍,随便拿任何一句话来转换都可以。

如果没有任何引用标记,那么它就是自由式。最容易搞错的,也最有用的,是两种自由式。间接自由式(FID:free indirect discourse):“他犹豫了一下,他看来搞错了。”这是叙述背景的自然延续,引语跟叙述背景几乎融合。间接自由式实际上给我们的文学创作、艺术创作创造了一个模糊处理(引文不太像引文)的条件。如果是直接自由式(FD):"他犹豫了一下,我看来搞错了。"人称一转换,就给我们创造了新的叙述形式,引向了所谓内心独白与意识流。

用英文实际上更清楚一点,因为英文有时态对应。

> He stopped, thinking, "I made a mistake." (直接引语 QD)
>
> He stopped, thinking that he had made a mistake。(间接引语 QID)
>
> He stopped. I have made a mistake. (直接自由式 FD)
>
> He stopped. He made a mistake. (间接自由式 FID)

2. 四式转换

按这个方法,任何引语都可以在这四种方式中转换。《红楼梦》中这段焦大骂街是中国文学史上的名骂:

> 焦大斜眯着眼叉着腰,大嚷大叫,到如今,不报我的恩,反倒和我充起主子来了。(直接引语式,有引导语就可以,不一定要有引号冒号)
>
> 焦大斜眯着眼叉着腰,大嚷大叫,到如今,不报他的恩,反倒和他充起主子来了。(转换人称,间接引语式)
>
> 焦大斜眯着眼叉着腰,到如今,不报他的恩,反倒和他充起主子来了。(无引语形式,间接自由式)
>
> 焦大斜眯着眼叉着腰,到如今,不报我的恩,反倒和我充起主子来了。(转换人称,无引语形式,直接自由式)

直接式与间接式,表达效果的强烈程度就很不同。但是如果某种引语方式在全篇占了主导地位,就会形成完全不同的叙述风格。

茅盾的《幻灭》中有一段话:“你不能指出静女士面庞上身体上哪一部分如何合于希腊的美的金律”,为什么用“你”呢?前面第四讲说过,第二人称“你”隐指着“我”在说话。

英文的人称往往更不明显,但它有时态。伍尔夫的名著《奥兰多》,情节有点怪。故事的主人公奥兰多在两个性别当中游移:他是男性,但他想变的时候就能变成女的。

“奥兰多走过屋子。他想,如何做结。最好把演讲重写一遍,应当的。”这句话下半,是他内心想法的自由直接引语,丢开了人称。这个时候正值他从男变女的关头,所以他的想法舍弃了人称,或许是作者在有意躲开人称这个难题。自由直接引语多起来以后,人称问题便令人迷惑了。看来雌雄同体在古典汉语中比较容易处理,但在印欧语中就会带来人称混乱问题。

但是古典汉语里的《木兰辞》也出现了男女人称转换的麻烦。“可汗问所欲,木兰不用尚书郎,愿驰千里足,送儿还故乡。”钱锺书指出,此处的“儿”应为女郎自称,但当时木兰尚为男扮,因此这句话不应当是与可汗说话的直接引语(那样身份就提前揭穿了),而是直接自由式的内心独白。钱锺书称之为“a direct quotation of mind”,即“心口自语”①。古典汉语不需要标点,因此这种转换极为自由。

3. 转述语与叙述文本的类型风格

不同的转述语透露出叙述者与说话者的主体强度不同,引导句、人称、时态,都是主体压力的结果,每种引语,都是叙述者与说话者在抢话筒,各自都要伸张自己的主体控制权。对此做文字说明比较烦琐,可以归纳如下(见表 5.2)。

---

① 钱锺书:《管锥编》,北京:中华书局,1979 年,第 337 页。

表 5.2　转述语方式与主体强度变化

转述语方式	主体强度	
	说话人主体强度	叙述者主体强度
直接引语		
直接自由		
间接自由		
间接引语		

直接引语式的说话人物主体强度最大，而叙述者主体强度最小，为什么？因为引号等引语标记隔出了说话人物的主体权力范围，他的地盘他做主，他在引语区间内实际上自称“我”，不受叙述者控制。直接引语的格局应当是很简单的，就是人物说的话，叙述者的入侵最少，对引语的加工最少。只有在这种情况下，才有可能真正“言如其人”。我只说“有可能”，因为这只是从结构上保证的自由度，究竟是否能在直接引语中做到“言如其人”，或者称作“质地分析”（保持人物话语的品质），还是要因文而异。下面第四段会比较仔细地解释这个问题。

间接自由式（FID）是人物的语句，这时候，两边主体强度的平衡就开始变化：叙述者的主体会进入话语，因为没有一个引语形式把人物的话语隔出来。尤其在第三人称叙述中，转述语句子延续下来，往往读者就会不知道到底是人物在说话，还是叙述者在说话。这样的主体混杂的局面，往往让叙述出现迷人的主体间混合的色彩。

应当说，任何语句都可以被变成四种形态，但如果引语的“人物质地”太强，过于“言如其人”的话，人物的主体已经稳固地渗入词句的选择中，可能就无法变换。比如《三国演义》中，曹操把冀州城打下来了，他劝降替袁绍守城的审配：“‘昨孤至城下，何城中弩箭之多耶？’配曰：‘恨少，恨少！’操曰：‘卿忠于袁氏，不容不如此，今肯降吾否？’配曰：‘不降！不降！’”这种引语，你要把它变成间接式，几乎不可能。

直接式的好处是什么？比如张辛欣的《疯狂的君子兰》里：“赵大夫上上下下把卢大夫打量了一番，‘老天爷，你可真是真人不露相呀！还跟我装整个一个不知道呢！’”这都是口语的痕迹，有生动的“人物质地”，如果把它改成间接式的话，“赵大夫上上下下把卢大夫打量了一番，他惊叫起来，他说张大夫是故意假装，存心把事情瞒住他”，这就不够戏剧化了。改成间接式，目的是将人物话语融进叙述语流当中。在间接式引语当中，叙述者能够以冷静语调取得叙述的控制权。

在叙述中一旦用了直接引语，就应该是人物负全部责任。如果真的不太“文如其人”的话，也可能并不是人物的责任，而可能是风格的安排。举一个例子，挺好笑的，沈复的《浮生六记》中有一段话谈吃馄饨：“余问曰：‘卿果自往乎？’芸曰：‘非也，妾见市中卖馄饨者，其担锅、灶无不备，盍雇之而往？妾先烹调端整，到彼处再一下锅，茶酒两便。”这句话意思很简单，就是说我们去那儿乘游船，吃点馄饨，但是我先包好自家的，到那里请个馄饨担子，让他给煮一下。这是富商之家，生活细节挺讲究。问题是一个妻子对丈夫说吃馄饨，有必要那么文言腔吗？或许太矫情了吧？所以这里只能用文本风格来解释。

我们可以看清代中期的作品《红楼梦》，里面关于吃肉的叙述，早于《浮生六记》一个半世纪，而且贾家作为贵族家庭也比商人家庭更“上层”。《红楼梦》第46回说到吃肉：“一时只见凤姐也披了斗篷走来笑道：‘吃这样好东西也不告诉我！’说着也凑着一处吃起来。黛玉笑道：‘那里找这一群花子去！’”凤姐的话，跟现在的汉语口语已经很相近了。所以可以看出，日常的话语交流并不需要文言。上文所引的这段《浮生六记》是直接引语。直接引语中本是人物决定语言，但如果只从引语方式的角度，并不能解决“言如其人”问题，因为直接引语只是给文本中的人物提供了一个直接说话的机会，但最终如何写法，还是取决于作者。

直接引语还有一个方面：直接引语的引导方式，往往跟民族风格有关。上面已经说过，中国古典文言小说无标点，所以中文原先是没引号的，引号与其他标点符号是五四新文化运动前后才出现的，以前中国古典文言小说必须用“某某道”来隔开语句。由于标点符号（引号）的存在，直接引语在白话小说中几乎是不可改动的，但古典文言小说因为没有标点符号的间隔，往往可以跳脱引导句。用得多了以后，这就变成风格性标签了。

茅盾的写作风格是比较现代汉语的，但写于抗战后期的《霜叶红于二月花》，出现了很多“淡淡地一笑道”，“发急地说”，等等。有论者说，“茅盾也从中国古典小说中继承了不少具有民族特色的表现方式”①。你写小说如果想来点“国潮”的话，你就用这个办法。赵树理、贾平凹等民族形式作家，最明显的特点，就是全用直接引语，而且都有引导句，如某某道、某某说。

电影中，如果人物嘴动有声音，就是直接引语；嘴动有声但是没有听者，那就是独白；如果嘴不动，却有他的声音，那就是内心独白。或许可以说，镜头中人物的嘴动不动，大致等于小说叙述中的有没有引导句。实际上，电影如何演示叙述中的引语方式，手法还更为细腻一些，需要另文详谈。

4. 人物说话如何“言如其人”

上一段说了，转述语的形式分类，能保证叙述者（即转引话语者）与说话者本人的主体控制分配，但却不能保证引语本身的人物个性及风格质地。

章学诚的《文史通义》里面有一句话：“叙事之文，作者之言也。为文为质，惟其所欲，期如其事而已矣。记言之文，则非作者之言也；为文为质，期于适如其人之言，非作者所能自主也。”②

叙述如果是纪实的，那么新闻、历史，是作者所言。但小说是叙述者之言，是作者委托叙述者代言。章学诚谈的是历史，所以他说历史

---

① 黎舟：《茅盾对世界文学的贡献——纪念茅盾诞辰九十周年》，《福建师范大学学报（哲学社会科学版）》1986 年第 3 期。

② 章学诚著，叶瑛校注：《文史通义校注》，北京：中华书局，1985 年，第 508 页。

叙述之文是作者之言，这是对的。

但是，人物怎么说，是叙述者如何记录的问题。“期于适如其人之言”，就是说人物说的话，要像该人物说的话，这个法则很难做到。章学诚的原则在历史写作等纪实叙述中也不是处处可行。转述语不完全是作者之言，也不完全是人物所说，原则上，任何叙述当中的任何转述语都有双重主体，人物和叙述者作为两个主体在互抢话语权。叙述者叙事之文和记言之文是我中有你，你中有我。我们说过，叙述中，没有一个地方不是叙述者加工调节的结果。一旦被加工以后，到底是谁在说人物说的话，就要考究一番。

举个例子——这是查特曼举过的例子——徐志摩最崇拜的小说家曼殊菲儿，她著名的小说《园宴》，其中第一句话就是：“不管如何，天气实在很如人意，哪怕他们能够做主，也没有比这更好的日子来开这次园宴。”所谓园宴，就是在花园里面举办宴会。定下日期以后，如果那天下雨，就会很尴尬。但是“天气实在很如人意”，这是谁的想法？是女主人公的想法，还是参加宴会的人的想法？查特曼指出，这段话不清楚是谁的想法，甚至不清楚是不是叙述者说的话。如果是叙述者说的话，那就不是人物说的话；它又像是人物说的话，但却不知是哪一位说的。

中国文言文的“记言”实际上很麻烦。文言文很难有“人物语气”质地。文言文在叙述中转达人物话语，对说话者身份是不在乎的，因为都是文言。曹植的《洛神赋》：“御者对曰：臣闻河洛之神，名曰宓妃，然则君王所见，无乃是乎？其状若何，臣愿闻之。”“御者”是马车夫。马车夫提的问题，引出了叙述者描写洛神，使得老百姓都知道了洛神之美。但是，古代的马车夫不可能如王子这样说话，就像现在的出租车司机不会这样说话。

实际上，中国古人不写口语。以前的书写是把字刻在龟甲或竹简上，刻字比较难，书写材料也不易得，因此古代作家写作，一直都很惜字。只有纸张生产多了以后，才有把整部《水浒传》的白话口语体抄录或刻板印下来的可能。文言文很大的特点是非常简洁,但这也不能解释为什么文言文能流传数千年而几乎没变。除了中华民族,全世界没有任何一个民族能够直接阅读三千年前的先祖写的书。我们现在能读孔子的文字,相当重要的一个原因是,汉字极不容易变化。汉语是非语音的,不跟语音走,文言文因此长期停留在高度简练状态。

在曹植的《洛神赋》中,马车夫不可能这样说话。为什么不可能这样说话?因为这位马车夫的说话风格跟《洛神赋》其他部分的语调是一样的。但转述语在古代文言文中也并不是完全没有变化的。《史记·陈涉世家》中的这一段,在叙述学上非常有名:

> 陈胜王凡六月。已为王,王陈。其故人尝与庸耕者闻之,之陈,扣宫门曰:"吾欲见涉。"宫门令欲缚之。自辩数,乃置,不肯为通。陈王出,遮道而呼涉。陈王闻之,乃召见,载与俱归。入宫,见殿屋帷帐,客曰:"夥颐!涉之为王沉沉者。"故天下传之,夥涉为王,由陈涉始。

这个"夥颐"是楚人方言,是老百姓才会发出的惊叹。所谓楚人,就是现在长江中下游一带的人。现在的历史学家,可能都不会把这样的"土话"写进历史著述。在司马迁那个时代,这段文字也是很出格的,记下这句话,是因为"天下传之",以致大概让陈胜成为了笑柄。陈胜当年的种田朋友说的是土话,由此引出了这一段典故。我很佩服司马迁,他在著史时保留了一些类似"夥颐"这样的生动表述。《史记》的可读性的确比后世的官修史高得多,但显然《史记》的绝大部分引语,不能全用这种"适如其人之言"的语言写成,哪怕直接引语也无法处处做到。

第二节　独白、内心独白、意识流

1. 独白

在叙述中引用人物的言与思，引用方式是一样的，四种都可以。但可以看出一个趋势：独白（自言自语），或是内心独白（没有说出声音来的心里话），用直接式比较生动。单用间接式也比较多，因为说话者主体性不必那么强，但是间接式大多用没有引语方式的自由式，模仿没有说出的，处于一种“未成文状态”的话语。

直接自由式，没有引语标记，却自称“我”，是独白经常用的引语方式。所以直接自由式→独白→内心独白→意识流，这是从同一个引语方式出发的四种变体推进。

为什么意识流会在20世纪初出现？相当大的原因，是直接自由式开始被普遍使用。意识流不仅有很长的内心独白，而且还有特殊的连续方式。它的语句内容没有特定目标，无逻辑控制，以自由联想的方式延续。也就是说，将人物的思想，用自然主义的方式植入引语，无目的，不受逻辑引导，直录自由状态中的思想过程，有意不整理地再现，如此写下的就是意识流。

从头到尾都在意识流中的小说恐怕没有。为什么没有？本讲一开始就说过，引语方式为何，必须与叙述语境作为对比才能清楚呈现。伍尔夫的《达洛维夫人》是意识流主导小说，为什么叫意识流主导？因为其中间有很多片段是正常的第三人称叙述，只是某些部分写成了很流畅的意识流。伍尔芙的另一个小说《到灯塔去》是语言写得很漂亮的小说，它实际上是各种引语方式混杂着用。它的直接自由式引语用得变化多姿、顺畅自然，但它不是意识流。

甚至乔伊斯的《尤利西斯》也不是全文意识流。它不可能是全文意识流，因为全文意识流的话就没有了对比。这里我们随便举其中一段布鲁姆的思想活动，作为意识流的例子：

这工作很合他们意,在角落里鬼鬼祟祟的……准备吧,躺好,莫利跟弗莱明太太在铺床。朝这边再拉点,我们的裹尸布。猜不着死后谁来弄你,你死了以后总有一个人给你裹起来。水,香波。他在剪指甲剪头发。放在一个信封里。还会长。这工作太脏。

这是布鲁姆在路上的一段胡思乱想,从殡仪馆裹尸,一直想到他妻子跟女仆整理床的样子很像殡仪馆里裹尸,都是两个人把布掀起来抖动拉直。怎么会这么想呢?两者之间有关联吗?没有关联,只是动作有点像而已。所以这叫作自由联想,是没有什么关联的自由联想。

长段的直接自由式引语,才会变成意识流。意识流的定义清楚了吗?意识流跟内心独白除了一个长度的差别,还有自由联想方式的差别。内心独白不一定是自由联想,但意识流是充分模仿了人"头脑闲着"时戏剧性的漫无边际的联想。

2. 自由间接式引语的魅力

直接自由式,甚至内心独白与意识流,都还是比较简单的、大片的自言自语,很容易看清楚。而间接自由式,可能是一个更有趣的题目,因为跟第三人称叙述语言很容易无缝切换,此时说话者是谁,是叙述者还是人物,言语主体往往会混淆变化,不仅语言跳跃,而且主体间插,写得好时,魅力无穷,令人玩味。

乔伊斯《都柏林人》中的这段话就比较典型:"加布里埃尔发现妻子和玛丽·简正在竭力劝说艾弗斯小姐留下来吃晚饭,可是艾弗斯小姐已经戴上帽子,正在系披风的扣子,她就是不肯留下来。她一点不觉得饿,而且她已经待了太长时间。"后面两句是人物艾弗斯小姐推托的话,但是文中没有写"她说",所以这是自由式。这段自由间接式引语在这里用得自然而婉转。如果说:"艾弗斯小姐坚持说:'我一点不觉得饿'",那就是直接引语。本来这句话就是托词,要含含糊糊地表达出来,文本效果才好,直接引用的话就着力过分了。这里叙述者似乎明白艾弗斯小姐推托的苦衷。

《红楼梦》中有个例子，更为曲尽婉转。薛宝钗听见袭人埋怨宝玉与女孩子混得太多，她觉得袭人很有头脑，跟她自己的想法很像：

> 宝钗听了心中暗忖道：倒别看错了这个丫头，听他说话，倒有些识见。宝钗便在炕上坐了，慢慢的闲言中套问他年纪家乡等语，留神窥察，其言语志量深可敬爱。

这段话分析起来相当复杂：“别看错了这个丫头，听他说话，倒有些识见。”这由宝钗“暗忖”做引导语，是直接自由式。“留神窥察”，是叙述语句。“其言语志量深可敬爱”，这是她的“心语”，是薛宝钗对袭人的评价，是间接自由式，很流畅自然的FID。我们知道薛宝钗和袭人都是贾宝玉身边的“保守派”（这是我开玩笑的话）。这两句，不完全是叙述者的话，而是薛宝钗自己的没有说出来的话。

那么问题出来了：到底这是《红楼梦》叙述者的评价，还是薛宝钗的意见？亦或是叙述者赞同的人物意见？那么叙述者或隐含作者的态度呢？我认为这里的叙述者在“骑墙”，有意让主体混合，也就是半同意宝钗的看法。这一句评价转入FID，此评价是言者（薛宝钗）与叙述者的分享，大可玩味。

近年来叙述学家的意见是，女作家写女性人物，用间接自由式特别多。我原先没想到这一点，看来我对性别问题有点钝感。中国女作家是不是这样？中国女性人物是不是这样？

我也来找找女性作家笔下女性人物的间接自由式。比如张爱玲的《怨女》：“但是他的冰冷的两只手握在他手里是真的，他的手指这样瘦，奇怪，这样陌生，两个人都还在这里，虽然大半辈子已经过去了。”这是女主人公心里的想法。它是一个自由式，但它是第三人称，一个绝妙的FID。

又比如严歌苓的《第九个寡妇》：“二大还在给平说着故事，声音弱了，字字吐得光润如珠。葡萄用袖子擦了一把眼泪。谁说会躲不过去,再有一会儿,二大就太平了,就全躲过去了,外头的事再变,人再变,他也全躲过去了。”这是第三人称自由式,没有引导句的变换,自由而顺滑地转入人物葡萄的心理活动。从上面所引的薛宝钗、前一段所引的《木兰辞》的诗句来看,或许真的是女性善思。在传统社会中,女性笑不露齿,口不妄言,比较耽于沉思,善于动心思,不喜欢直接说出来。或许在座的同学能说说今天的女性是不是依然如此?

所以直接自由式很容易混入意识流小说,而间接自由式更可能混入任何叙述。我喜欢伍尔夫的《到灯塔去》,就是因为她善用轻巧的FID:“他从来不向兰姆赛太太要任何东西,兰姆赛太太有点生气,她常问他,他要不要毯子,报纸。不,他什么也不要。”这上半句是引语式“她常问他”,下半句的回答却是FID。短短一段,三种语式混合,叙述语+直接引语+FID,所表达的是客人过分客气,让主人心里稍有点不快。

杜拉斯的《情人》当中有一段是叙述主人公母亲的心里想法:“但这个女儿,她知道,总有一天她要走的。总有一天,时间一到,就非走不可。因为她法文考第一。校长告诉她:太太,你的女儿法文考第一。”小说中所叙述的这个地方是越南,法国人聚居区。校长告诉她,她的女儿法文考第一,表明她是个聪明女孩,肯定是要回法国去的。这是母亲的想法,来源于她所尊重的权威意见,因此是几种语式混合。

回到《红楼梦》,还是以一段关于袭人的叙述为例。袭人的母亲兄弟来贾府,要把她赎回去,让她嫁人,这样可以赚一笔彩礼。但是他们没有赎成,因为袭人不肯,她的母亲兄弟猜想她不肯走的原因是恋着宝玉。另外还有一个原因,如下文:

> 二则,贾府中从不曾作践下人,只有恩多威少的,且凡老少房中所有亲侍的女孩子们,更比待家下众人不同。平常寒薄人家的小姐,也不能那样尊重的。因此,她母子两个也就死心不赎了。

这段话,是袭人的话FID,是母亲和她兄弟想的话FID,还是叙述者的客观描述，还是叙述者对丫头们命运的干预评论？四者都有可能。后二者会引向不可靠叙述，因为我们知道大观园中许多丫头的悲惨命运，知道贾府远不是“从不曾作践下人”。把不可靠叙述与人物的想法混合起来，这就是引语变化的魅力所在。

3. 抢话

抢话（可以译为 voice-snatching），就是人物的话突然入侵叙述语流，至少影响了其中的个别词，经常是形容词、副词。

《三国演义》当中，曹操征张绣并迫使他投降了，但是后来曹操睡了张绣的嫂子，张绣大怒，发兵夜袭曹营，曹军大败。曹军逃到淯水边，“贼兵追至”。在《三国演义》中，“贼”这个字是留给曹操的，叙述者的同情肯定是在张绣这边，理解他夜袭曹营也是无奈为之。这是曹操平生当中打得最窝囊的一仗，他的大儿子和侄子莫名其妙战死，另外还牺牲了大将典韦。

在被追杀的时刻，曹操痛苦地感到对手“贼兵”追得太紧。“贼兵追至”四字是对曹操心理活动的叙述，不然完全无法解释这个“贼”字。这是浓缩到一个字的 FID，略去了一个引导语“曹操心中的（贼）兵”。这是典型的“抢话”。这样的例子在文学作品中俯拾皆是，只是至今还没有人加以总结。

《安娜·卡列尼娜》中奥布隆斯基奸情被太太发现：“奥布隆斯基最后到了卧室，才发现她手里拿着那封使真相大白的该死的信。”这封被发现的信，为什么是“该死”的？显然是奥布隆斯基认为这封信被发现“该死”，这是他心里想的话抢了叙述文本的一个形容词。

《儒林外史》中讲到叛军占城：“王道台也抵挡不住。”《儒林外史》的点评者说：“哪会‘抵挡’，自称‘抵挡不住’耳。”这里点评家点出了要害，因为王道台的官是买来的，他根本不想冒死抵抗，只是自称“抵挡不住”而已。

洁尘在《锦瑟无端》中写道：“……他在这种烦人的香气里做着梦。”这不是香气烦人，而是人物觉得香气烦人。

又如川端康成的《睡美人》:“脉搏很可爱地跳着。”这是人物的心思。在“可爱”这个形容词上,叙述者把话语权交给了人物。

莫言的《透明的红萝卜》:“小铁匠优雅地歪着头。”谁觉得他“优雅”? 小铁匠自己觉得优雅。

白先勇的《游园惊梦》:“……两鬓上却刷出几只俏皮的月牙钩来。”“俏皮”是叙述者客观的评价吗? 并不是,是这个观察者觉得如此。

仔细看,小说中的确充满了这种关涉一个词的人物主体抢话。抢话跟叙述者评论的不同之处在于,前者短到只有一个词,这个词大多是形容词或副词。每一处抢话,都可以用括弧加上一句“(此人物觉得)”。

原则上说,叙述者评论也可以变成抢话。马天宇的歌《该死的温柔》中有一句:“你这该死的温柔。”为什么“你的温柔”是“该死”的呢? 因为在叙述者“我”看来“该死”。比如这则动物故事:“那该死的一家浣熊盯着池塘里的金鱼看。”浣熊喜欢吃鱼,“该死”二字是叙述者对浣熊的评论的简单化。如果语句改成“那一家浣熊盯着池塘里该死的金鱼看”,则是作为人物的浣熊在抢话。

因此,抢话实际上是浓缩成一个词的、省略了引导语的间接自由式。

第三节 “二我差”

1. 两个“我”争夺话语权

“二我差”,一般指显身叙述者“我”与人物“我”之间的人格差别,两个“我”,是同一个人物,但是处于不同的功能中,因此主体就不可能合一。“二我差”往往会以语言差别的方式显示。在某些小说尤其是穿越小说中,会出现两个人物的经验错位。几种差别,都可能出现引语方式的细腻变化。

如果是“我”讲自己作为人物时的事,就会出现两个不同的人格，都自称“我”，一个是叙述者“我”，一个是人物“我”。直接引语的说话者如果自称，也是第一人称，此时说话的是叙述者“我”，还是人物“我”？尤其当两个“我”有年龄上、阅历上的明显差距的时候，引语中的“我”是哪一个“我”呢？“二我差”就可能变成“二我抢话”。

我们以老舍的中篇名著《月牙儿》为例，故事源于一个狱中的妓女回忆自己的一生。文中说：“刚八岁，我已经学会了去当东西……我们的锅有时干净得像个体面的寡妇。”贫穷被形容为“体面的寡妇”，的确很泼辣。但这样的话不是八岁的小孩能说得出来的，这是30岁的“我”在回忆自己的小时候。现在的“我”，并不会瞧不起“体面的寡妇”，因为“我”的母亲是个不体面的妓女。这是叙述者“我”回忆时的语言，作为叙述者的语言。

然后“我”写故事中的“我”十多岁，恋爱了：“他的笑容在我脸上……”，这是陷入恋情的小姑娘说的话。同一个叙述，有的时候“我”说的是“我”现在的（叙述者的）语言，有时候说的是当时的（人物的）语言。

第一人称小说必定是“我”回忆“我”的过去，这两个“我”当中就会有差异，但这个差异不一定会表现出来，一旦表现出来，就出现了“二我差”这种语言现象。实际上“二我差”会出现在任何叙述作品中。只要在语言叙述的引语中，有所谓双重主体，就很容易出现“二我差”。“二我差”也可以表现在其他方面，如两个“我”的心思、经验甚至形象（例如影视中）的差异等。

下面这个电影的例子是贾佳同学提供的，特别有趣。这是伍迪·艾伦自编自导的电影《安妮·霍尔》（*Annie Hall*）。电影中，主人公的画外音是叙述者，回忆他小时候拉前面女同学的辫子，被全班同学嘲笑。他恼怒地说：“那时我就知道他们都是些混蛋。”接着下一句：“为什么啊？我只不过表达了一种健康的异性好奇而已。”当时的“我”是小学生，自我辩解的语言只是“你们是混蛋”；现在的“我”已是老资格了，所以自我辩解的语言是学术化的“健康的异性好奇”。而且说这下半句时,童年的“我”的形象突然换成了中年的“我”(竟然就是伍迪·艾伦自己),代替小学生伍迪,坐到小学教室里的位置上,周围都是一脸诧异的小朋友。这两个“我”样子完全不一样,用的语言也不一样:“健康的异性好奇”的确是八岁的伍迪·艾伦说不出来的,这个形象差与语言差让人想要狂笑。

电影不是文字叙述,而是视觉叙述。电影的视觉叙述也有“二我差”。一个人谈自己的时候,必然也有一个“二我差”,此时很可能用“形渐变”(morphing),现在用软件很容易做了。“形渐变”在小说中也会出现,当时傅雷就称赞张爱玲写小说是“用的电影的手法”,比如,“再定睛看时,翠竹帘子已经褪了色,金绿山水换成了一张她丈夫的遗像”。

卡尔维诺有一篇幽默机智的小说《恐龙》,全篇是情节的“形渐变”。他说恐龙灭绝后,有一条活了下来。活下来的这条恐龙,混进住在山洞里的人群中,但因为长得丑,人们给了他一个绰号叫“恐龙”。故事最后,“恐龙”手提鳄鱼皮公文手提箱,在米兰车站下车,走在人群中,他已经进化成了一个时髦的现代商人。

史蒂文森有一本很奇怪的小说叫《化身博士》(*Dr. Jekyll and Mr. Hyde*),是鄙人年轻时所译。我在《符号学讲义》中讨论自我身份问题时曾引用过这部小说里的句子。这个小说中有一段,就涉及“二我差”的生死搏斗。

杰基尔是个年迈的化学博士,他生活枯燥,渴望变成一个敢做坏事的年轻流氓,因此他发明了一种药物,能把自己变成有活力的坏人海德,因此一个“我”变成了两个“我”。这就出现了喝了药的“我”与没喝药的“我”之间的“二我差”。后来,他杀人案发,被警察追捕。被警察追捕的杰基尔躲在家里写忏悔书,但到那个时候,他随时会变成坏人海德。俗话说从善如登,从恶如崩,杰基尔原来是要吃药才会变身,但现在可能打个迷糊就会变成坏人海德。而这时,如果海德看到“我”写的忏悔书,肯定会把它撕掉。忏悔书必是“我写我”,但是被写的“我”不乐意，随时可以替代作为写者的“我”。那么唯一的办法就是斩断“二我差”，在临变身之前自杀。杀死写作的“我”，就杀死了被写作的“我”，那么“二我差”就重新变成了二我合一。

这里插一句话。2024 年韩国国家乒乓球队队服上，赫然可见赞助公司的名字“Jekyll+Hyde”，看到这个我才发现，这竟然是一家著名的运动品牌营销公司。我猜想其取意是“随时化身变年轻有力”。《化身博士》把主体分裂戏剧化了。实际上二“我”之争，在任何自我回忆性质的叙述中都必定存在，只不过不会那么戏剧化而已。

“二我差”，在大量历史穿越小说中的两个“我”之间也存在，只是这其中时间的跃动更加戏剧化了。由穿越小说改成的电视剧《步步惊心》，讲的是某现代白领女孩，感情生活搞砸了，她穿越到康熙朝末年，成为宫廷贵人马尔泰·若曦。她爱上了八阿哥，但心里明白四阿哥会成为雍正皇帝。不管她愿意不愿意，这个历史都不能改变。一旦改变了，她的出发点就会不存在，我们每个人也都会不存在。因此她只能用现在对历史的“前理解”，代替清宫里的“理智判断”，委身四阿哥，成为雍正宠爱的女人。这种怪异的“二我差”，是历史的“后定宿命”，这让她的感情生活再次不顺。

不过“经验二我差”，不一定表现于引语。《庆余年》中的主角，由于有着来自现代的记忆，能将《红楼梦》默写出来，并因此而被大众所知，成为著名的才子。他醉酒后背诵了许多唐诗宋词，众人认为都是他的创作，使得其才子声名更增。

2. 复调与引语方式

复调（polyphony）是巴赫金理论的核心论点之一。他的理论对文化研究很重要。巴赫金理论实际上可以分成四个层次，第一个层次是对话理论；在这个基础上引出复调理论，然后是杂语与狂欢理论。所以他的理论体系的起点是对话理论。

对话理论从根本上说，就是关于人物和叙述者之间抢夺话语主动权的理论。文本结构的复调不仅体现在人物对话、情节结构上，而且向内部渗透到语言中,使叙述语言具有双重指向,形成双声部。在人物对话当中形成叙述,因此对话变成情节结构的基础。

也就是说,叙述语言中隐含多声部。巴赫金是一个马克思主义形式论者,他的理论的迷人之处是立足于形式分析。在他看来,叙述中的每一句话,都有可能是叙述者和人物之间争夺话语权的战场,所以巴赫金有一句很奇怪的话:"诗是封闭的,自足的整体……而陀思妥耶夫斯基像是这样一位房主人,他能对形形色色的客人应付裕如;他善于驾驭这帮混杂相处的宾客,并使他们处于同样的紧张状态。"这里对诗歌的评价未免有点不客气,但诗歌的确可以表现主体单方面的情绪性,而小说始终要面对一个叙述接收者。

举一个巴赫金分析过的例子,陀思妥耶夫斯基的《穷人》,这是一篇第一人称自述小说,其间满满的都是话语主体斗争。比如下面这一段:

> 我住在厨房里,或者换个说法就会准确得多:挨着厨房有一个小间(我得告诉您,我们的厨房可是一间干净、光线充足的上好房子),屋子不大,就那么一个不起眼的小窝……也就是说,或者更准确点说,厨房是一间有三个窗户的大房间,我把这厨房横着隔了一块墙板……总而言之,一切都很舒适。①

这位第一人称叙述者是个穷人,但要面子。他作出这个独白的时候,始终想着他是在说给谁听。他的独白,实际上每一处都在考虑着会给对方留下的印象。巴赫金说:"自白表述无不贯穿着他们对于他人语言的紧张揣测。"主体间关系深入到叙述语言的每一句,在这种压力下,主人公的独白几乎是主体分裂的。

---

① 巴赫金:《陀思妥耶夫斯基诗学问题》,白春仁、顾亚铃译,北京:生活·读书·新知三联书店,1988年,第282页。

巴赫金曾断然指出:“意识形态领域与符号领域相一致。哪里有符号,哪里就有意识形态。符号的意义属于整个意识形态。”①英国文论家威廉斯认为,在文化话语当中,有三个阶级主体,一个阶级是行将消亡的封建贵族,一个是现在控制着意识形态的资产阶级,一个是正在新兴的无产阶级。②

近20年前,有一个英国的品牌广告公司,打电话问我们的符号学研究所能不能帮他们做一个品牌的社会调查。对方问我是否知道话语的三分式,residual,dominant,emergent。我说:“当然知道了,这是雷蒙·威廉斯的著名理论。”他惊奇地问:“Who's Raymond Williams?”打电话的这个人是做广告、做品牌调查的,看来业界已经把雷蒙·威廉斯的这个观点用了起来,用到了市场分析、品牌结构分析上去,但却不一定知道这个观点的学术源头。

从各种不同的语言方式,都可以看出叙述者与世界之间的争论。陀思妥耶夫斯基的长篇名著《罪与罚》,是巴赫金最喜欢的分析样本。他认为《罪与罚》充满了复调,里面各种各样的意识形态在争论。但我们可以切实看到,其中的索尼娅,那个妓女,实际上是最高贵的。我们上文讨论过不可靠叙述问题,其中的一个结论是,往往是那些社会上最被瞧不起的人,发出的反而是最可靠的声音。

为什么呢?陀思妥耶夫斯基要强调的就是,社会上最被瞧不起的人,是最强的声音来源。她的声音可以纠正其他人的偏见。记得《喧嚣与骚动》中其他人说的话都疯疯癫癫的,只有一个人说的话是清晰准确的,就是那个黑人女仆。因为被人瞧不起,她说的话反而是可靠的,而上流人士已经被资产阶级社会玷污了。因此可以看到价值观多声部中,还是有主声部的,不然的话不可靠就无法纠正。

语言的主流不仅是语言方式,而且也带来新的意识形态。我们讲

---

① 巴赫金:《巴赫金全集》(第二卷),李辉凡等译,石家庄:河北教育出版社,1998年,第350页。

② Raymond Williams, *Marxism and Literature*, Oxford University Press, 1977, p. 122.

《狂人日记》时,就说到《狂人日记》前面的规规矩矩的文言文"楔子",代表着正在消失的残留的语言,而狂人的白话看似狂言狂语,但反倒变成了上升中的新兴语言。

在影视叙述文本中,视觉语言有没有多主体争夺呢?图像是可以引用的,这样的镜头我们叫作主观镜头。主观镜头就是人物的视觉镜头,是人物所看到的,而不是被导演的客观的图像流。小栗康平的电影《沉睡的男人》中,酒吧场面很吵,但当女主人公望着窗外朦胧山月时,镜头就推出去了,室内的各种各样的喧嚣就逐渐退出,各种华丽色彩也都退出了。

《阿甘正传》里面有一些主观镜头很有意思。阿甘跟母亲到街上去,看见百货商店橱窗的电视里,猫王正边唱边跳。猫王有个摆胯动作,人们以为是猫王的大胆发明创新,但实际上他学的是孩童阿甘的动作。"我们家永不寂寞,经常有人来往,他们带着行李箱。"猫王曾看到阿甘在那里蹦蹦跳跳的,因此而有了舞蹈灵感。所以先是猫王学阿甘,然后阿甘又在电视上看到猫王的表演,通过两人动作的来回引用,"小傻瓜"的主体性就进入了流行音乐史。

意大利四大导演之一帕索里尼,也是一位电影符号学家。他强调"诗化电影"[①],并用这个理论分析安东尼奥尼的电影《红色沙漠》。"红色沙漠"指的是颓败的工业城市(指意大利北部的拉文纳),它全是铁锈,看起来已经毁了。帕索里尼认为这是电影的 FID ,镜头成为人物的视觉,再加上人物的感情,人物的主观色彩因此渗透了客观影像。

由此可见,引语问题,不只是引用人物讲话那么简单,而是叙述中的主体争夺最形式化的表现。这种主体斗争,会一直延续到引语之外,到图像中,到情节中,到主题中,到意识形态中。

---

① 卓雅:《自由间接主体性的"流述"——帕索里尼电影符号学中的马克思主义思想》,《杭州师范大学学报(社会科学版)》2015 年第 6 期。

第六讲　叙述时间诸问题

第一节　三种叙述时间

1. 叙述时间的复杂性

叙述需要时间，因为叙述讲的是事件，事件本来需要在时间之流中发生；叙述本身也需要时间。因此，

- 读者观众在一定的时间维度中接受叙述文本；
- 叙述文本在一定的时间中展开；
- 这文本再现的事件有其时间幅度。

这就造成需要理清的三重时间关系。叙述时间，是叙述行为与被叙述世界中的时间；热奈特认为叙述是人与时间的游戏。小说看起来好像是非时间的，是文字的页面，小说的延展因此好像不是时间性的，而是空间的、负面的延展——我们常说“百万字长篇”——但小说叙述的事件是有时间的，比如，《百年孤独》写了马孔多镇一百年的历史。所以可以说，小说是在非时间的媒介中再现时间。这么说问题好像复杂了一层。

有些人认为在叙述学中讨论时间，已经是旧题目了，我却发觉不少人尚未弄清叙述时间的各种基本纠缠。学叙述学的学生，更要静下心来，好好想通一些有关的关系问题。

这里有很容易说乱的三个同音词：实践、事件、时间，它们与另一

个有关概念“世界”的读音也很接近,更需要耐心。叙述讲述的是事件,它是经验的时间延续方式,也是人类整理经验的基本方式。

没有事件,我们几乎感觉不到时间;时间本来是用物理方式衡量的,有了事件后才有经验时间。杨德昌导演在电影《一一》中借人物的口说:“电影发明后,人类的生命至少延长了三倍。”这句话说得很有意思。如果你的时间中没有任何事件,就很难叙述,靠事件以及对事件的叙述,人才能取得时间意识,叙述才能在事件中展开。

基督教史上有两个奥古斯丁。一位奥古斯丁把基督教传到不列颠,另一位奥古斯丁是哲学家。哲学家奥古斯丁是中世纪前期最出色的学者,他试图回答一个问题:上帝用七天时间创造了世界,这七天以前他干了什么?这七天以后他做了什么?是闲着无所事事吗?奥古斯丁的回答是:这七天前根本没有“时间”这东西,七天后的时间延续是被他创造出来的。上帝创造了世界,也就创造了时间,时间是世界的时间。这些话逻辑很清楚:时间是世界的一部分,在世界出现之前根本就没有时间概念。奥古斯丁的说法是神学,我们谈的是叙述学。

因此,叙述时间有多层的意义,因为叙述总是在讲另一个人、另一个地点、另一个时间发生的事情。上一讲已经说过“二我差”问题,叙述主体与被叙述主体,哪怕是同一个人,在叙述中也不是同一主体。我讲我的过去,在我讲的这个时刻,我跟“我讲的我”是两回事,是两个人。那么被叙述的时间-空间,和叙述的时间-空间,也是不一样的。

而且,叙述时间(time in narrative),这个“时间”的意思也太复杂。它至少有四个意思:

- 第一个是被叙述时间(narrated time),被说出来的时间;
- 第二个是叙述行为的时间(narration time),什么时候叙述的;
- 第三个是叙述内外的时间间距(lapse after the narrative before the narration),这个非常重要;
- 第四个是叙述文本的意向时间(textual temporality)。这个问题更深一步,暂时提出在此,以后谈。

上面列出的各种情况,都称作“时间”,实际上它们还各有三种完全不同的形态:

- 时刻(moment);
- 时段(duration);
- 时向(direction):从现在说未来,还是从未来回溯过去。

我们把这些相关概念都称为时间,一旦把它们组合起来的话,叙述时间就极端复杂。这些时间方式,的确要搞清楚,才能讨论关于时间的叙述学。

2. 各种叙述时间的关系

同学们可以看下面这个示意图(图 6.1):

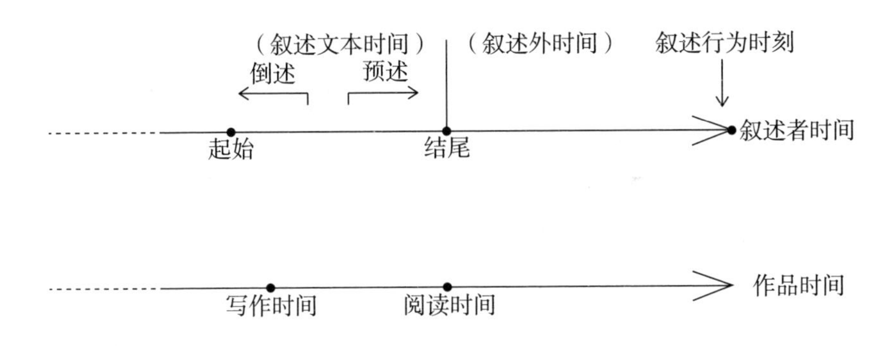

图 6.1 各种叙述时间关系图

所谓被叙述时间,就是叙述情节的时间,情节的时间是可以来来回回交错的,下面会讲到倒述与预述的交织,伏笔与枝蔓的错综。故事结束的时间往往是在最后,有没可能在当中结束?可以的,下面会讲到如何回到中间结束。

但叙述时间必然在被叙述时间之后,与被叙述时间相隔一个或长或短的“叙述外时间”。这个很简单,我今天白天跟某人打了一架,或是立即报警讲述此事,或是晚上在日记中叙述此事,或是晚年回忆此事,这个中间就有几种时间间隔,这间隔很重要,它意味着我冷静了多少,反躬自问了多少次。

注意,写作时间与阅读时间,是另一条轴线。时间都是向前伸展的,但这两条时间并不相交,如果相交,则是另有深意的安排,因为它们本来并无关系。《水浒传》的故事发生在北宋,《水浒传》文本里面的时间来回倒错,但都是在“被叙述时间”之内。《水浒传》的写作时间在元末明初,它的阅读时间可以在21世纪或任何别的时间,与被叙述的时间没有关系。

3. 叙述行为时刻

叙述行为,我们把它视为在一个时刻发生的事。为什么必须把它当成时刻呢?这个时刻(narration time)即文本形成的时刻,跟写作时段是不一样的。写作时段是实在的。作家花了三年时间写一部小说,但叙述时刻是哪一霎那呢?就是叙述完成的那刻,是隐含作者/叙述者出现的那刻。作者完成了“创世”行为,创造了文本世界,这个叙述行为就结束在那里,文本开始了自己的生命。

新闻、历史、自传的叙述行为,就是发生在修改成稿住笔的那一刻,或是发稿那一刻,那一刻最重要。我什么时候开始写的,我什么时候开始调查这事情的,那完全是另外一回事,“发稿时刻”才是最重要的。

因此,这个叙述时刻是所有的叙述必然有的。但这个时刻有可能会与写作的结稿时刻混淆。鲁迅的《狂人日记》,文尾有“七年四月二日识”。这个到底是写作结稿时间还是叙述时间?通过考证鲁迅日记,或者考证《新青年》的刊史,我们知道,《新青年》编辑钱玄同去鲁迅家拿稿的时间,的确是1918年4月2日。那么“七年四月二日识”这段话到底是在文本之内还是在文本之外?它指的是叙述者“我”的叙述时刻,还是鲁迅的交稿时刻?

虽然这看起来有点像文本外的交稿时刻,但既然写在文本里,那么就必须把它当作文本的一部分,就是写“楔子”的叙述者“吾”编辑完狂人的日记这一天,而不是鲁迅写出《狂人日记》的日期。如果文学史发现这恰好是鲁迅写出《狂人日记》的这一天，应当视为巧合。

同样，唐传奇《李娃传》最后一句“时乙亥岁秋八月”，看起来是写作时刻，白行简是把这个传奇当作真人真事来写的，是在记录“客人”说的事。这个时刻的记载，应当兼二者，但我们从叙述学角度，把它当作叙述时刻，为什么？因为《李娃传》点出“我”是叙述者，也就可以把这个时刻视为叙述时刻。假定可以从文学史中得到佐证，也可以把它当作写作结稿时刻。这看来是中国小说的“慕史传统”的遗迹，因为历史总是要说清它写作于何时。

这中间的区别，从白居易的《琵琶行》可以看得更清楚。琵琶女要走，叙述者“我”（不等同于白居易）说“莫辞更坐弹一曲，为君翻作琵琶行”。那么是否这首叙事诗是当场写出来的呢？不一定，这只是“叙述场面”，叙述时刻与写作时刻，是不同的。

我们既然在讨论叙述学，那么只能暂时把结稿时间“悬置”起来。不管全书有多长，叙述行为都是在一时一刻当中完成的。这个概念很重要，不然的话，下面分析时间问题就不方便了。张竹坡是《金瓶梅》的著名点评者，他说“此书独与他小说不同。看其三四年间，却是一日一时推着数去”①，就是说，叙述完成是在某个时刻。

写《百年孤独》的马尔克斯也体会到这一点。他说，“并未按照世人的习惯长时间来去叙述，而是将一个世纪的日常琐碎集中在一起，令所有的时间在同一瞬间发生”，所有的时间在同一个瞬间发生，什么瞬间？叙述时刻。

所以这个叙述时间一定要确切吗？不一定是计时意义上的精确。《孔乙己》里有句话：“花四文铜钱，买一碗酒——这是二十多年前的事，现在每碗要涨到十文。”这句话的叙述时刻也就是十文一碗酒的现在。这不是写作时间，而是叙述时间。《红楼梦》里贾宝玉的“今生之事”发生“几世几劫”、世界毁灭几次之后，叙述者“石兄”才在青埂峰下

---

① 兰陵笑笑生著，张道深评：《金瓶梅》，济南：齐鲁书社，1987年，第37页。

把全文写出。作为读者,我们也只能把这个虚幻的时刻看作叙述时间。

4. 叙述干预暴露的时间

叙述者做评论干预的时间,就是叙述时间。它与被叙述时间(评论干预的对象)之间的时间差,经常会暴露出来。前面第二讲第三节,讨论过叙述干预有指点干预和评论干预,评论干预立足于叙述时间,实际上是在叙述者出场时,也就是在叙述时间做的。

我们可以经常看到一些这方面的有趣的例子。比如,《西游记》里有怪虫妖被孙悟空砍杀,"至今有九头血滴虫"。"至今"是什么时间?是吴承恩写作的时间吗?不是,应当理解为叙述者评论的时间。《西游记》又说到唐僧师徒在取经回来的路上落水,取的经也掉到水里,捞出来后只能在岸上晒干。所以"至今晒经石上犹有字迹"。"晒经石"大概是某个地方的名胜,其岩石上面有花纹,像字迹一般。《西游记》里写《佛本行经》的字迹粘石头上了,"犹有"表示现在还有呢,这个"犹有"就是叙述现在。

还有一个更有趣的例子。《金瓶梅词话》中王婆说:"大官人,你听我说,但凡挨光的,两个字最难。怎的是挨光,比如今俗呼偷情就是了。要五件事俱全,方才行的。"

这一段是最有名的"王婆说风情",《水浒传》中也有,但《金瓶梅词话》在中间又插了一句,"怎的是挨光,比如今俗呼偷情就是了"。这个"如今"就是叙述时间(叙述者发表评论干预的时间)。《水浒传》是彼时,即王婆说"挨光"的时候;而叙述时间是"偷情",是"如今";中间插入的这句话本应当入注的,但那个时候小说没有注,叙述评论就是注。后来《金瓶梅》崇祯本整理了一下文字,把这一段给删掉了。

老舍的《黑白李》中有一句"我还记得"。这个"我"是谁?是叙述者,所以"我还记得"是一个叙述者的插引。如果换成西文的话,"我还记得"这句话会用现在时,而不是叙述故事的过去时。

书面叙述与口述表演的叙述时间很不一样,表演的叙述时间是清晰的时段:讲了两个小时就是两个小时,唱了30分钟就是30分钟。

而书面文字的叙述时间是一刹那之间的,我们前面已经说过了。以文字为媒介的叙述是空间展开的,它没有明确的叙述行为时间,叙述行为本身是虚构的一部分,是假定的,不是实践中的时间。

叙述实践的复杂化,还能够制造时间"空档"(dead space)。"空档"是一个很奇怪的现象,无论在19世纪西方小说中,还是在中国晚清小说中都有。《孽海花》中写道:"趁雯青彩云在德国守候没事的时候,做书的倒抽出这点空儿,要暂时把他们搁一搁,叙叙京里一班王公大人提倡学界的历史。"这是换个线索开始讲别的事,跟主人公在德国是否空闲,有什么关系呢?没有关系,这两条时间线互相之间并不交叉,也互不妨碍。只是因为小说是线性叙述,换一条线,叙述者故意"道歉"一下,提醒读者"我还是跟着故事在说"。注意,这是"做书的"也就是叙述者在道歉,并提醒读者,在这里,他的叙述行为有个分叉。

这种时间幻觉,在现代欧美小说中也有。纪德《伪币制造者》中写道,"我们再回到日记上来吧"。说彼事与说此事本身互不相关,如果不是在叙述过程中,并不用特地说明"再回到"。普鲁斯特在《追忆逝水年华》中写道:"再启程去巴尔倍克之前,我已经没时间介绍此地社会的众生相了。"启程不启程,与介绍此地社会的众生相并没有关系,叙述中说"我没时间了",但在文本中,叙述时间本来就全是叙述者的,他哪怕再写几章"本地众生相",都不会耽误叙述,这里说"没时间",是在交代情节分叉而已,在中国古典小说里,这种写法会表达为"暂且按下不表"。实际上线性的叙述本来就不可能交代多线,必须停一个才能写另一个。

第二节 被叙述时间

1. 被叙述时间满格

时间满格(time-brimming),是我命名的,但这现象是哈佛的汉学家韩南先指出来的。他说"中国(古代白话)小说处理时间的方式令人惊奇,它们对时间有一种特别的关注。”[1]他指的是中国古典小说中试图给出一种“每时每刻都说到了”的印象,这种情况只出现于中国古典白话小说中。

《水浒传》中燕青要去打擂台:“当日无事,次日宋江置酒与燕青送行……”“无事”要说它干嘛?梁山上的好汉们每天都在喝酒,这一次也没有因酒生事。所以这都是过渡话,写出来的目的似乎是要把时间填满。

《水浒传》中石秀杀嫂那段,石秀杨雄杀了潘巧云主婢,然后两人逃走。“潘公自去买棺木下葬,不提。杨雄石秀离开了蓟州地面,在路夜宿晓行,不则一日。”既然已经“不提”,那么说它干嘛呢?“不则一日”是指在路上天天如此。

从这段文本可以看出,在中国古典白话小说中,被叙述时间几乎一点空档都不能留,即使无事也要写上。罗烨的《醉翁谈录》是中国古代唯一的一本关于“小说写法”的书。中国古代不重视小说,难得有这么一本书,书中论及小说的写作原则时写道:“论讲处不滞搭,不絮烦;敷演处有规模,有收拾;冷淡处提掇得有家数;热闹处敷演得越长久。”[2]“冷淡处提掇”,在中国古典白话小说中,“冷淡处”必须提,现代小说则是“冷淡处”就跳过。所以金圣叹会赞美《水浒传》“先详后省,故不见其空缺”[3]。

中国传统小说有一些叙述特征,让我们一看就知道它是古典白话小说,现代小说我们也一看就知道是它现代小说,除了语言的不同,除了上一讲说的“某某道”,区别还在于“时间满格”与否。这是中国传统小说模仿历史书写的一部分:故事的每个时间段都需要交代清楚,哪怕实际上当然不可能,但也要给人这种印象。我们从这里也能

---

① Patrick Hanan, The Early Chinese Short Stories: A Critical Theory in Out-line, *Harvard Journal of Asiatic Studies*. Vol. 27(1967): pp. 168-207.

② 罗烨:《醉翁谈录》,上海:古典文学出版社,1957 年,第 5 页。

③ 施耐庵著,金圣叹、李卓吾评:《水浒传》,北京:中华书局,2015 年,第 524 页。

找到赵树理等受传统影响的现代作家的写作风格的钥匙。

一直到晚清时期韩邦庆《海上花列传》的写法，也依然如此。据韩邦庆在序言中说："忽东忽西，忽南忽北，随手叙来，并无一事完全，并无一丝挂漏。"比如《海上花列传》的插图：她们打的好像是台球；再看看她们的脚，打台球的她们还裹着小脚。《海上花列传》是一部产生于传统与现代之间过渡期的小说，它在被叙述时间上还是要"并无一丝挂漏"。要等到五四时期，读者才会看到像鲁迅的《药》那样的在叙述时间上高度跳跃省略的写法。

2. 叙述频率

频率（frequency），即为同一件事是否讲述多次。照理来说，发生多次，可以一次讲述，也可以发生一次，多次讲述。"时间满格"有一个副产品，就是相似的事情发生多次，那么如何处理呢？应当说，所谓同一件事发生多次，就不再是同一件事，因为它们的发生时间不同。但叙述的一个重要特征，就是可以高度选择。发生 n 次，只说一次，叫缩写，在叙述时间上比较省略。例如《红楼梦》第五回说："就是宝玉黛玉二人的亲密友爱，也较别人不同，日则同行同坐，夜则同止同息。"说了"日则"，意思是每天如此，下面就不必再说了。

如果发生 n 次，讲述 n 次，就会出现很奇特的风格。海明威《老人与海》的醒目特点就是再三重复，因为老人在海上就这么几个动作。这个人物的精神特点是坚韧不拔，在单调重复的海上生活中，依然神经坚强，能顶得住大海永恒不变的考验。虽然读起来有点啰嗦，但作家这样写，展示了重复中的坚强人性，故事中的人物因此形象鲜明，令人动容。

发生一次，重说 n 次，是挺奇怪的事，或许是因为事情非常重要，需要不断重复。《水浒传》中海和尚和潘巧云有奸情，他们俩设计了一个复杂的信号体系：潘巧云摆香烛，表示男主人杨雄不在；他俩幽会时，报晓头陀敲木鱼的声音，则是在叫海和尚醒来离开。同样的事件重复七次，最后一次是潘巧云在刀子下被迫坦白。在《水浒传》

中，只有这个事件重复了七次，为什么重复七次呢？相当重要的原因是，这个信号结构很有趣，也很紧张，或许叙述者多次叙述，观众的反应会更强烈。

3. 时序变形：倒述

倒述（flashback），相当于电影的术语“闪回”。倒述在西方文学中是常用手法，比如《伊利亚特》一开头就是倒述。它也是中国现代小说的常规手法，比如《祝福》开始说的是祥林嫂的死，然后才开始叙述祥林嫂的一生。

纯粹的将时间反过来叙述，是不可能的，要与叙述的正常顺序对比，才出现倒述。由菲茨杰拉德的科幻小说改编的电影《本杰明·巴顿奇事》，似乎是纯倒述。故事中，主人公越长越年轻，他是倒过来过的一生，一开始是老人，后来逐渐变得年轻，变成小孩，直到最后在娘胎里停止呼吸。但我们看这里面的一段一段情节，都还是正述，对主人公的周围世界的叙述的顺序，依然是按照正常时间，比如他到家还是一步步走进门。只有一段发生在一次大战战场上的情节，如士兵冲锋，却是倒过来跑的。电影带子倒卷的只有这一段，仿佛是给全片的叙述做个比喻。逐时逐刻倒述是不可能的，哪怕这个故事是步步倒述，真正的倒述也只会有一段，因为故事的叙述依然必须是前行的。

中国传统小说尽量避免倒述，所以毛宗岗特意指出《三国演义》中的“添丝补锦，移针匀绣”①。他举了几个例子，其中一个是“望梅止渴”的故事。这是曹操在跟刘备喝酒的时候说出来的往事。我以后会讲到，这是“次叙述”，只是因为叙述行为必是在被叙述之后，次叙述就构成倒述，不打断叙述顺序的变相倒述。《红楼梦》中平儿报告石呆子扇子事件，也是如此安排的倒述。

晚清的翻译家常把西方文本的倒述“改正”过来，而且加一个按语

---

① 陈曦钟、宋祥瑞、鲁玉川：《三国演义会评本》（上），北京：北京大学出版社，1986年，第16页。

向读者表示歉意。比如说林琴南翻译狄更斯的《董贝父子》为《冰雪姻缘》,其中加了不少按语:“原书如此,不能不照译之”,“译者亦只好随它而走”,这种歉语很奇怪,似乎在翻译的过程中篡改原文并不需要道歉,遵照原文,沿着原文的倒述直译,反而要道歉。

我在一篇英文文章中曾讨论此事,有好多人来问我详情。他们的问题是,这事儿从翻译学上来说好奇怪,怎么遵照原文直译反而需要道歉呢?那个时代恐怕必须是如此。又如林琴南《块肉余生述》,是翻译狄更斯的《大卫·科波菲尔》,其中说:“外国文法往往抽后来之事预言,故令读者突兀惊怪,此用笔之不同者也。余所译书,微将前后移易以便观者,若此节则原书所有,万不能易,故仍其原文。”①他的意思是说,这里我没办法照原文的顺序翻译,你们可能不习惯,请原谅。

不过林琴南对倒述的解说——“抽后来之事预言,故令读者突兀惊怪”——是把自己说晕了。倒述是从前的事放到现在说。如果后来的事情放在现在说,叫预述。

4. 时序变形:预述

预述(flashforward),在中国白话小说中,比倒述多一些,在西方小说中反而较少见到。倒述的目的是创造悬疑,预述也是如此。倒述创造的悬疑是“究竟发生了什么事?”预述创造的悬疑是“这样一种结果怎么才能出现?”

《水浒传》一开始就是“洪太尉误走妖魔”,设了一个悬疑:这些妖星放出去后,会发生什么事?以后每说到一个英雄如何,哪怕这个英雄的经历说得并不十分周全,只消说他“原是天罡星或地煞星一员”,就足以解释清楚他上梁山的动机。为什么呢?他只是在做命中注定之事,应了预述的悬疑而已。

当代电影常用一种“叠加预述”手法。举个例子。在陈可辛导演

① 迭更司:《块肉余生述》,林纾、魏易译,北京:商务印书馆,1981年,第37页。

的电影《武侠》里，主人公被黑帮围在镇子里，警探出于正义感，要帮他逃出虎口。警探对他说，我有一个计划，给你服一种药，你会假死，我把你的“尸体”运出去以后，在一定时间内我在你胸前脉络上猛扣一下，你就会活过来，但这个时间要很准。要把这个计谋说周全需要一段时间，电影采用的手法就是“叠加预述”。镜头在警探说了“我有一个计谋”这里就停了，下面的镜头是按计行事的过程，而警探的主意，成为“指导”行动的画外音：“我把你的尸体运出去”，镜头上是他的马车把“尸体”运出去；“我在一定的时候要给你一拳”，镜头是警探极力找机会打这一拳。这种预述方式，不仅避免了重复，而且创造了另一种悬疑——此计划已经实施，但是最后能成吗？

情节如果用“反叠加预述”的方式推进，则可能更为紧张。电影《机械师》中，师傅指导徒弟：如何对付某凶徒，到这一步我会做什么事，你应如何回应；到这一步我会做什么事，你如何对付。在师傅说的时候，情景已经往前展开了。师傅画外音说，这一步你应当如何做，但生性叛逆的徒弟每次做的都正相反，结果使得自己身陷危境。

上文所举的两个例子，《武侠》是正向的预述，叙述的是人物按计划行事，但不知是否会遇到不测之险；《机械师》是反向的预述，叙述的是人物不按计划行事，结果酿成大祸：二者都很精彩地形成了叙述张力。由此可见，预述能形成悬疑，在电影中尤其有此效果，因为电影可以通过音画双轨进行叙述。

5. 伏笔与离题

不离开叙述顺序，也会出现时间变形，这个就是伏笔（shadowing），即守住正常叙述顺序，拒绝错位，却把影子投到某个方向。伏笔不是像预述那样的叙述时间变形，而是时间“过分不变形”。在本来发生的地方，说了暂时不必说的事，读者要到后来才会发现，这个事情给后来的事投下的阴影。

伏笔是影射后面的事件，甚至可能是后事的起因。比如，《安娜·卡列尼娜》中说到一个火车事故，这个事故在当时对情节并没有影响。

后来发生了安娜卧轨自杀,我们才明白,之前对那场事故的叙述,是一个伏笔。伏笔是一个小小的胚芽长在那儿,难以觉察,读者要到后来某个特定时刻,才能看到它埋伏着的意义。张竹坡称伏笔为“千里伏脉”,此术语用得很准很生动。

另一种情况叫作离题(digression),就是离开主线去说一下似乎不相干的事,读来似画蛇添足,但它可能会变成伏笔,所以离题跟伏笔往往结合在一块儿。张竹坡评《金瓶梅》说:“陈敬济严州一事,岂不蛇足哉?不知作者一笔而三用也。一者为敬济落入冷铺作因;二者为大姐一死伏线;三者……”他指出,西门家三四年之恨都在这时候萌芽。

张竹坡的分析可能有点过了,他是把中国小说当作“巧构”(bien-fete)小说了。什么叫“巧构”小说?就是情节中的巧合太多。这类小说,在18世纪的西方很盛行,现在读来,情节多少有点儿勉强。当代某些“类型小说”可能是“巧构”,例如有些科幻小说或侦探小说等。阿加莎·克里斯蒂的《尼罗河上的惨案》《东方快车谋杀案》里面的情节就有些太巧合。

中国传统白话小说,与文言小说相比,有个大的特点就是离题很多,《红楼梦》是其中的典型。它离题很多,一会儿吃饭了,各种菜肴一道道点出来;一会儿猜谜了,谜语也一条条点出来。现代小说一般都会将这样的内容拿掉,但某些小说,比如《废都》,也是把细节写得很详细。总体来说,离题枝蔓细节是中国小说的风格之一。

离题枝蔓实际上是一种技巧。离题是贬义词,侧笔(side-shadowing)是有意的离题。离题对叙述的作用为何,至今是个有争议的题目。一般来说,西方小说布局紧凑,情节安排上有整体性关联性。亚里士多德曾说,最糟糕的是片段式。情节中的事件,既非或然又非必然地前后相继。但是,叙述艺术的实践证明,若文本因果关系太紧了,尤其在长篇小说中,会给人一种缺乏悠游空间的“密集窒息感”。

叙述当中,时序就是因果,紧凑程度本身就是一种艺术功力。在19世纪,离题是受批评的,因为艺术的首要条件就是去芜存菁。俄国小说,在西方人看来就有点芜杂。陀思妥耶夫斯基曾说,俄国作家不知道如何控制素材,明明知道这个问题,还老是受芜杂之累。他说这些本来是自我批评,但这个“缺点”偏偏变成了俄国小说的风格魅力。20世纪初,俄国小说在西欧受到很多赞美,被认为是人物呼吸的余地比较大。19世纪俄国小说的枝蔓离题,的确是现实主义的一个部分。比如左拉的自然主义小说很枝蔓,相当重要的原因就是细节太丰富。可以看到20世纪的欧洲电影,例如意大利和法国的“新电影”,枝蔓就很多,并不紧扣因果线索链,反而成为其魅力所在。

据说西方做电视剧的一个最重要的办法,就是头三集情节做得很紧凑,因为前三集做得成功了,发行公司就会买下本季所有剧集。本季成功的话,下面每年会一季一买。所以一般电视剧的剧情发展到后来,就比较枝蔓。不过,人们喜欢追剧,可能就是因为电视剧像生活一样枝蔓,充满细节。我们的生活不是紧凑的线性的,而是非常枝蔓的。生活中细节丰满的程度甚至经常超出电视剧。看别人的生活,似乎能满足我们的窥探欲。

第三节　叙述的首尾

1. 开场

开场问题看起来是个不成问题的问题,但实际上很成问题。几乎所有西方的叙事文本,都是从中间开始。要“从头说起”,头在哪里?既然从中间开始,中间变成开场的话,就要在叙述中掩盖源头的缺失。我们看博尔赫斯的名著《小径分叉的花园》,开始就说:“此处证言记录缺了两页”,用这个挺有趣的说法,来为从中间开始做辩护。

中国古典小说却恰恰相反,大多是“从头说起”。这在西文中的术语叫作“从卵说起”(*ab ovo*)。从头开始,当然是一种幻觉,一般只能是扫描式地追溯到某个时间源头。《三国演义》的开场是战国七国并入为秦汉,然后讲到汉末军阀纷争。《孽海花》的开头是“话说大清……正是说不尽的歌功颂德,望日瞻云,直到了咸丰皇帝手里”。所以“从头说起”只是回溯比较远,以便给人一种印象:不留空档。

中国的文言小说,也有个“从头说起”的意愿,它们的起头多是“某生某地人也”。中国现代小说也有这样开局的,比如汪曾祺的《受戒》:“明海出家已经四年了。他是十三岁来的。”这实际上是“某生式”文言小说的开场。白先勇的《芝加哥之死》,写主人公留美,在大学毕业之日,用打字机写简历求职,简历的起头自然是文言小说的“某生某地人也”。

与开场相对应的是结尾。一个叙述文本,结尾可能是最重要的部分,它借此立住叙述的道义。孙悟空必须回到唐僧身边,虽然他代表自由精神,他的无法无天是故事情节的要求,但他必须回到师徒传统,保护师父取得经书,修成正果,这是儒家的成就总结。

博尔赫斯在《小径分岔的花园》中说:“应当把将来看得像过去一样无法挽回。”此言说得非常精辟。结尾方式决定叙述道义。我们可以看到《西游记》中不断出现“机械降神”(*ex machina*),这原是希腊戏剧的舞台道具安排:只有天上神仙下来才能解决问题。《西游记》中的妖怪大多是不守规矩的天庭仆侍之类,孙悟空遇到他们,不能打败的话,都会有观音菩萨或太上老君来收伏,谓之“改邪归正”。《红楼梦》中则是有“催醒悟者”渺渺真人来切断凡人的欲望,度化凡胎。

东野圭吾的小说《嫌疑人X的献身》中,主人公为了掩盖女邻居的犯罪事实而杀了另一个人,前后布置得天衣无缝,但在小说的结尾,女邻居还是选择了自首。电影《误杀》中,主人公的大女儿为抵抗富二代的强暴,与母亲一起“误杀”了富二代,父亲李维杰伪造证据,成功让家人逃脱了罪名,但在全片结尾,主人公却突然向警方自首,为自己的良心,也为家庭责任,电影因此而有了比亲情更清晰的道德判断。

正剧、悲剧的区分,主要在戏剧结尾的方式,故事如何展开倒是次要的。后世的读者因为对《红楼梦》结局不满,而催生了各种各样的续作。叙述的困境,就是如果故事持续发展下去,肯定可以看到死亡。

人物是向死而生,小说叙述也就是向结尾而生,结尾是最重要的,结尾决定一切。那么,如果作家在写作时有意破坏结尾,会怎么样呢?

开放性结尾其实不是当代作家的专利。通俗小说《飘》(*Gone with the Wind*),以及由此改编的热门电影《乱世佳人》,都用了开放性的结尾。后来还有个续集《斯佳丽》,讲白瑞德在爱尔兰救了斯佳丽,之后两人幸福团圆。一些现当代小说会特意躲避大团圆结局。《法国中尉的女儿》有两个结尾。杜勒尔的《亚历山大利亚四重奏》有四部分,每一部分都有一个附录,表示这部分的结尾不算,作者有一系列可能的办法来处理这本书,就是说它没有结尾,这里有一连串的可能性,提供给读者,供你自己来挑选。

电影《致青春》的结尾让人难忘,男生与女生已经分手,但电影并不在此结束,而是加了一段倒述订婚之时的情景:男生对水族馆的管理员说:"不好意思麻烦你一下,你看见那个女生了吗?她是我女朋友,今天我向她求婚。我没钱买钻戒,我女朋友特别喜欢海豚,她最大的愿望就是想摸下海豚,你能帮我这个忙吗?就当我送她的求婚礼物。"电影的结尾就是海豚跳出水面,到女生脸上亲了一下。电影叙事在结尾处反过来回到故事的中段,以温馨的场景代替分手之悲伤。

相仿的例子,还有微电影《永不关机》。剧中女孩的男友因车祸死去,她跳回到 iPad 里以前拍下的照片里,让室友不断翻动照片,使她回到男友向她求婚的那一刻。这时,她轻轻地说了句"关机"。最后是室友流泪看着 iPad 里甜蜜相拥的两个人。倒述先前的一件事,将之放在结尾说,给人一种双结尾的感觉。在以上两个例子中,电影本来都是以悲剧结尾,但却又来一个美好的倒述,一个似结未结的结局,使得相恋的两人有分手之实,却无分手之感伤。

2. 结尾的道德意义

为什么许多叙述作品要求大团圆结局呢?因为结尾是情节的结束,却不是意义的结束。观众从中得到的意义,会延续到文本结束之后。

《十二宫杀手》《杀人回忆》都是没有结尾的电影。网络小说当中没结尾的作品也很多,不是因为读者喜欢无结尾,而是网络小说的写作方式,把结尾推迟到无机会写定。数字时代,读者对叙事的参与越来越多了。比如商业化的电视剧是按季订制的,一季一季订下去,导致剧集不敢断然结尾,每一季都似结非结,结尾就变得不像结尾了。

有的剧集因为延续时间太长了,每一季都好像快要结束,但在下一季剧情又会继续发展。粤语剧《外来媳妇本地郎》竟然有 4650 集,延续了 25 年。英国的《东区人》(*East Enders*)从 1985 年播到 2015 年,延续了 40 年,讲伦敦东区市井人家,剧中人物换了好几代,观众也换了好几代,结尾怎样,已经不重要了。

有一种超小说的接龙写作,就是一个一个人接着写下去,最后就是烂尾。所以,电子时代、数字时代的叙述大趋势是结尾不清晰。现在的许多叙述方式也引向无结尾,比如 RPG 游戏(role playing game),换个人手就可以重新开始,可以永不结束。

结尾问题好像很简单,没什么大道理,但实际上很重要。它体现了我们所熟悉的现代小说跟当代叙述之间的重大演变。前面我们说过,个人视角小说,POV 小说,布斯认为太个人主义,他似乎对此颇为恼怒。如果叙述逐渐都向无结尾靠拢的话,那么人们共享的道义也就开始逐渐缺失了。如果数字时代的叙述全是无结尾,那就没有道德价值作为最后的裁决,至少道义观念会变得淡薄。

结尾是代表价值观的隐含作者所产生之际,是一个道义裁判的时刻。如果叙述的大趋势是没结尾的话,那么社会的道义感就会出问题。

3.《启示录》格局:未来的未来

结尾问题实际上比上面说的更为复杂。如果叙述中要写到未来,那就要用所谓《启示录》(*Apocalypse*)格局,就是"末日审判"一般的回顾。《启示录》是《旧约》最后一章,指的是世界末日。前面说到叙述行为是在后的,是倒述的,是从未来往前说。所谓"未来小说"

(novel of the future),要到未来的未来才能有结局。

注意,叙述时间与实践的写作-阅读时间,没有关联。本讲前面列出过两条轴线,我们生活在下一个轴线上,文本的叙述是在上一个轴线上,叙述轴线上的任何时间都不能与现实对应。刀郎的《2002年的第一场雪》:“停靠在八楼的二路汽车,带走了最后一片飘落的黄叶。”这首歌有趣在哪儿呢?一般来说歌词的时间、地点都是比较模糊的,这首歌具体到2002年(今年)的第一场雪,八楼的二路汽车如何如何。20多年过去了,今天我唱这首歌,依然说的是“今年”。2002年无论对昔日还是对今天来说都依然是今天。同样,奥威尔1949年出版的《1984》是未来小说,到40年后的今天也依然是未来小说。

既然叙述时间在结尾之后,那么要叙述在未来发生的事就必须到未来之未来。阿西莫夫,科幻小说的开拓者,他的名著《基地三部曲》的扉页上写道:“本书中所用《银河百科全书》的引文,均摘自该书第一一六版,银河百科全书出版公司,基础纪元1020年。”基地纪元是在人类历史结束以后四个世纪才开始,小说是倒过来写未来的过去。不一定每一部未来小说的叙述时间都如此清晰,但叙述时间落在“未来的未来”,这个时间关系不会有例外。

小说叙述如此,历史叙述也是如此,历史本身就是说过去的事。基督教认为,世界末日那时候,会有“启示录四骑士”出来清算每个人的罪孽。四骑士手里拿的是刀剑、长镰刀、弓箭,以及天平,每个人的一生之善恶都会得到审判,所有的宗教必须惩恶扬善,相信善恶终将一报。

佛教也是这样,认为过去世是燃灯古佛世代,释迦佛统治的是娑婆世界,我们生活的世界;到来世世界,弥勒佛将降生、出家、成道、说法。佛教比较客气一点,主张化度众生,相信每个人都能化度,包括坏人。我们经常看到弥勒佛大肚子,那是借用了五代一个胖和尚契此的形象。在中国民间,弥勒佛崇拜似乎比释迦佛崇拜还重要。各位可能见过云冈弥勒佛像,面对人世犯下的罪孽,他愁眉含悲。

弥勒降世以后,才是一切结局的结局。所谓弥勒神话,跟《启示录》四骑士一样,都是一个时间圈。这个过去对我们来说,对于我们的写作-阅读时间来说,是未来,但对于叙述来说,它是从未来看未来的过去。

4. 叙述未来的陷阱

肯定同学们会问,一定要到未来的未来,才能叙述未来吗?难道连虚构的科幻小说都不能从现在讲未来吗?既然虚构叙述在叙述的框架内是真实的,在哪怕是文内的真实世界里预知未来的话,也要对未来事件的伦理道德负责,而这是一个不堪忍受的重负。

《降临》这个电影所根据的小说,是美籍华裔作家姜峰楠的《你一生的故事》,这是一篇比电影更奇特的符号学意义研究小说。女主人公在与外星人的接触中,学会了外星人语言,这种语言可以预述未来,于是她知道了自己的一生:她结婚,生下女儿,但女儿会在攀岩运动中遇险死亡。她明明知道女儿会死亡,但她还是结了婚,生了孩子,与丈夫分居后,一个人陪着女儿生活。女儿要去攀岩,她也跟着去攀岩,最后她眼看着女儿掉下悬崖。在这部小说里,叙述者"我"知道会有一个悲剧,但却不做任何事,任其发生。因为一旦干预,未来就不再是预先确定的未来。这是否合乎道德呢?

本来所有的意义都发生在结尾,之所以在结尾,是因为结尾在最终,结尾是一切判断的汇总之地。我们人的行为之所以有意义,是因为我们不知道未来。在《你一生的故事》这个故事里,如果外星人给女主人公的文字,是叙述未来的符号,那么她"等着未来发生"就不道德,她不应该结婚(丈夫离开她就是因为知道她明知未来之事而不顾),不应该生育这个女儿,至少,不应该带她去攀岩。

姜峰楠说:"自由意志的存在,证明我们不可能预知未来。"我们作为人的意识,就是我们对未来、对未决状态的期盼、疑惑、恐惧。这就回答了为什么叙述者不从未来的未来倒述,就不可能叙述未来这个问题。

注意,这与前面所说的预述不同。“且听下回分解”等,是在叙述文本内部,对被叙述事件顺序上的调整,没有越出最终的叙述时刻这个点。未来叙述,与本讲义下面第八讲将讨论的“意动式”叙述也不同,那是我们自己对未来的可能性的预测。未来叙述,必须到未来之未来,才有可能进行。

第七讲　情　节

第一节　情节的重要性

1.情节概念

情节(plot)是叙述学中极为重要的问题。我们说过,所谓叙述,就是有情节的符号文本,情节就是卷入人物的变化,因此情节是关于叙述的定义最基础的部分。

情节这个词本身比较复杂。柏拉图与亚里士多德都讨论过情节问题,他们用的词叫作“迷所思”(mythos),与“逻各斯”(logos)相对。“逻各斯”就是道理;“迷所思”就是故事,从这个词当中发展出了“神话”(myth)一词,因为那时候的故事基本上跟神话相连。

情节研究占叙述学的一大半,为什么?因为20世纪的形式论,就是从情节研究开始,比如俄国形式主义叙事理论中有重大影响的普罗普的《民间故事形态》、托马舍夫斯基的《主题学》。1960年代后法国学派巴尔特的《S/Z》、格雷马斯的《论意义》等也都集中讨论了情节问题。

叙述学的法国学派,包括今天依然活跃的巴黎学派,至今重点关注的依然是情节问题。既然那么重视情节,为什么我们放到现在才讲呢?因为不容易说清。前面所说的各种叙述形式问题,再复杂都可以整理出头绪,而关于情节问题学界至今依然解决得不能令人满意。这里预先说明，本讲中所提出的问题可能比解决的问题还要多。

人们往往认为情节是内容，不是形式。俄国形式主义理论家和法国巴黎学派他们最大的贡献，是把原来所认为的内容，转化成了形式，变成了可以用形式的方式来讨论的课题。他们证明了形式和内容的边界并不清楚，在一定条件下可以互相转换。这个问题比较哲学化，此处不可能集中研讨。简单地说就是，内容是文本的“深度”，是个别性的；形式是文本的“广度”，是与一大批文本共享的。内容是个别的，每一部电影，每一个戏剧，它的内容都是个别的；形式的考虑则是普泛的，适用于一批甚至全部文本。

把情节问题变成一个形式问题，是俄国形式主义开的头。这个头开得很好，以前只能作为个别情况讨论的，现在变成了一个许多叙述文本共同的形式。但这样一来，也落入了另外一个苦恼：探索其规律时，就不得不浅一点儿，普遍一点儿。因此在做关于情节的讨论时，对象往往是民间故事，或侦探小说那样的类型小说。

所以我们首先要把几个名词讲清楚：情节（plot）、故事（story）、事件（event）这三个术语有什么不一样？组织起来的事件系列就是故事，这个组织的构造就是情节。或者说，事件被串接并且放进故事中，把它们叙述化，就成为情节。事件可能发生在想象中，在生活里。但生活不是叙述，不能说“今天我经历了一个非常紧张的情节”，只能说“我经历了一个非常紧张的事件”。

如果觉得依然混乱，我们可以简单地区分如下：

• 事件，可以在实际世界中发生，也可以在虚构世界中出现，是叙述的素材；

• 故事，是由叙述串接起来的事件，叙述给它们以顺序，是素材的连接组合；

• 情节，是经过叙述选择加工过的故事，有开始—结束，有因果-时间逻辑。

没有被叙述组织进文本中的事件，就不成为情节。因此，情节牵涉“说什么”和“如何说”两个方面；叙述对情节的选取，则是“说什么”，加上“如何说”，既有内容问题，也有形式问题。本讲义第十一讲讨论底本/述本，会进一步明确这三者之间的关系。

如果你想打电话给某个英文报社，说你有个事情，他们或许可以报道，对方一般会说“What's your story?”我最初听到这句英文时，觉得太不负责任了：人家打电话提供报道线索，你却问我的故事是什么。后来才明白，英文的 story 不一定是虚构的，正如英文 game 不一定是闹着玩的。

任何叙述当中都必须有情节，哪怕没有结尾的东西也有情节，因此情节这个概念比事件这个概念窄。那么有没有“无情节”的叙述？按照第一讲给出的关于叙述的定义，没有情节的、不卷入人物的事态变化的，比如实验报告、化学公式，不能算叙述。构成叙述的这种事件的品质，是叙述性（narrativity）。在某些所谓“客观的”“日常的”“语言学式的”“日志式的”记事中，叙述性哪怕有，也很弱。

一个叙述文本中的各元素，并非全是叙述。叫它叙述文本，是因为叙述性主导该文本。叙述文本中，经常会有“非事件”的描述（description）与评述（comment）。描述是为了说明某种状态，例如此人外貌与为人如何，此地风景如何。还有前面讲过的叙述评论，叙述者可以做指示性、评价性的评论。在描述与评述时，叙述情节的发展就停了下来。因此，叙述文本，只是推动情节的叙述占主导地位的文本。

2. 顺序与因果

正因为叙述文本是叙述选择加工的结果，叙述中会出现时序和因果的关系。什么叫作因果？因果就是原因在前，结果在后。严格来说，先后顺序只是连续性，而不是因果性。但是，由于叙述文本形成过程的高度选择加工性，叙述文本的事件先后，有时就会变成前因后果。

有一个电视剧《13 个理由》(*Thirteen Reasons Why*),故事内容与美国年轻人的自杀率大幅飙升有关。这个电视剧很奇怪,讲的是一个准备自杀的小姑娘,寄信给 13 个不同的人,给出 13 个完全不同的自杀的理由。调查人员调查后认为这些理由之间好像有点联系,但又不是因果联系。

亚里士多德强调,在叙述的情节中,"不应当有任何非理性的东西,如果不能排除非理性,这作品就不在悲剧范围之内"①。这说法恐怕是理想化了,悲剧也经常是非理性导致的,而叙述恰恰是把非理性转化为似乎有道理可说的情节,因为在叙述当中,时序即因果。

托多洛夫说:"逻辑顺序在读者眼里比时间顺序强大得多。"②前后发生的事件,在叙述中可能会转化为前因后果。他举了一个例子:"他扔了一块石头,窗子破了。"③在电影当中或其他的戏剧中,这句话的表现形式大概是,第一个镜头是某人扔石头,第二个镜头是窗子啪地破了。应当说这句话并不一定构成前因后果,窗子破了的原因不一定是他扔了石头。但在叙述当中,在小说当中,在电影当中,解释会很自然地就走向窗子是他打破的。在电影中,两个镜头剪辑连接起来的话,肯定就是在表达:肇事者是他。

而且托多洛夫进一步提出:"他扔了一块石头,把窗子打破。"使用这种写法的不算优秀作家。优秀作家一般不会明说因果关系,只消说"他扔了一块石头,窗子破了",把时序说出来就行了。应该说,说明因果关联可能是传统的写法,现代作家往往不给出因果连接词,而是用事件并置替代,让读者在阅读中自己去建立事件之间的关系。

在叙述文本中,时序通常是不言明的因果。为什么?因为进入叙述的事件,是经过选择的,"选择性"这一点在并置的事件中注入

① Aristotle, *Poetics*, London: Focus Publishing/R. Pullins Co., 2005, pp. 36-37.

② Tzvetan Todorov, "Poétique", *Qu'est-ce que le structuralisme*? Paris: E'ditions du Seuil 1968, p. 69.

③ Ibid., p. 74.

了关系。在实在世界中,雷击人亡通常是不幸的偶然;在叙述中,雷电打死一个人,肯定有其原因,无因果关系则难以进入叙述。叙述是高度选择的,只选出一部分事件来组成情节。例如在影视剧中,一旦女性呕吐,大多是在表明,她怀孕了;如果去打仗的士兵说"打完仗回来就结婚",那么这个士兵多半会在战场上牺牲;两个一见面就产生误会甚至大打出手的异性,之后一定会发生感情。日常生活中的事件,如果全部写进小说,就不成为叙述,这是因为叙述是高度选择的。所以在叙述中,如果两个事件放在一块,一前一面,那么它们之间肯定有联系。

卡西尔认为这是一种"神话式思维":"所有的共存性与接触,都是真正的因果序……把任何时间与空间上的接触都理解为因与果的直接联系。"①托多洛夫说,在叙述当中,逻辑顺序是最主要的,时间顺序是次要的,时间顺序隐含着逻辑顺序。这么说,其中最重要的一个原因,其实托多洛夫和卡西尔都没表达出来,这就是叙述情节的组织方式:"高度选择。"为什么现代小说更是如此?因为现代小说更精练。

这样的思维方式,如果真的用于破案就不合法。破案的话,必须是查验石头上的指纹,才能确定该人打破窗子的法定证据。简洁形成叙述的魅力——只要把前后顺序串起来就行了。但真正的历史、侦破案件的过程绝不能当作小说来写,因为在历史记录和案件侦破记录中,发生在前不一定是因,发生在后不一定是果。新历史主义理论认为,许多人写历史时,实际上是中了叙述的圈套,往往把历史写作变成把历史"叙述化"。

3. 各种"不可说"

并不是每个事件都可以放到叙述当中去,它的可说性(tellabili-

---

① 恩斯特·卡西尔:《神话思维》,黄龙保、周振选译,北京:中国社会科学出版社,1992年,第15页。

ty)必须考量:第一,此事件本身是否值得说;第二,如何说,即可叙述的方式;第三,有无让受述者理解的文本品格(意义)。

唐代初年最戏剧化的事件之一,就是李世民的玄武门之变。一个电视剧如果讲的是唐代史,那么没法不说玄武门之变,至于怎么个说法则仁智各见。但如果写一本名为"唐代妇女生活"的书,玄武门之变就不一定相关。所以全看文本的着意何在,可说性只是相对的。

语言学家莱博夫认为,可述性是事件等待被叙述的潜力,是事件本身的特征。而叙述性(narrativity)则是文本叙述化的成功程度。一个情节本身值不值得说,是可说性问题,但情节放在叙述里合适否,那是叙述性问题。对某位作者来说值得说,对某位读者来说值得听的事件,换了别人就不见得如此。可说性是解释者有兴趣知道的事件。

不同体裁、不同风格的可说性,很不一样。比如《清明上河图》里面有好多可能带情节的图景。有人不知什么原因倒在地上,旁边有人在看。图中有的场景表现的是有人发现想入侵中原的外族奸细若干。这些事被人写进小说里,小说好像就叫《清明上河图》。《清明上河图》是风俗画,如果其中有事件,应当是普遍的、日常的事件;但是要写成小说的话,小说作者就要找图中戏剧性的事件。

布鲁纳提出:"一个故事要值得说,就必须打破常规。违反常规的程度就是情节精彩程度的标准。"①有人用符号学的说法,认为值得说的,就是"标出的",就是俗话说的"只有人咬狗才是新闻"。这个说法不算准确,很多体裁并不追求反常规,比如庭辩、祈祷、仪式等;仪式要求重复;庭辩的话,如果叙述出来的是个很特别的故事,往往反而不能被接受。实际上任何叙述都不能一味地反常规,哪怕小说与电影,也始终是在反常与正常之间穿梭。关于这方

---

① Jerome Bruner, "The Narrative Construction of Reality," *Critical Inquiry*, No. 18, 1991, p. 11.

面的问题,《符号学讲义》讨论了“展面”与“刺点”的关系,可以参考。

因此,就出现选择标准问题,哪些事件可以被选择进入叙述?就素材与叙述的关系而言,要“选下”大部分,才能“选上”一部分。

第一种不宜选择,是可说性过低(subnarratable),即过于微不足道,不值得说。哪怕是高可说性情节,一旦重复发生,可说性也会逐次降低。人类社会的实际经验是由大量可说性很低的事件构成的,并不值得进入情节。可说性过低的事件,会造成情节过淡。自然主义的小说如左拉的《小酒店》,写一个洗衣房可以用十页的篇幅,太冗长。意大利新现实主义电影,有的有长达十分钟的长镜头,的确比较拖沓。

日常生活,只有用“标出化”来增加其可说性,具体方法大概有如下四种:一、普通人做标出性事情,比如徒步周游世界等;二、名流的日常生活,如女明星生孩子等;三、将具有深意的事物再现化、象征化。如果一个平常事件,被再现得非常好,讲得非常巧妙,就有可说性。比如画作《蒙娜丽莎》《戴珍珠耳环的少女》,画中人物的原型都是普通市民,身世也没什么可说的,但这两幅画是具有深意的再现。在我们现在这个社会,普通人追求当网红,就要想一个特殊的再现方式。四、在大事件中嵌入低可说性事件。这个是小说家常用的方式,如《战争与和平》中皮埃尔和娜塔莎的恋爱,《倾城之恋》中白流苏与范柳原的恋爱,《日瓦戈医生》中俄罗斯宏大的革命背景上日瓦戈等人的个人遭遇等。

第二种,超可说性(supernarratable),过于反常规,一般在叙述中也不允许用。叙述是个公众文化活动,一些事件如血腥、乱伦、变态等,可说性非常高,但哪怕只是写成日记,也可能会不那么方便。公众性的叙述文本,对此需要用委婉语回避,或迂回描写。难道叙述不允许反常吗?可以的,比如电影分级制度的产生,就是源于有些反常叙述不宜给所有的人看。

这个时候我们可以看出“宽幅”和“窄幅”体裁的差别。《符号学讲义》第五讲提到过事件的排除性“筛选”所遵从的标准问题。此种标准,因社会文化而异,也因叙述体裁而异。就选择事件素材的标准而言,某些体裁是“宽幅”的(例如虚构诸体裁),某些是“窄幅”的(例如纪实诸体裁)。

纪实性的体裁在选择上比较严格,讲符号学时我们举过一个直观的例子:在影像中给一些场景打马赛克。同样的镜头,在虚构的电影当中可以出现,有时加些遮挡即可;在纪录片或直播中则必须打马赛克。叙述禁忌不一定是社会禁忌,某些体裁“禁忌过高”,例如电影不准有人体正面裸露镜头;而对于另一些体裁,如美术,则不存在这个问题。所以“超出可说性”是相对的。

第三种不宜选择的是反叙述(antinarratable),有些事件甚至超过超可说性,完全不能进入情节,如不雅事件,如排泄等生理事件,或关于外科手术的直接镜头等。特殊情况下可以用暗示手法,但不能直接说出来。反叙述的事件,可以“不言而喻”,但不宜落笔或入镜。

第四种不宜选择的是类叙述(paranarratable),指那些可以叙述,但是由于文化问题而不便采用的事件。比如在好莱坞电影当中,非大团圆结局不宜采用,这是主题的要求。再比如,犯罪片中的凶犯最后都要被绳之以法,不然在观众看来,犯罪的代价太低了。但贾樟柯的电影《天注定》中并没有凶犯被抓住伏法的场面,因为这部影片的主题不是关于犯罪,而是写底层人生活的无奈。

因此,有一个办法就是突破叙述(neonarrative),创作者想出办法来突破一种规定。比如电影《好朋友的婚礼》的主角,去参加好朋友的婚礼,给好朋友做伴郎,但最后,伴郎跟新郎结婚了,伴娘跟新娘结婚了。此影片用一个异性恋的正常婚礼作为开始,以同性恋的婚礼结束。

情节是叙述者通过上面这几种方法筛选的结果。选择总是受制于一定的社会规范,也受制于叙述体裁。

4. 否叙述与另叙述

否叙述(disnarration)与另叙述(denarration)是很奇怪的“非情节”情节方式,是不说之说。否叙述,就是讲完某段情节后,说“此事并没有发生过”。实际上这种叙述方式在生活当中经常发生,比如在法庭审判中,有的法官会总结说,某某对这个事件的描述不属实,有关事件并未发生,因此不予采信。

否叙述是情节所否定的一部分,但却是叙述的重要部分,它的真实性被否定了,但它依然在叙述里。虚构的叙述中经常出现否叙述,最简单的如黄粱梦的故事,主人公过了官运亨通荣华富贵的一辈子,最后却发现这只是个梦,所有事件都没真的发生过。问题是,在整个故事被叙述了之后,哪怕说它没有发生过,却也已经出现于叙述中,那就无法否认它们在叙述的局部范围内的存在,本来虚构的故事就是精彩而并不真的存在的。

《水浒传》的“楔子”“洪太尉误走妖魔”情节过于荒诞而且有宿命论色彩,在同名电视剧中,它不是被略去,就是被“否叙述化”。例如2011版电视剧《水浒传》中,编剧就把这个引子说成是道士公孙龙为劝说晁盖等人劫生辰纲而胡编了一个故事,好汉们不信公孙龙所言,大笑一阵就不再理睬此事。编剧用这个方式来处理,至少保留了这段情节。

否叙述的特点是,叙述中说有的事件又被说成是没有的,虚构的真实被再次证伪。电影《赎罪》(*Redemption*)中有一个非常令人深思的情节:小姑娘因为妒忌,污蔑了她的姐夫,使得他被捕并去服军役。过了几年后,在二战期间,她向姐夫和姐姐忏悔,到警察局里去撤回了诬告。最后这个小女孩成为女作家,并写了这整个故事。但实际上是,女作家在构想中的赎罪早就做不到了,她的姐夫死在敦刻尔克前线,姐姐死于德军对伦敦的轰炸。她想赎罪而不得,到年老时依然在为此痛心疾首。

另叙述比否叙述更进一步:这桩事情没有发生,发生的是另一桩事。电影《华尔街之狼》中，画外音叙述者说："我拿了钱马上去买了一辆保时捷跑车，红的。"画面上一辆红跑车在街上疾驰。叙述者又说："啊不，是白的。"镜头里的红跑车渐变成了白色。这个情节很有趣，处理得很顺畅。这个另叙述的目的很简单，它在传达这样一个信息：画外音叙述者赚了好多黑心钱，在那儿不知道怎么花呢。

反引语实际上是引语的一种特例。林徽因的《九十九度中》里有这样的句子："理论和实际似乎永不发生关系，理论说婚姻怎样又怎样，今天阿淑都记不得那么多了。""阿淑都记不得那么多了"，就是说这些应当想到的话，她记不得了。什么叫记不得了？就是没有引用，这也是一种可能的引用。例如叙述中说："'斩尽杀绝'这样的话，主公是不会说的"，此种"反引"一样是引。

香港电影《无双》讲的是一个造伪币犯罪团伙的故事。主人公画外音说镜头中的某人："那个人是（犯罪集团的）老板、黑帮头子"，指认周润发扮演的人是伪币帮首。主人公又说自己只是为爱情制造伪币，自己的女友是个画家。到电影最后，才透露主人公讲的全是假的，周润发在电影里的真实身份是警官，主人公的女朋友是个"港漂"艺术家，早就回了家乡。主人公制造伪币，也制造了整个关于自己的故事。

电影《不明身份》（*Unknown*）的情节安排也比较有趣。尼森扮演的主角失忆了，忘了自己的身份，他去寻找自己的身份，找到自己寄放在机场的一个小箱子，小箱子里是他的个人文件。他打开来一看，竟然有 14 本护照，也就是他有 14 个身份，但他只能记起最近的一个身份，于是他不断地想起，他做这个事情是因为什么，同时又不断地否定。到最后，影片才揭示，主人公的每个身份都是假的，唯一真的他不在护照上。这个故事的整个叙述在否叙述与另叙述中延伸。

第二节 情节展开方式

1. 学术史上的情节研究

情节问题,与文学史大有关系。不少理论家认为,把情节的结构要求强加于叙述,是对人性看法比较单纯的时代的产物。他们批评传统小说是“情节暴政”,而现代小说是以人物描写为主,以情节为辅。18 世纪的理查森和卢梭的感伤主义小说,已经开始让人物在小说中的地位上升。在 19 世纪,情节更受到尖锐讽刺。乔治·艾略特认为“传统情节有种庸俗的强迫性”。到现代,康普特·班奈特说:“实际生活完全无助于情节构思,实际生活无情节。我明白情节至关重要,因此我对生活很不满意。”①现代小说并不喜欢做巧妙惊人的情节设计。陀思妥耶夫斯基的小说,情节很淡,好像都来自罪案,但没有惊悚感。哈利·詹姆士认为情节的整体性和条理性是不可忍受的桎梏,所以巧构情节现在只能到侦探小说中去找。

情节到底有多重要,可以做一个最简单的测试:给一个小说或电影写情节提要。情节提要能够大致写出名堂来的话,这本小说或电影大多就是比较传统的。很难给《阿 Q 正传》写情节提要,给《尤利西斯》写情节提要则完全没意思。传统小说是讲“故事”,现代小说是“讲”故事,从着重于“说什么”,转到专注于“如何说”。

但情节本身还是要好好研究的。这在叙述学上往往称为“叙述语法”,即情节规律。对此作出最大贡献的是普洛普,他于 1928 年出版的《民间故事形态学》一书中,分析了 100 多个童话,指出这些童话有二重性:“一方面千奇百怪,五彩缤纷;另一方面千篇一律,如出一辙。”②怎么

---

① “A Conversation Between I. Compton-Burnett and M. Jourdain”, in R. Lehmann et al. (eds.) *Orion*, London: Nicholson Watson, 1945, vol. 1, p. 2.

② Vladimir Propp, *Morphology of the Folktale*, Austin, TX: University of Texas Press, 1968, p. 20.

千篇一律呢？他以31种功能总结了它们的情节搭建方式。普洛普在现代批评史上做出的重要贡献，不在于使得民间故事得到了研究，后来汤普森等人做出了几万种民间故事情节的排列表格，普洛普的贡献在于，他把内容问题变成了形式问题。

米克·巴尔认为可以把情节简单分为三元：主体（subject）、功能（function）、对象（object）。[①] 例如《安娜·卡列尼娜》是“安娜想成为独立的女人”。其他作品的情节可以是“玛丽想找到谋杀者是谁”“大拇指汤姆希望平安回家”“山鲁佐德想阻止国王杀人”“于连渴望成为有权有势的人”等。这些主题思想完全不同的小说，在叙述结构上却非常相似：总是某个人想要一个东西，主-动-宾。巴尔这么总结故事的情节，似乎有点煞风景。

更有人认为叙事情节无非是1+1=2与1-1=0，他们提出“情绪与叙述共相假定”，两个1分别指的是爱人的浪漫的结合与社会及政治权力（包括物质财富），因为所有人都渴望这两个东西，获得就是幸福叙述原型，不可得就是悲伤叙述原型。如果这样讨论的话，的确所有的故事都可归为这两种。问题是如此讨论，能解决什么问题呢？

格雷马斯讨论情节要素问题时，处理得比上述几位清晰。他认为所有的情节都经过四个阶段。第一个是主人公领受一个追索任务阶段（quest）；第二个是能力阶段（competence），主人公获得完成这个任务的能力；第三个是表现阶段（performance），任务执行得成功或者失败；第四个是奖惩阶段（reward/punishment）。情节链条基本上是这四环。

格雷马斯重要的贡献，是把它组成了有六个行动素（actants）的三组对立模式（见图7.1）：

---

① Mieke Bal. *Narratology: Introduction to the Theory of Narrative*. Toronto: University of Toronto Press, 2017. p. 169.

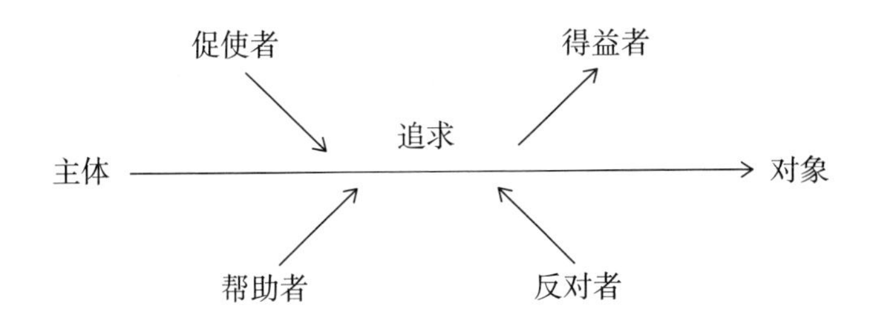

图 7.1　行动素模型图

图 7.1 有点抽象,格雷马斯用《包法利夫人》的情节做例子:爱玛是“主体”,情节轴线是爱玛追求爱情这个“对象”;她耽读的言情小说是“促动者”,她的“帮助者”是罗道夫,她的“反对者”是丈夫查尔斯;最后的“得益者”应当是爱玛,但是她失败了,就成为悲剧。这六个行动素情节构造,看起来简单,但能解释的叙述作品还真不少,至少可以让读者从民间故事这样的“类型叙述”中跳出来,看出纷纭的叙述中有一些不变的因素。

2. 情节素

叙述学中研究情节,到底得到了什么成绩呢?我觉得最大一个成绩是微观情节与其宏观应用,为此做出贡献的是俄国形式主义学派的托马舍夫斯基,以及巴尔特 1970 年的名著《S/Z》。

微观情节分析,即情节素分析。这个词西文是 motif,很多中国的译者把它叫作“母题”,这是错的,它应当是最细微的“子题”。“母题”实际对应的是歌剧音乐家瓦格纳所说的 leitmotif(“主导母题”),歌剧当中某大主角(例如魔王)出场时,往往会响起一个专属于他的音乐主题,现在电影当中也一样会有。

而情节素是“对叙述具有相关意义的最小单位”。托马舍夫斯基在《主题学》这本书中,认为最基本的情节素,以句子或分句形式出现。普洛普认为情节素可以小到只有一个词,甚至一个词的构成部分。格雷马斯认为只要“有意义的语义成分”就可以成为情节素。巴尔特在《S/Z》中也对此做了仔细分析，他称情节单元为符码（code），这个术语在符号学中极端重要，他谈的是情节单元，没有使用情节素这个词。

不管分类法有何不同，情节素或者情节单元都是很小的：托马舍夫斯基把它分成四类，巴尔特也分成四类。巴尔特用的词不太好懂，但基本精神两人是一致的。托马舍夫斯基的比较好懂，我们就介绍他的理论：四种情节素，可以分成两组。

- 第一种是动力性（dynamic motif），直接推动情节，动态的；
- 第二种是静态性（static motif），并不直接推动情节，描写性的；
- 第三种是束缚性（bound motif），情节中不可略去的部分；
- 第四种是自由性（free motif），可略去，基本上不损害情节连贯。

四者组合起来，就出现四种情节素类型：

- 动力束缚型（dynamic bound）；
- 动力自由型（dynamic free）；
- 静态束缚型（static bound）；
- 静态自由型（static free）。

动力性 motif 多半是束缚性的，是推进情节的缓缓连接的要素。举个具体例子看："孔乙己是站着喝酒而穿长衫的唯一的人。他身材很高大；青白脸色，皱纹间时常夹些伤痕……"①这句话里，"站着喝酒"是因为孔乙己钱不多，"穿长衫"说明他是读书人，这是直接推动情节的，是动力束缚型。动力束缚型的情节素一个最大的特点是不能删掉。"他身材高大"是静态束缚型的，因为他身材高大这一点，与故事没太大关系。"青白脸色"是静态束缚型的，说明他身体不太好，预示他的死亡。"皱纹间时常夹些伤痕"是动力束缚型的，脸上的伤痕说明他经常被人打。

这两句话包括了一系列不同的情节素。当然，这样的话，哪怕短

① 鲁迅：《呐喊》，成都：四川人民出版社，2020 年，第 23 页。

如《孔乙己》这样的小说,分析起来也太琐碎了。情节素分析,适用于任何叙述,但如果只是分析一两句,难以揭示任何叙述学问题。我这里用广告学中关于电影中植入广告的分类为例,做个简单的分析。

静态性的植入广告,广告与情节无关。例如《裸婚时代》,情节镜头后面的墙上,是某牌子的汽车广告,这样的植入如果换成别的广告也可以,因为广告是静态自由型,没进入情节,无关紧要。所以这样的植入广告或许价格比较便宜。

而动力自由型的广告,则参与到情节当中。比如在电影中,两人坐电梯的时候,女生喝某牌子的饮料,这是情节的一部分,但并不是情节链必需的一部分,这个广告比较容易吸引观众注意。

静态束缚性广告就惹人注意了,如电视剧《军师同盟》中这样的情节:曹操的头号军师郭嘉,深夜召集将士到府中,众人疑惑,突然侍从手捧一个写着数字“7”的蛋糕进入镜头,将士们纷纷猜测数字的寓意,结果是郭嘉建议庆贺人人贷理财的第7个年头。这情节不是剧情的一部分,不过广告中的人物等全是电视剧中的人物,只是不推进情节而已。

动力束缚型广告,就植入情节更深了。电视剧《繁花》有几集,是剧中两个人物评论刚才剧里发生的怪事(例如黄河路上餐馆老板娘的吵架),评到最后说:“黄河路就像我手里这瓶汽水,你不开它不响。但只要你轻轻一撬,它马上就喷出来。瓶子开了,关不住了。”植入广告在这里变成情节的一部分。电视剧《玫瑰的故事》则干脆让主要人物演出广告,不仔细看,几乎会被认为是情节的一部分。

不同的情节素本身可以做成不同的广告,所以说,如今的广告商应该问一问,到底广告要做成哪一类情节素?不同的类型不同的价。这应当是我们研究叙述学的人才能明白的事,不过我相信聪明的“广告主”头脑比我们灵得多。

3. 主导情节素与叙述风格

拿情节素来分析句子,没什么意思,我们不可能把一篇小说中的每一句话都从头到尾拆分。巴尔特写《S/Z》，几乎把巴尔扎克的中篇小说《萨拉辛》每个句子都拿来分类，全书因此有点烦琐。对情节素合理的用途是：确定某一种情节素成为主导以后，整个文本就会因此变成哪一种类型的叙述，就会使整个文本的情节结构发生根本性的变化。

• 动力束缚型情节素主导：情节推动很快，叙述速度快，内容很紧凑，因果关系清晰。比如民间故事、侦探小说、科幻小说、中国的公案小说等，都是在有限的篇幅中较快地讲了很多故事，情节环环相扣，无法省略某些东西。《三国演义》等讲史类叙述作品，情节进展速度也很快，也是动力束缚型的，各部分环环紧扣。

• 动力自由型情节素主导：在情节层次上是破碎的，因果链不太完整，情节逻辑不太清楚，但它依然推动情节，精彩的片段很多。有几本典型的中国白话小说，如《水浒传》中的“林十回”“宋十回”“武十回”等，互相之间关联不紧，可以单独成篇。《西游记》中唐僧取经所经历的九九八十一难，每一难都可以单独成为一个故事，彼此之间也不强调连接。

• 静态束缚型主导：情节因果性退居次要地位。比如《红楼梦》《金瓶梅》情节散漫，枝蔓闲笔比较多，但其中细节成为主导，非常丰富。现代的一些心理小说，也属于这种类型。

• 静态自由型主导：是“诗式”小说，情节并不环环紧扣，有大量不相干的情节营造气氛。比如伍尔夫的《到灯塔去》，废名的《竹林的故事》等。废名是中国五四运动以来一个非常特殊的作家，他的小说，读来几乎像散文诗；一部分沈从文的小说也具有这样的特点。

比如，网络小说的写法之一是，开头500字内，主人公必须要遇到特殊事件，不然读者就不会有往下读的兴趣。网络小说再拖沓，开头部分都会是高度的束缚动力型，情节进展很快。再比如《007》系列电影，每部都会弄一个紧张的片头，也就是束缚动力型的开头。电影据说是五分钟之内如果主人公不出事的话，就没人想要往下看。主人公出事之前的情节，可以在叙述进行过程中用倒述补全，这是一个好办法。

第三节 情节的非时间化

1. 非时间化

现代小说情节展开有个大特点，即非时间化，也就是将有顺序的时间，有意弄乱到难以理整齐的地步。18世纪两部著名的小说，英国斯特恩的《项狄》，法国启蒙学者狄德罗的《宿命论者雅克》，可被视作非时间化的最早杰作。后一部作品给法国文化增添了一个半幽默的术语"宿命论者"(le fataliste)。这两部作品都没有复杂的情节。

19世纪后的小说，情节的演化渐渐出现两个趋势，一个是非时间化，一个是再时间化。再时间化往往出现于社会文化体系比较稳定的时期，比如19世纪资本主义上升时期。非时间化则出现于旧的文化形态体系崩解的时期。华尔特·本雅明说了一句名言，他说，小说的作者和读者对情节和故事失去兴趣的时候，他们就显得对行为的意义和道德价值失去了信心。他认为这是资本主义时代的失范症状：情节本身的整齐，表明了意义和道德。如果对意义和道德失去了信心，那就是对整个世界的因果整体产生了怀疑。情节是持续的整齐的信息，也是整体道德价值的成果：时序是因果，因果就是秩序；对时序的关心，就是对叙述的道德的关心。

这问题与胡塞尔的"意向时间观"很有关系，我们简单地说一下。对过去，意识有"保存"(retension)；对此刻，意识有"印象"(impression)；对未来，意识有"预期"(protension)。由此，意识组织成一股"时间之流"。利科的"叙述时间观"，把时间流变成了叙述流；他强调，时间是叙述出来的，"没有被叙述出来的时间，就无法思考时间"①。思考时间这样的抽象的问题，靠的是叙述时间与事件时间。

① Paul Ricoeur, *Time and Narrative*, *Vol I*, Chicago: University of Chicago Press, 1990, p. 6.

没有叙述,也就没有时间观念。我们通过情节化(emplotment)来建构时间,达到文本世界与生活世界之间冲突的再构。

利科说了一句有意义的话:"对时间的反思,是不确定的沉思。只有叙述活动能对此做出反应。"①也就是说,叙述是抓住时间的唯一办法。如果抓不住事件,人们会觉得这一天或几个月过得浑浑噩噩的。但如果那天发生了好多事,就能构成非常紧密、有组织、有顺序感的情节,时间流就出现了。

2. 空间叙述

叙述文本到底在什么情况之下跟空间相关呢?瑞恩提出,与叙述有关的有四种空间②:

• 第一种:文本再现或模拟的对象空间(故事世界的"地志学"空间)。如《水浒传》里好汉们上梁山,或是《三国演义》里刘备打到蜀汉,三分天下。

• 第二种:文本自身的空间设计。如我刚才说过的《水浒传》"宋十回""武十回""林十回",何者在前?何者在后?林冲从东京充军到什么地方?情节本身有个空间的设计,最后 108 个人物必须全部汇集到梁山上。

• 第三种:构成文本的符号载体占据的物理空间(媒介占用的空间)。小说《水浒传》有多长的篇幅,戏剧的舞台空间,电影的镜头空间,都占据了一定的物理空间。

• 第四种:作为文本的容器空间(文本的储存空间)。容器空间包括纸页、网盘、硬盘、万维网上的网络空间等。

每一种体裁的这四种空间都是不一样的,情节的对象空间可能比较一致,不同体裁只要是讲同一个故事(例如潘金莲手里的叉竿落到

---

① Paul Ricoeur, *Time and Narrative*, *Vol I*, Chicago: University of Chicago Press, 1990, p. 6.

② Marie-Laure Ryan, *Cyberspace*, *cybertexts*, *cybermaps* , Dichtung Digital, Journal für Kunst und Kultur digitaler Medien, 2004, 6(1): pp. 1-34.

西门庆头上),对象空间就可以是相同的。但结构空间、载体空间、容器空间就各不一样了。四种空间说起来很玄妙,实际上是常识。

任何体裁,任何时代都有上述四种空间。一些学者的分类法大致上也相似,爱德华·索亚认为,故事必有以下三种空间:

- 物理空间,索亚称为物理性的“第一空间”,大致就是刚才说的对象空间。
- 语言空间。它的媒介如果在网上,就是媒介所占用的网络空间;如果是书,就是它的文字所占用的纸页空间;作为表征性的“第二空间”,就是瑞恩上面所称的媒介占用的空间。
- 心理空间,或称为想象性的“第三空间”;读者的心理空间,就是读者阅读时才能读出空间感觉来。

空间跟叙述之所以成为研究对象,相当大的原因是理论家对叙述的“非时间性”感到不安。现代小说越来越多地打乱线性时间链条。本雅明指出,这是因为作家对当代社会文化的道德感到忧虑,所以拒绝把时间再现得整齐。要时间整齐的话,就需要明晰社会的道德价值观。关于这个问题,上文说过了,叙述中的时序即因果,因果即秩序,秩序即叙述的道德。

空间形式(spatial form)这课题本身,最早是出自1946年约瑟夫·弗朗克发表的一篇评论。文中,他的观点比较模糊,没说清到底什么叫空间形式。30多年后,1979年,普林斯顿大学出版了一本论文集《叙述的空间形式》,集中各篇论文的作者各说各的,相关的定义依然不清楚,只是提出“所有的叙述都有空间化趋势”,实际意思是说,所有的叙述都有不同程度的时间变形,即“非时间化”。

叙述可以构成清楚的时间链,但构不成绵延的空间链。比如今天我们上课,从几点钟到几点钟,你可以记录得清清楚楚,这是时间链;你们先到了203教室,然后你们离开了203教室,又回到此地。空间变化是时间上叙述的伴随物,但空间没有因果性,而情节必须是有因果的。情节构不成一个空间链条,但能构成一个时间链条。

3. 叙述空间化的原因

情节本来就是在时空中进行。巴赫金提出了“时空体”(chronotope)概念,他认为所有的时间都跟空间有关,任何事件都要发生在一个固定的时间里,而时间也必须发生在一个空间里,时空结合。

比如在《战争与和平》中,俄军与法军的战争必须有空间和时间叠合,才能发生。皮埃尔误闯到开火的前线,最后被法军俘虏,这是两条线索相交,是时间链与空间链的重叠。就像《水浒传》里的条条道路通梁山,也必然有一种时间与空间的关联。事件必须是在适当的时候,发生在适当的地方。应当说,所有的叙述都有一个空间背景,这个空间背景是必要的,不可忽视的,例如《白鹿原》中关中平原的空间设置,《红高粱》中的高密东北乡设置。但是,空间本身只是构成环境,并不构成情节链条。

有一些作品的安排,迫使叙述非时间化,故意把时间打乱,于是产生了一个说法:“垂直时间。”时间不再横向进行,情节似乎在原地上下延展。加缪的《局外人》里的主人公在情节的时间进展中,对自己的生存方式极其钝感。实际上在小说时间序列中发生了好多事:他的母亲死了,他杀了人,被捕入狱,被判死刑。时间顺序很清楚,情节由非常紧密的动力情节素组成,但是在这个小说里,时间对主人公不起作用,因为没有因果变化,他依然故我,面临死刑也毫不动心。

此类叙述看起来好像时间变垂直了,情节不前进,变成“空间性”的叙述。类似的还有所谓公路电影。在1967年的经典电影《逍遥骑士》中,彼得·方达扮演的主角在开摩托上路之前,看了一下手表,然后将手表摘下扔到路边,表示“抛弃物理时间”,此后他的生活只属于大路引向的空间。这是情节的空间化象征。

在以下几种意义上,叙述学家曾对情节的空间化进行过学理性的讨论:

• 空间化路径之一是“结构比喻”:文本结构被比喻为空间构造。托多洛夫认为非叙述的文学作品,例如抒情诗,有一种“空间时序”，各部分是复现、平行、对照的关系。托多洛夫说《追忆逝水年华》有一种“大教堂式的结构”，结构多元并置到令人眼花缭乱的程度。托多洛夫认为，巴尔扎克式的小说结构是“横截面结构”，现代小说则是“蛛网结构”。这些都是叙述文本结构的空间比喻。

• 空间化路径之二是“空间象征”：空间往往不仅是结构，而且是主题的象征。比如《包法利夫人》中的农产品展览会，在空间最底层，人群跟牲畜混合；演讲台上，官员在吹嘘；空间最高层，则是爱玛与情人罗道夫从窗户俯瞰这热闹景象；三层空间的话语方式都不一样。可能最戏剧化的是鲁迅笔下的《孔乙己》中的咸亨酒店：在外面柜台上喝酒的“多是短衣帮……只有穿长衫的，才踱进店面隔壁的房子里，要酒要菜，慢慢地坐喝”，只有孔乙己是穿长衫但穷得只能在门口柜台上喝酒的“跨界者”。

• 空间化路径之三是情节线索的“空间配置”：侦探小说一旦追溯起几条复杂线索，就变成“蛛网结构”；流浪汉小说叙述一旦多头并进，就是平行情节小说。它们被称为“空间叙述小说”，实际上是情节本身的时间非线性。略萨的《潘达雷昂上尉与劳军女郎》中有两条叙述线索平行进行；他的《胡莉亚姨妈与作家》中也是时间结构复杂：姨妈与剧作家谈恋爱，剧作家又在写广播剧，这两个层次的叙述平行展开。既然是并行的，两者间就没有时序关系，但可以说有空间关系，实际上也是对照关系。

• 空间化路径之四是情节“分叉行进”：多线归一，多因一果，这种情节上有意安排的小说，也常被称为“空间化小说”。桑顿·怀尔德的《圣路易斯雷大桥》是多线合一的“分形叙事”作品。五个毫不相干的女人，在 1714 年过秘鲁的桥时，大桥突然崩塌了，然后小说开始讲其中的原因，倒叙这五个人的故事，讲为什么她们命中注定在这个时刻，到将要崩塌的桥上。《水浒传》在情节安排上与《圣路易斯雷大桥》类似，讲的是为什么每人的命运都是被逼上梁山。

大卫·米切尔在中国有一个时期很受欢迎。他的《幽灵代笔》

(*Ghost written*)讲的是九个人物,九条情节,在世界的九个角落,朝一个共同的命运飞驰。米切尔好像是对着地球仪写作的,在他笔下,世界各地的人奔向同一个命运。这是空间情节。

空间化路径之四,是情节直接切入书页物质媒介。例如西西《玛丽个案》用括号等形成多声部;《我城》用电影镜头、图画、文字三线平行;《共时-电视篇》在书页上分开横排竖排12个格,如同12个电视台同时播放。库切的《凶年》,书页分上下,两个叙述平行展开,“空间化”具体为同一页上几个叙述互相对照。至于电影常见的“裂屏”,已经成为常规叙述方式,这是叙述空间化的物理实现。

索亚在他的著作《后现代地理学》中引入了“空间哲学”概念。他指出,时间与历史曾经是西方批判理论的中心,但如今眼光落在空间上,引人深思的是地理学的创造。为什么现代是有关时间和历史的,后现代是空间的,是地理学的创造?这个问题这里就不细谈了。政治哲学当然可以落实在叙述学里,但本讲讨论的是情节,一个叙述文本中的事件,如何按照空间顺序来展开,这才是本节要谈的问题。巴歇拉的《空间诗学》讨论了作品的空间象征性。比如《巴黎圣母院》中卡西莫多说:“这座大教堂是蛋,是草,是房子,是国家,是宇宙。”卡西莫多只能生活在巴黎圣母院,他出来的话就会被认为是怪物。再例如我前面讨论过的《海上钢琴师》,也是这方面的佳例。

鲍德里亚认为,后现代有“时空塌缩”。在现代,时间与空间以实在的方式出现,例如邮船到港时间,或是记者赶到现场并赶回发电文的时间,时空二者必须同时被理解。在狄更斯那个时代,每周的消息都是由人传到港口,截稿时间非常重要。后来,有了电报,时间问题不太重要了,但空间仍是重要的。而在后现代社会的传媒中,所有在截稿时间之前到来的消息,都会以并置的方式出现。

事件没有了距离度量,也就失去了空间位置。在后现代,空间与本地性被严重忽视。原来最早的时候,互联网有个大的特点:一切都同时发生。在互联网时代之前,本来,时间是相当重要的东西,我本人痛感到的一点是,看英超足球赛要熬到半夜。但在互联网时代,消息的产生真的"非时间"了,事件可以在世界的任何地方、任何时候发生,它们好像没有空间位置,因为它们在网络上同位。

克斯特纳提出,"小说中时间第一性,空间是'第二位幻觉',电影中空间第一性,时间是'第二位幻觉'"①。第一条我同意,空间是幻觉,因为空间是我们脑子当中重新构造出来的。第二条我觉得勉强,电影中空间是第一性不错,因为荧幕空间就在面前,但时间是"第二位幻觉"吗?我认为,电影叙述需要依附于时间,所以它依然是时间艺术。

空间是文化的固定点,伤今怀古,必有空间,如陈子昂的《登幽州台歌》、苏轼的《赤壁怀古》等。空间往往是个对照物,作为时间穿梭的支撑点。文学作品中有大量"空间标题",如《呼啸山庄》《憩园》《红楼梦》《伤心咖啡馆之歌》《幻城》等。像电影《你好,李焕英》里主人公在时间里几度穿梭,要回到某一个地方,观众怎样才能知道电影中的人物穿梭到的是哪个时间段呢?这往往可以用当年的流行歌曲等"时间物"来标注。

举个例子,韩国的电影《触不到的恋人》,在美国被翻拍成《湖上之屋》。电影讲同一个房子的前后两个住客,开始通信,最后相恋。他们两人前后相隔两年,怎么通信呢?因为信箱依旧。电影中,信箱是个不变物,空间就这样关联起了时间,最后两个人克服时间差见面,情节就是空间抗拒时间。

有关空间叙述的论述很多,但究竟我们抓住哪一点,才能够抓住叙述的本质呢?我认为这个问题到现在为止还没有好好解决。相关的学术著作越来越多,论述越来越多,但没有一个能让我信服叙述已经不再是时间艺术。

---

① Joseph Kestner. *Secondary Illusion*: *The Novel and the Spatial Arts*, *Spatial Form in Narrative*, eds. Jeffrey R. Smitten and Ann Daghistany, Ithaca: Cornell University Press, 1981. p. 105.

第四节　情节的否定性推进

1.“四句破”

情节是一种否定性的推进。前面的境况不能让人物满意,他们再去追求新的变化,用新的情景来替代旧的情景,用新的人物关系来替代旧的人物关系。这是所有叙述的基本动力:否定现状,另行推进。

怀疑与不满,是主体能力的证明。阿多诺在他的著作《否定的辩证法》中认为,否定才是历史进化的动力,实践就是一种否定行为。他批判的是黑格尔的“对立统一”观念,以及黑格尔的名言“存在即合理”,指出永恒否定不会转化为肯定,才造成运动和发展。马尔库塞在《单向度的人》一书中提出了与黑格尔针锋相对的观念:“存在的就不能真实。”(That which exists cannot be true.)[①]这对于叙述的情节研究,是一个重要的观念转折:没有否定,就没有情节。情节的每一步发展,都是对前一个状态的否定。

龙树(Nāgārjuna)是约公元二至三世纪佛教中观学派的大师。中观学派的哲理如何深入中国佛学,这里先不展开讨论,但中观学派的一些主张,影响很大。他们提出一个看法,认为“是”与“非”两项之间,有“亦是亦非”与“非是非非”。这个是龙树的著名观点,突破了形式逻辑的“不矛盾律”(不能“亦是亦非”)和“排中律”(不能“非是非非”),肯定了思想的超逻辑发展,被称为“四句破”(Tetralemma)。关键当然是其结论句,称第四俱非句,或双非句。“非是非非”这个非常重要,它是一种彻底的否定辩证法,不让肯定项用任何方式立足。“是”“非”关系见图7.2:

---

① Herbert Marcuse. *One-Dimensional Man: Studies in the Ideology of Advanced Industrial Society*, 2nd Edition. Routledge & Kegan Paul. 2002. p. 127.

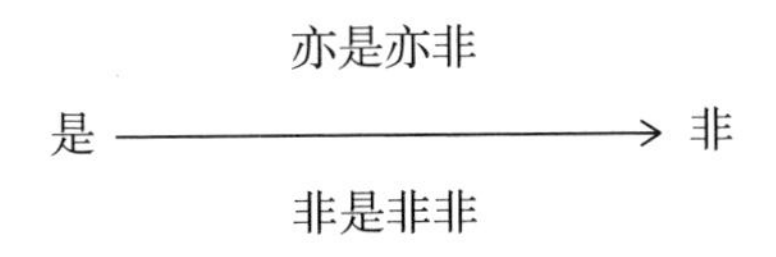

图 7.2　“是”“非”关系图

举个例子，王小波的《黄金时代》中的情节，演化了一个伦理上的立场挑战，即“净”和“秽”之间，小说中的陈清扬认为自己是“不净不秽”的，她拒绝落入此种概念的圈套，所以“不净”说套不到她身上去，她承认的是“爱情”，是对“净”“秽”说法的全盘否认。这是一个非常高层次的理解，“俱非”是王小波对女性勇敢的赞美。讨论叙述学，固然不宜在佛学上卷入过深，但是我们要认识到，佛学的境界的确不同一般。

2. 符号方阵与杰姆逊的运用

格雷马斯用方阵来研究情节的否定发展，最早被称为“格雷马斯叙述蝴蝶”，因为它像个蝴蝶一样对称；现在都称之为“符号方阵”。“是”为正项，“非”为负项，“是”的对立面是“非是”项，“非”的对面是“非非”项。这就是把龙树的“四句破”展开成否定进展的网络，能够处理复杂的叙述情节（见图 7.3）。

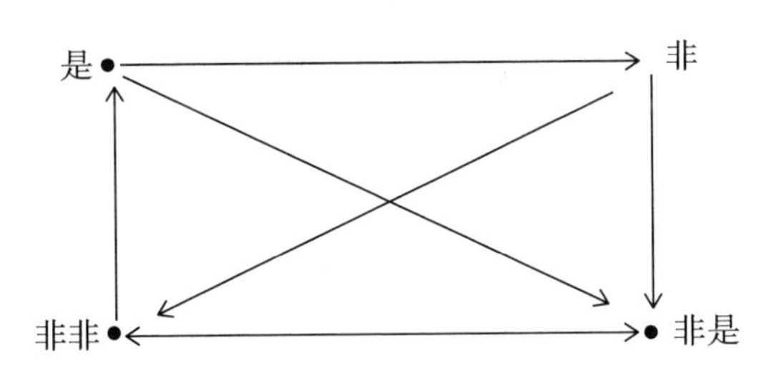

图 7.3　格雷马斯符号方阵

前文说过,情节问题的关键,是因果和时间:情节就是因果和时间的纠结。而时间本身带来的持续否定,实际上超越了因果,因为不是到达后果就停止。符号方阵勾勒出十种关系,最后从“非非”项又回到的点,并不如格雷马斯说的那样是终点的肯定,而是更高一层的否定,双非对正项是否定之否定。格雷马斯方阵,大家应当知道一下,但用起来却要小心。有些作者沿用格雷马斯方阵图形,让人觉得只是“貌似学问”的套用,但方阵本身的哲理底蕴,至今并没有被大家好好理解,所以大家在可以用连续否定概念时,却不一定要用图 7.3 说明。

杰姆逊是著名的马克思主义者,他热衷于用符号方阵来研究叙述,目的是“让每一个术语产生其逻辑否定或‘矛盾’”[①]“开拓出实践真正的辩证否定的空间”[②]。注意,格雷马斯认为一连串否定的否定,最后“非非”项到达否定之结束点,然后回到正项。但杰姆逊认为发展绝对不可能回到正项,符号方阵是从一个二元否定,变成了各因素之间的否定对抗关系,两个否定可以由此演化出永恒的否定运动。他用符号方阵分析了很多西方小说,指出这是叙述展开的动力性本质。

杰姆逊曾多次到中国演讲,用符号方阵分析了一系列中国古典文学文本,他不是玩结构的游戏,而是想说明在资本主义的发生过程中,商品交换引发的持续否定。他举的例子之一,是《聊斋志异》中的《鸲鹆》,说的是有人养了个奇异灵巧“通人道”的八哥。此人到城里炫耀,王公贵族抢着要买。最后卖给某贵人,贵人很高兴。但是过了不久八哥飞回去了。后来又有人看上它,又买,然后它又飞了回去,由此为主人赚了不少钱。

他举的另一例子《画马》也来自《聊斋志异》,讲的是某个人在庙里的墙壁上看到一幅画得很漂亮的马,并且他发现马每天晚上跑出

---

① 弗雷德里克·詹姆逊:《政治无意识:作为社会象征行为的叙事》,王逢振、陈永国译,北京:中国社会科学出版社,1999 年,第 240 页。

② 同上书,第 38 页。

去,早晨再跑回来。这个人就骑此马来到长安市上。人们一看,这匹马太漂亮了,有人一定要买这个马。这个马卖给他之后,早晨又跑回去了,回到墙上成为画。

为何杰姆逊要举例分析中国的叙述?他认为,这说明中国人已经体会到,资本的积累是市场上的符号循环,符号流动起来就能产生资本积累。这符合资本主义的经济理论:商品流通本身产生资本。杰姆逊在中国1980—1990年代影响非常大,很多中国青年学者抢着到他那里留学。他在杜克大学培养了一批中国当代批评家。

杰姆逊称符号方阵的-B项为"双非"项,说它"经常很神秘,开启了跃向新意义系统的可能"[①]。格雷马斯把第四项叫作爆破项(Explosive Term)。而汉传佛教把"双非"称为"四句破",几乎用词都一样。

所以,"否定之否定"是情节问题的关键。否定辩证论者不认同黑格尔说的"否定之否定"得到正面结果,而是认为在否定基础上进入了一个崭新的否定循环。从这个角度看,符号方阵描述的叙述情节,不是封闭的情节系统分析,而是充满批判精神的开放文本图式。

---

① Frederic Jameson, *The Prison-House of Language: A Critical Account on Structuralism and Russian Formalism*, Princeton, NJ: Princeton University Press, 1972, p. 39.

第八讲　广义叙述的基本分类

第一节　媒介中的时间性：记录、演示、意动

1. 体裁中的文本意向性

先前的讲课，基本围绕着小说，以小说的叙述特征为基础，举的例子也几乎都是小说。电影的例子也不少，因为你们可能更熟悉。小说与电影的叙述结构最为复杂，也是我们最习惯的。

我们讲小说的时候，一直想到的是我们这门课是"广义叙述学"，希望其原则能覆盖其他的叙述方式。在前面各讲中，一有机会，我们就说一下新闻、历史、广告等，以作为对比，所以此讲义中所讲的叙述学，一直是广义的。但从本讲开始，我们就不再浮光掠影地处理其他叙述体裁，而是把各种叙述体裁都放进一定的位置。各类叙述体裁各有特点，本书必须讲透，不过面比较宽，还需要你们自己举一反三地扩展。

本讲义一开始，就论及人类的叙述样式繁多，必须分门别类才能讨论清楚。那么按照什么原则来做个分类呢？

第一个分类方式，是"文本意向性"（textual intentionality），这是现象学和符号现象学共用的基本概念。意向性就是我们意识的投射，我们的意识有一个方向，很像我们眼神的方向。我们想认识什么东西，思考什么问题，意向就会投向一个对象，投向一个课题，然后我们

才能获得认识。意向性是人的意识一个最基本的形成方式。

文本不是一个意识主体,文本本身没有意向性,但是文本里面包含着主体的意向性,体裁本身也包含着符号文本发出者的意向。任何一个文本、任何一个形式都不是孤立的,都不是纯粹的形式,而是人的意识的形式。但是,我们观察文本的时候,这个作者会被推到一定距离之外,因为文本意向有一定的独立性。

我们都知道卡夫卡是大作家,但他生前无人理解他。他在遗嘱中要求友人勃罗德烧掉他的几部长篇小说手稿。勃罗德不但没有烧掉,还亲自整理遗稿,替卡夫卡出版了《审判》《城堡》《美国》三部小说。现在它们成了经典,但问题出现了:卡夫卡的意愿在哪里?作品中卡夫卡的艺术意向显而易见,但卡夫卡个人的意愿(不承认是自己的作品)则是不算数的,算数的是文本内不被作者意愿所决定的意向性。

这就是我刚才说的,把作者的意图暂且"悬置"出去,这时候文本的展示意向,才更有说服力。

2. 三种句式,三种向度

上面这段说得似乎有点玄。而叙述学是一个非常实在的学问,最明显的意向性保存在哪儿呢?保存在叙述的体裁或亚体裁上面。一旦把体裁范畴"拿"出来,就能看清一个意向。情节本身,比如谁爱上谁了,并不起决定作用。起决定作用的是体裁意向:可以把一段爱情故事写成一首叙事诗,写成一个小说,拍成一个电影,演成一段广告,但意义会很不一样。是爱情悲剧,还是浪漫喜剧?是年代剧,还是古典剧,还是穿越剧?

不同的体裁,表现同样一个故事,其效果也会很不一样,比如我举个例子:一对情人在海边散步,卿卿我我。若放在日记、书信、录像里,是人生记录;若放在戏剧、电影里,就要为情景、故事做铺垫并且延伸,比如,必须说说先前是如何爱上的,如何培养感情的,等等,不然这个场景就只是个孤立事件;若是个旅游广告,那就要强调景色的浪漫。

哪怕可能谈的是同一个东西，过去向度、现在向度、未来向度，也是完全不一样的。这是我们辨别体裁大类的主要依据："文本意向性。"下面这个叙述文本的内涵句式三分，是雅各布森首先提出来的：

- "他喝了。"陈述句，有关过去（已经出现的事件）。
- "他喝了吗？"问句，有关现在（有关事件的当前状态）。
- "让他喝！"祈使句，有关未来（将会出现的事件）。

陈述句是知道一个已成事实，疑问句是当前不知道事件会如何发展，而祈使句是希望未来出现某种事件。这就是三个意向的三种句式，非常整齐，容易明白。更重要的是，可以把这三种句式，推演成由三种不同的情节主导的叙述，因为它们体现了三种不同的意向。

例如一出宫廷悲剧：皇帝要赐死某重臣，为了表示要给这个重臣面子，给他留个全尸，所以请他喝毒药。

- 第一种体裁大类是记载性的，表示某个事实已经发生："他已经喝了"，毒药喝了，他就死了。成为事实，记录在历史中，或在虚构叙述中。
- 第二种体裁大类是过程性的，情节在展开，尚不知道结果："他喝了吗？"是对现状的疑问，一切都还有可能。让他非喝不可则是皇帝的命令。
- 第三种体裁大类是意动性的：让他喝药是皇帝刚下的命令，是对未来时间的某种要求或期盼；当然皇帝的意志是否能贯彻到底，不得而知。

任何事件的叙述，都是这三种情况之一。所有的叙述都遵从这三种最基本的意向性。

- 第一种是把所知的情节告诉接收者：语气是陈述句，时间向度是过去，叙述体裁是记录式，如历史、小说。

• 第二种是想在叙述里看出某种尚在发生的情节：语气是疑问句，时间向度是现在，叙述体裁是演示式，如演出、比赛。

• 第三种是给对方一个命令、劝说或期待：语气是祈使句，时间向度是未来，叙述体裁是意动式，如广告、预言。

所以三种基本句式，对应变成三种叙述模式。这三种句式，也与奥斯汀的言语行为(Speech Act)理论中的语式三分相对应："以言指事""以言行事""以言成事"。[①] 为避免说得太复杂，此处就不深入探讨言语行为理论了。

3. 广义体裁的大类

表 8.1 是叙述体裁分类的根本方式：

表 8.1　叙述体裁分类方式

语气	陈述句	疑问句	祈使句
时间向度	过去	现在	未来
体裁	记录性	演示性	意动性
媒介	人造特用媒介	现成非特用媒介	(不限)

表 8.1 的前两行，上一段已经说清楚。这三种模态，首先与本讲有关的，是叙述体裁的分类。一看就知道，某些体裁(例如历史、小说)适合记载第一类("他已经服毒气绝")；某些体裁(例如演出、宣示)适合讲述第二类("他捧着毒药，心中愤愤不服")；某些体裁适合讲述第三类(例如皇帝下旨宣布罪状)。

如此分的原因在于，这些体裁的媒介(物质条件)承载方式很不相同。媒介是它们的符号表意方式结合的结果。这个问题比较复杂，后面会对此具体讲解。

---

① Austin, J. L. *How to Do Things With Words*, London: Oxford University Press, 1962, p 108.

因此，这是一条“时向-模态”分类线路，“时向”（temporality）就是体现在实践中的文本意向。道理说起来挺复杂，落实于三种句式，就很容易理解。

所以，各种叙述最重要的分野是“过去”“现在”“将来”。“过去”最大的特点是记录，“现在”最大的特点是演示，当场演示给人看，接收者感受到的这个文本是当场展开的，包括身体，比如演出舞蹈、摆弄魔术，或者是演讲。“将来”是意动，希望你做成某事。

但这个简单明白的三分，中间却夹着两种兼跨的体裁大类。第一个是“过去现在”，本来要么是文字或图像的（过去）记录，要么是身体或道具的（现在）演出。电子与数字媒介促成的是电影、电视、录像、录音等记录与表演之间的体裁。这个大类，完全是20世纪的产物，20世纪才出现“记录与表演之间”这一类叙述。

还有一个大类即“类演示”，是处于现在和未来之间的一类体裁。“类演示”性叙述，媒介是心象和梦象。它们是演示又不像演示，因为它不是真人真事做媒介，而是心象做媒介。

这样就构成了下面这张广义叙述的体裁分类总表。注意，不是说所有的体裁都包括在内，而是说其他的体裁可以据此大致类推。例如电子游戏与游戏基本上是同一个体裁的亚体裁。

同学们必须清楚，讲述一个未来的故事，是不是未来叙述呢？不是。叙述方式与叙述内容是两码事，内容中的现在、过去、将来的故事，与上述的分类无关。这里我们说的是文本展开形式，而不是被叙述内容的时间，不管是真实的时间还是假定的时间。

本讲说的是叙述分类的第一个关键轴线，另一个关键轴线是纪实/虚构，留到下一讲再讨论。我们以后会不断地回顾这个表格（见表8.2），因为这是整个叙述分类的两个最基本的轴线。

表 8.2　叙述的分类

时间向度	适用媒介	纪实性体裁	虚构性体裁
过去	**记录类：** 文字、言语、图像、雕塑	历史、传记、新闻、日记、坦白、庭辩、情节壁画	小说、叙述诗、叙述歌词
过去现在	**记录演示类：** 胶卷与数字录制	纪录电影、电视采访、记录性短视频	故事片电影、演出录音录像、虚构性短视频
现在	**演示类：** 身体、影像、实物、言语	（电视、广播的）现场直播	戏剧、比赛、游戏、电子游戏
类现在	**类演示类：** 心象、心感	感应、回忆	梦、幻觉、幻想
未来	**意动类：** 任何媒介	广告、许诺、算命、预测	

第二节　演示性叙述（戏剧、比赛等）

1. 演示性叙述的三特点

陈述的体裁，其媒介是记录性的，最主要是文字、图像、雕塑等，比如天使岛的人首雕塑，或者埃及的斯芬克斯雕塑，哪怕它们记录的是什么我们都已经不太清楚。记录性叙述容易理解。记录性叙述媒介是文字或图像，它们的最大特点，就是可以再三加工。文字、图画、雕塑可以不断地添加、修改甚至丢失。有些重大的记录性叙述，如巴米扬大佛或云冈石窟中的雕塑，需要不断地发现、修缮、保护。记录性叙述的媒介适合长期保存，可以反复读取、接受。不像演示类叙述，比如我在这里讲课，讲课完了我的话语也就烟消云散了。

因为记录的文本是在过去生成的，所以被记录下来的事件是过去的过去。我们所有看到的小说或历史，都已经写成了，它的内容是记录的过去。所以过去性是记录性叙述的根本实现方式，在西语当中最常用的是过去式。恺撒的名言,“我来,我见,我征服”(*veni*, *vidi*, *vici*),实际上都是过去式,应当译成“我来了,我见了,我征服了”,这才是他的口气,不然就成了威胁性的说大话。当然,这样翻译也会失去这句话原本简洁的节奏。

演示性叙述(performed narrative),可以分成戏剧、比赛、游戏等类型,它的主导模态是疑问,不知道结果,它是当场展开的。

与记录性叙述相比,演示性叙述具有三个正好相反的特点。第一个,它的文本是当场展开的。

演出的故事可以“原本发生在”过去、将来、当下,但演示性叙述文本却是当场展开,当场读取,当场结束;可以事先准备,但没有事后加工,因为已经结束了;文本不保存,观众不可能反复读取。正由于此,演示性叙述的最大特点是现在进行时,意义在场实现。

同学们或许会问,戏剧的确是演示性叙述,但比赛能算叙述吗?我们先看看比赛是否符合本讲义一开始就列出的关于叙述的定义:“一组符号组合成一个文本,此文本讲述了有人物参与的变化;此符号文本可以被接收者理解为具有合一的时间和意义向度。”比赛的确是“讲述了有人物参与的变化”,而且一场比赛结束,的确形成一个“合一的时间和意义向度”,一场比赛也就决定了胜负,没有理由不把比赛当作一场演示性叙述。

游戏及比赛与戏剧的最大差别,是戏剧“预定了结尾”,但是这个剧本预定的结尾,对于未读过剧本、未接收剧透的原本状态的观众来说,与比赛一样,结局是未定的,不到结束不会知道的。而戏剧的叙述方式,是假定观众不知道结局,知道结局的观众是来欣赏表演,那就不是观看叙述,而是来观看演出是否精彩。

人类的叙述,恐怕以演示类为最早,相关记录是在人类发明图像与文字等记录媒介之后才有。人类最早的符号交流,像动物一样用身体动作,用声音叫嚷,后来可能逐渐演化成歌舞。很多学者认为,人类先会唱歌,后有言语,这都是臆猜,因为现在找不到类似最早期人类的群体。专家观察猩猩的交流,能看到它们的手势、声音、动作等的“词汇”,已经相当丰富,或许人类的身体演示,远早于岩画文字等记录媒介。

人类四万年前开始有岩画,五千年前才开始有文字,但在此之前我们相信人类一直是用演示方式交流。至今各地的部落或许没有书写,没有历史,但却肯定有歌舞。有交流才能形成最基本的政治结构,才能团聚一批人;没有交流,不可能构成部落。所以,演示性叙述可能是与人性最相契的叙述方式。只是在文字、语言昌盛之后,歌舞成了娱乐,或是节庆才可一见的仪式。

悖论的是,在现当代,演示性叙述又一次变得重要起来。言说、宣示、仪式、比赛、歌咏、游戏越来越多。现在少年人上学,都得参加各种演讲等。先前有《最强大脑》等电视节目,现在到哪里都能看见网红打卡,靠说话带货的人成为偶像,演示也变成时髦。有人将这种现象称为人类文化发展的“马蹄铁”线路,至今又接近原点。

大部分研究戏剧的叙述学家,都过于关注剧本,而并不太关心表演。研究莎士比亚,当然最好研究其剧作的演出。但演出每次都不一样,文本无法完全固定下来,所以大部分莎学家研究的依然是莎士比亚的剧本。

演出必须在隔断的空间中展开,但这空间又必须以某种方式向世界开放,至少有一面墙透明,让接收者观看。各种各样的舞台,如中国的庙会台子,都是三面坐着观众。其他如拳击、摔跤、体操等体育赛事,甚至可以赛场四面都坐着观众。当代所谓沉浸式剧场经常让观者处于演剧场地中间,以便于参与。必须给观众以观看的地方,这个维度必须要有。演示必须要当场有观众,其他叙述样式则没有如此清晰的空间问题。

顺便说到梦。梦里的演员包括我自己,观者也是我自己。有点像沉浸式剧场,没有一个留作观看的维度,但这并非说明演员和观众完全没有区分。哪怕在梦中我是演员,但我同时也在观看。

2. 演示性叙述的接收者

讨论记录性叙述时,也讲到接收者。但记录性的文本(除非是网络超链接小说)不需要接收者参与,接收者是事后读取,任何年代都可读。而演示性叙述时,观者用不同的方式参与进来,并且当场“读完”。所有演示性叙述的精彩,都来自它当场的意义消费:它的不可预料性、即兴感、临场感,都来自于此。

上面说过,演示性叙述有三个类型,演出、游戏、比赛。体裁不同,观者的参与方式不一样,但都需要他们参与。演示性叙述都是现场叙述,所以观众可以用各种方式影响叙述进程,比如可以喝彩、喝倒彩,再比如以前某个演员得罪了什么黑社会,他们老大会雇一批人来砸场子。同样,捧场者积极参与,也会让演出的气氛更佳。

观众的参与是一种自然的冲动,也是演示性叙述的常规,也是演示性叙述的一个最重要的因素。演出必须要有人看。先前,德国某歌剧院的门口挂着“禁止观众与歌者一起唱歌”的牌子,是因为观众在现场总有一个和演出者一起唱起来的冲动。而现在的音乐会,歌手知道观众参与的重要性,所以会呼唤观众“和我一起唱”。

死忠的球迷或者戏迷、影迷,有一个最大的考验,就是其“粘度”特别高。哪怕偶像演砸了、演失败了,哪怕他所忠诚的对象已经陨落、降级,也会依然保持忠诚,不然就会被认为是假球迷、假粉丝。检验一个粉丝是不是偶像的铁粉,就看其偶像失意时他如何行事。

各位都知道这个例子:《奥赛罗》在纽约一次演出时,台上演到奥赛罗误中伊阿古的奸计,把苔丝狄蒙娜掐死。台下一个军官拔枪打死了扮演伊阿古的演员,等军官清醒过来,当场自杀了。后来这两个人被合葬在一起,墓碑上写着:“最理想的演员和最理想的观众。”

《白毛女》的演出在演艺界也有一个传奇:陈佩斯的父亲陈强,是鲁艺文工团的老演员。在一次《白毛女》的演出中,一位士兵看到舞台上陈强扮演的黄世仁的所作所为,很是气愤,“咔嚓”一下把子弹推上枪膛,瞄准了舞台上正在演出的陈强。幸好一位班长将士兵的枪夺了过来,没有酿成大祸。后来就有了一个要求,士兵在进场观看演出之前,随身携带的枪里的子弹要全部卸下来。这就是演出性叙述的感染力。

坎通纳曾是曼联的中场指挥者、队长,脾气火爆。在一次比赛中,有对方球迷跟他对骂,他没忍住怒火,给观众来了个"功夫飞腿",为此他被禁赛半年之久。作为球星,绝对不能跟观众产生冲突,更不能有肢体冲突。如果赛场上的对手不像话,可以状告对方俱乐部,但观众无论怎么骂,都得忍住。中国也有激动的观众、激动的运动员互相对骂的情况发生。比如第 11 期中超,宋兴宇就曾因"中指事件"而被罚停训、停赛一年。

在赛场上,我们常常看到观众干扰对方球员的注意力,想让比赛的一方在罚球时罚不进。为什么?因为演示性叙述是可以变化的,它的下一步的发展是不明确的。

因此魔术师在表演的时候老是请人上台检查,其实就是说"请观众代表参与"。2024 年春晚刘谦的扑克魔术表演,主持人尼格买提不幸成了一个拆台的人。在魔术表演中,魔术师经常会假作"生命危险""淹死""斩首",我们知道这是假的,但依然会惊悚不已。但是如果上台检查的人是个内行,对魔术装置进行暗中破坏,就可能会导致悲剧。电影《致命魔术》讲的就是魔术师邀请观众上台参与,但上来的是他的竞争对手,此人就制造了这么一场悲剧。

3. 演示性叙述接收者的参与

数字时代,作为观众,有一种参与方式是弹幕,就是观众用文字在屏幕上吐槽。为什么足球号称"第一运动"?到过足球比赛现场就明白了,那里的观众在乱骂、瞎骂、群嘲,甚至可能会用最难听的话,掀起巨大声浪。其他运动种类一般场地有限,而足球场足够大,观众的骂声不会对比赛造成过大影响。如今,弹幕作为受述者的一种替代性参与方式,功能也与此类似。

1980 年代初我在加州大学读书,离校不远有个专放旧电影的影院，每周六半夜场必放滑稽歌舞剧《洛基恐怖秀》（*Rocky Horror Show*），银幕上充满了变性人、精神病、异装癖，简直惨不忍睹。来看它的观众很多已经对影片很熟悉，能大声随着唱，随着念台词，随着嬉笑鼓掌狂欢。后来我发现，在许多城市的大学旁边，都常有这样一个老电影院，周六夜场也都是哄哄闹闹地放这类老片。我想起来，旧社会中国富贵人家的“唱堂会”，也是看旧剧细品表演，摇头晃脑地哼吟品评，参与到演示性叙述中。

有意利用观众的参与来进行演示性叙述的是所谓“沉浸式戏剧”。孟京辉打造了一场《成都偷心》，它的演出不设座位，观众在三层剧场空间内可以自由行走，选择想去的地方与想追随的人物，人物可以自行选择观众，可以伸手邀请观众进入面对面互动，向其剖白作为剧中人物的心境等。每一次选择的观众、互动的内容皆不同，台词动作也都是自由发挥。也就是说，观众可以选择做剧中人，剧中人也可以选择做观众。

演示性叙述中的受述者干预，最复杂的表现是所谓“戏剧反讽”。台上的人物“不知道的”，台下的观众因为在看着情节发展，比剧中人物更知道详情，所以就会有干预冲动。为什么演示性叙述可干预，而小说不行？因为演示性叙述是当场展示情节，结果尚未确定。比如在《罗密欧与朱丽叶》中，罗密欧以为朱丽叶已经死了，他要殉情自杀，但观众知道朱丽叶是假死，在台下观看时就会喊起来，或至少有这个冲动。

桑塔格在日记《重生》序言中，写到在现代希腊一个圆形剧场遗迹上看古剧《美狄亚》。当在剧中美狄亚要杀掉自己的孩子，好多观众嚷：“不要！不要！”可见人类观剧，几千年来心理反应模式都是相同的。

这种戏剧演出性叙述的“被参与潜力”，在当代出现了很多变体，包括各种运动、比赛，都是因为其结果未定。邀请读者参与的互动文本如“超小说”（即互联网上的“可选小说”），其中有一个互动方式是，某读者出多少钱，让作者往哪个方向写。如果把钱的因素放在一边的话，这小说就可以说是大家参与写作的文本，那挺有趣的。“观棋不言真君子”，如果观棋的“君子”修养没高到一定份儿上，他会真的非常想说话。正因为真正的下棋人身在局中，不知道下一步会怎么走，输赢未定，所以观者的干预可能会有效地成为叙述的一部分。

竞赛从定义上来说不一定需要观众。但竞赛的对手，是竞赛型叙述的第一观众，没有这个观众，竞赛无法进行。而游戏也可以是自娱自乐，表演给自己欣赏，游戏者兼为演员和观众。电子游戏叙述文本的接收者则是玩家本人。

体育比赛是一种互动表演叙述，讲的是一个有头有尾的故事，只是结局未定。它是“虚构”的，但比赛必须守规矩，所以这实际上是模仿战斗，在一定的叙述框架内运动员尽力表现互斗。一旦超出“虚构叙述”的“表演作假”原则，例如泰森咬伤对手的耳朵，曼联队长基恩故意踩断对方的脚骨，就超越了“虚构叙述”的框架。裁判的任务就是把赛场上的对抗，限定在“虚构叙述”框架之内。

演示叙述的媒介是“非特制媒介”，基本上是人们日常生活所用之物：身体依然是我们活在世界上的身体，演员的动作也与日常生活中一样，比如武打动作，姿势看起来好像真的在打；表演时的台词言语，也与日常生活相似；马戏团表演中的动物依然是这些动物，它们在表演中使用的运动器具，也与日常器具无根本差别。

演示性叙述最大的特点，即身体性（corporality），所有表演都是围绕身体展开的。言语、歌声、吼喊等是身体的功能，乐器、武器、器具等是身体的延伸，化妆、衣着等是身体的配备，道具、场面、光影等是为展示身体的功能而添加的设置。古人除了身体及其延伸，没有其他媒介可用于演示性叙述。演示性叙述作为“卷入人物的事件”，首先卷入的人物就是演员和运动员。

第三节 记录演示性叙述(摄影与影视)

1. 现当代媒介革命

上两节说清了记录与演示这两大类叙述的差异,这个基本分类本是相当清楚明白的,在现当代却遇到一大挑战:现代媒介发展起来后,各种演示性叙述被胶卷、磁带、电子设备记录下来,成为录下的音乐、拍摄的戏剧或影视,或是录音后的口述故事。此时,时间形态出现了剧烈变化:它们已经被加工成“记录下来”的叙述。因此,一张 DVD 与一本书,时间性就非常相似,都是供后来者读取的对某种叙述的记录。上文中所说的演示性叙述“当场展开”的几个特点,此时几乎都被推翻:

- 首先,原先的演示性叙述没有事后加工,而录音或录像可以事后加工,电影则完全靠“后期加工”才成形;
- 其次,演示性叙述媒介不能存留,而新媒介就是为了长期保存演示性叙述才发明出来的;
- 最后,被现代技术记录下的文本,唯一的接收方式就是让不在“此地此刻”的接收者事后读取。

正因为此,现代媒介造成了一个非常令人恼火的叙述学格局的变化:现代媒介使某些演示性叙述趋向于记录叙述。有的叙述研究者甚至转而认为,电影本质上不同于戏剧,而是与小说属于同一类,这样的图像类叙述应当归属于记录性叙述。

但是,电子/数字媒介,是刚发生一百多年的现象,并非人类文化的常态。新媒介所承载的演示性叙述,其本质依然是演示性叙述,只是添加了存储功能。被新媒介记录下的演示性叙述,其叙述的“此地此刻”所展开的本质实际上没有变:哪怕被叙述的故事是过去的,哪怕叙述行为也已经过去,但叙述行为与叙述文本的关联,依然是同时的。

比如一段关于老山战役的(纪录或故事)影片,它所讲述的事件是过去的,拍片所用的胶卷有事后读取功能,但拍摄却是在事件发生(纪录片)或表演(故事片)的"此地此刻"进行的;这与典型的记录性叙述(例如一部用文字写成的《抗战史》,或一部描写抗战的小说,或抗战的摄影集)很不一样。记录性叙述是"过去的过去",而录像是"记录的此刻",电影也是当场表演的记录,这点不可不察。

因此,现代影像媒介承载的这一新的叙述大类,介于演示类与记录类之间,可以称为"记录演示类"。这类叙述已经成为当代文化中最重要、应用最普遍的体裁大类,而且还在飞速发展中。数字技术还在不断推出新的形式,迫使我们进行认真研究。

2. 感觉上的进行时

接收者在读取这些"记录演示类叙述"时,直觉上并没有觉得它是已经录好的文本,已经成为旧事记录,而是认为文本正在展开,情节正在发生。电影的媒介与它是动作中的形象有关。固定的文字或图像让人觉得它是已形成的组合之一部分,而影视镜头让人感到影视是正在展开的动态文本(哪怕电影的情节发生在过去),给人一种尚在演示而结果未定的感觉。

电影学家拉菲提出:"电影中的一切都处于现在时。"①麦茨进一步指出这种现在时的感觉产生的原因是:"观众总是将运动作为'现时的'来感知。"影视画面的连续运动,给接收者的印象是"过程正在进行"②。影视的叙述时间是被叙述的"此刻此处",而观众读取时则有正在进行的直觉"现场感"。由于这两个原因,电子与数字媒介存储的演示性叙述,其时间性本质上依然是现在时的。

近十多年来数字技术的许多发明,如各种 VR、MR 等新的视觉呈现,更为观众增加了"临场感"。2012 年,研究人员研制出一种头盔,让佩戴者产生错觉,认为给他们展示的不是事先录制的影视场景,而是正在发生的真实场景。甚至在研究人员作了详细说明后,一

---

① Albert Laffay, *Logique du cinéma* : *Création*, et Spectacle, Paris: Masson. 1964, p. 18.

② Christian Metz, *Film Language*: *A Semiotics of the Cinema*, New York: Oxford University Press, 1974, pp. 7-8.

些试验参与者仍然无法分辨场景的时间性质。实际上,人们看电影时对场景的"现时性"的混淆,不一定需要戴这种头盔才会发生,头盔只是增强这个效果而已。

因此,本节开头提出的演示性叙述的特点,在这里应当扩展一下,以说明现代新媒介造成的局面:演示性叙述,是用身体-实物媒介手段讲述故事的符号文本,也可用特殊媒介存录,以供此后的接收者读取。它的最基本特点是,面对接收者,演示性叙述文本可以被感觉为此时此刻正在展开。

第四节　意动性叙述

1. 普遍意动性与意动体裁

什么叫作意动性?意动性就是预言某情节将要发生,来促使接收者采取某种行动。意动性叙述,类近祈使句模态,也就是奥斯汀话语行为论中所分类的第三种,"以言成事"(perlocutionary)。

这一类叙述大家平时不太注意,实际上它存在的数量极大,包括命令、计划、筹办、劝说、诺言、广告、预言、测算、警告、宣传、发誓等。凡是叙述尚未发生的,希望某个主体去做的事件,都是意动性叙述。

不少同学是研究品牌广告的。广告主要是叙述,告诉接收者只要购买何种产品或服务,就会发生什么好事,例如喝什么品牌的饮料,就会变得精力饱满。虽然这些事件尚未发生,但广告向你表达了,只要"你买了我的东西"就肯定会发生。这也是一种叙述,因为符合叙述的基本定义,讲了一个卷入人物的情节。但是这一类叙述很少有人做学理化的研究,因为它的情节比较简单。事实上恰恰相反,广告叙述复杂且变化多端,而且深深介入了社会文化。对广告叙述,本讲义只能在各部分尽可能提及,难作专章细论,非常遗憾。感兴趣的同学,可以参看饶广祥教授有关广告与品牌叙述的专著。

应当说,各种叙述,都普遍带有意动性,或多或少都会影响接收者采取某种行动的效果,都有促发某个行动的目的。这也就是为什么,叙述的结尾会体现一定的伦理道德。比如某人简单说一句“这里很冷”,隐含的意动目的,可能就是请听者去关窗。说者不直接要听者去关窗,或许有别的原因,但说者的意愿还是可以解释出来的。然而,这种普遍隐含的意动性,还不能形成意动性叙述。意动性叙述要有某些体裁形式,才能使意动因素成为主导。

首先,意动本身说的是某种未来的情况,叙述的情节可能发生在未来,当下尚没有发生,只是希望发生。意动是说出某种希望,某种需要,比如去观音菩萨那里求子的女子,都会明说或用内心自白的方式说出她的需要。

而且,意动性叙述是纪实性的,非虚构的,因为虚构的不值得去意动,不可能说我许的愿,发的誓,是虚构的,是欺骗未来。我需要某种事实发生,我不会需要某种虚构的事实发生,不是事实的话,不需要意动。意动性叙述是一种“拟纪实性叙述”。

2. 为何未来小说不是意动性叙述?

斯塔尔纳克有一句似乎是悖论的话:“没有必然的事后命题,也没有偶然的事先命题。”[①]这话很有意思,“事后命题”是已经发生的,任何已经发生的事都必是有偶然因素才出现,我们面对的是已然世界,偶然性已经被事实的发生掩盖了,所以其实已经发生的事不会是必然的。所谓已成事实,必定是一系列偶然因素促成的。

但未出现的事就不同了,我们希望它的出现是必然,我们在做意动性叙述时,自认为理由是充足的。这就是为什么对意动的事的叙述是确定性的,不会说观音菩萨你看着办吧。“事先命题”是希望实现的,希望的必是实在的,所谓“求仁得仁”,求而愿有所得,所以意动性叙述者不会存偶然性于心中。

---

① Robert Stalnaker , *On Considering a Possible World as Actual* , The Aristotelian Society Supplementary, Volume, 75: 1, p. 141.

所以我们说“未来小说”不是意动性叙述,本讲义对“未来小说”已经详细讨论过,指出它们是伪装的未来记录叙述。哪怕“被叙述的时间”是过去,它也永远是未来。王小波《白银时代》讲的是发生于2020年、2010年、2015年的故事,哪怕在当下这些年代已经早就过去了,《白银时代》也依然是“未来小说”。“未来小说”的叙述时间是从未来说过去,因此不是在叙述时刻祈愿发生某事件,而是当作已经发生的事在未来进行叙述。

那么“未来小说”是否对未来有所憧憬,希望或预言某些事件发生?显然是的,但在叙述结构上并非如此。1902年梁启超打开晚清小说闸门的《新中国未来记》,说的是在1950年回顾“新中国”变法图新的经过。此书当然有所希冀期待,但它并不是对未来作预言,而是到未来某个时间点去叙述的带有意动性的“未来小说”。

而意动性叙述的未来向度是实指的,不是虚构的。当叙述指明的时刻到来时,预言就不再是预言,而必须实现或作废。汉末黄巾军曾预言“苍天已死,黄天当立”;汉末以后,苍天已死,它就不再是预言,而是历史事件。黄巾军已经“立”过,“立”到什么程度就凭后人解释了。

比如一对处于生育年龄的夫妇曾年年去观音菩萨前求子,但现在过了生育年龄,他们的祈求已经没用了,时间过了。玛雅预言2012年发生的事,到了2013年就不是预言,而只是纪录。能不能依然相信玛雅预言2012年发生的事?信者只能解释说,2012年发生的某事件,已经应了预言。

意动性的本质,是叙述者向受述者传达一个对未来事件的预见,这就需要受述者对叙述者的人格或能力的信任。听霍金讲未来,讲可能到来的各种各样的人类危机,我们之所以会觉得信服,是因为他是一个伟大的科学家。

广告要产生效果,必须在受述者心中建立一个信任。我去买这双鞋子,是因为这个品牌的鞋子的广告让我相信,穿了他们家的鞋子就能很轻松地跃起灌篮,不是说必然投进,只是说投进可能性增大。广告只是一个干预,一个允诺。因为信任这个允诺,购买者才会受到鼓舞。所以广告与算命都有一个信用问题。

我们看到殷墟甲骨卜辞,是占象叙事的最早形态。卜辞由前辞、命辞、占辞、验辞四个部分组成。如果只是问一个问题,这是占辞;最后可以验辞,因为它是一个预言。我们只能把甲骨卜辞当作意动性叙述,知道它在预言什么东西。一旦加上最后有无应验的报告,它就变成了对一个事件的记录性叙述,类似历史记录了。

意动性叙述到现在还没被好好地研究过,虽然它是人类文化中最常见的一种体裁大类,但始终没有总结出它的一个最基本的规律:它是纪实的,到某个时间它要兑现,兑现不了的话,往往是信用破产,所以它建立在一个信用上面。意动取决于信任和服从,就如本讲一开始说的皇帝赐权臣服毒,“君要臣死,臣不得不死”。意动的根据是社会性的,是人类文化的立足点,意动性叙述是否真正能“成事”,取决于复杂的社会条件。

第五节　梦叙述

1. 梦的一般特征

梦或许是人类经验最多的一种叙述。梦叙述的特点是虚构,它有另外一个及时的对应体裁,就是感应(telepathy)。此种现象到底有没有我不知道。假定有感应这个东西,它必是事实性的(不一定是事实)。我遥感到母亲在家乡生病了,就像新闻必须被当作对真实的叙述,哪怕有所怀疑,也是被当作事实性叙述来怀疑。而梦与错觉是虚构的,连对其的怀疑都是多余的。一个人在做了梦之后如果去“详梦”,也是希望看出梦比喻了什么,而无法去追究梦的“事实性”。

弗洛伊德强调,梦的世界无法形诸语言。但他本人一直在用语言描述梦,所以他是在做无可奈何之事。心理医生分析梦或“周公解梦”

就是听你谈梦，是形诸语言的叙述，不是真正的梦的过程。梦的语言再现，只是回忆梦中发生的某些情节，而不是梦本身。做梦的时候，实际上梦者把自己的人格分成了两部分，一部分自我是梦的受述者，一部分自我是梦里见到的事件的叙述者。

任何梦都符合“再现卷入人物的事件”这个关于叙述的底线定义。可能人一生最多的叙述就是梦，据说每个人一昼夜要做六到七个梦，每人每天平均做梦两个小时，所以人一生有六年时间花在做梦上。而梦中的“被叙述”时间，比实际做梦的“叙述时间”要长，梦是加速进行的。因此，梦叙述的绝对数量更大。幸运的是，我们会很快就忘了绝大多数的梦。

梦由心象组成，梦讲述的是被心象再现的世界，只是从实在的世界经验中借取了各种材料。经验感知是纯粹、直观的心影，梦的组成是直观感知符号，它们构成梦叙述的情节。弗洛伊德说：“梦里的每一个符号都可以被看作代表了另一个符号。”梦里每一样东西都不是一个真实的感觉，而是代表另外的东西的心象符号。据说现在有读梦机，有些影视剧创作者说借助它可以发现在梦里演出的故事。或许脑机接口将来能记下梦来。

梦的叙述者和受述者处于同一个头脑里：梦，是头脑中的一部分，在演示一个故事给另外一部分看，所以它是一个演示性叙述。一方面，梦如看电影，做梦者不是叙述者，而是受述者；梦叙述是自我的一部分主体（可以称为“心眼”）在感知。但另一方面，梦的叙述者也在我们的主体之内。我们讲做梦，这“做”字非常好，梦是我们自己做出来给自己看的叙述。

梦有个特点是不自觉：梦者做梦的时候不可能想到自己在做梦。这或许是因为梦无主体性，“我”是梦叙述的接收者、经历者，而不是叙述者。“我”觉得正在经历的事件是真实的，哪怕醒过来明白它很不真实，但在梦中不可能认为自己在做梦。王充的《论衡 · 订鬼篇》说“当其见也，其人不自知觉与梦”；萨特指出梦者的一大特征是“失去反思的警觉”。

十二三年前，成都有一辆公共汽车在路上自燃，造成重大悲剧。班上一位同学说，她惊恐地梦见自己坐在燃烧的车里，但此时她的意识跳了出来，从空中看到这辆燃烧的车，然后她又落回到车里受煎熬。为什么是从空中看到？因为当时关于这个事件电视报道的镜头，是直升飞机拍的。她的不受控制的梦叙述，出现了本讲义第四讲讨论的叙述“跳角”。

这个同学的叙述就值得我们注意，任何叙述都是加工经验材料后的产物，哪个主体能加工你的梦？以上梦境等于摄影机位移出，升到空中，拍到一个不应该是梦者所见的情景。“我”这个接收者，可以不限于被动记录，而是把梦叙述变成被加工的叙述文本。所以梦叙述可以改变方位，使某景象某事件变得更加显豁。同学们，不知道你们是否见到过梦叙述被加工的痕迹？

还有一个奇怪的事情：梦大多是不愉快的。东汉王符的《潜夫论》列了十种梦境，全不是好事。加斐尔德曾经统计全世界各民族从古至今的梦记录，发现有 12 种最常见的不愉快题材：第一个是被追赶，然后是各种各样的悲剧如跌落淹水，现代人经常梦到的则是刹车失灵。据有些梦的研究者认为，梦的不愉快是好事，是对梦者所担心之事提出警告。一个人在梦里经历了刹不住车的恐惧，平时开车的时候就会注意；一个人在梦里掉下悬崖多次，平时走路就会小心。

实际上梦中的灾难情节，并不总是如此实用地在警告我们。我个人觉得梦叙述大多是人生苦难的影响。实际上，无论是纪实还是虚构的叙述，也一样是不愉快的内容占多数，任何民族的神话，都是悲剧比喜剧多。史书记载的内容大部分为坏事，比如《春秋》里面记载的几乎全是坏事，“贬天子，退诸侯，讨大夫”。反过来说，其他叙述，如历史、新闻、小说、电影等，都偏向于讲述灾难或悲剧。梦也不例外。就这一点而言，可以说，梦是在不受控制的情况下，道出了一些人生真相。

2. 梦叙述

梦符合关于叙述的定义。梦不是经验或感知,而是一种典型的叙述。做梦者在梦里看到一连串的事件及形象,它们有内容、意义,有叙述的基本结构,有文本性和叙述性。我们在第七讲讨论情节时讨论过,叙述性具备“值得说”的品质。

叙述都必须有意义,所以梦也是有意义的,不然做梦者不会去梦到。但梦似乎过于缺乏形式规律,一直不是叙述学研究的对象。有关梦的研究大部分在心理学领域,没有几个叙述学学者在梦的研究上花功夫。方小莉教授是研究梦叙述的一个专家,很多人认为梦只有内容没有形式,她的研究结果表明事实并非如此。

人类进化过程中的规律之一是,有用的东西会遗留下来,没用的东西会被淘汰。如果梦对人类没有用,为什么做梦这个人类活动没有被淘汰呢?除了心理分析学上说的“释放被压制的原始欲望”之外,我个人觉得另一个可能的原因是,梦让人类保持幻想和叙述能力。我们的庸常生活太实际了,接触故事的机会很少。梦的自由幻想特征,让我们保持着叙述能力。

从人类历史上看,没有梦,就没有艺术,没有宗教,人类可能也不会讲故事。在梦中我们会具体触摸到存在的边界,看到超越凡庸之上的世界。现代人为什么做梦多了?我想可能相当重要的原因是生活越来越具体了。梦是现实之外的,正因为我们的现实是平庸的,所以虚构作品才会被叫作梦工厂。

中国早期古籍中,关于梦的记载数量极大,古文献集《逸周书》中记载了大量文王、武王、周公的梦境。孔子并不喜欢这种神秘主义的文字,旧说《逸周书》是孔子删定《尚书》后所剩。五千年前苏美尔人发明的楔形文字,是最早的记录用文字。巴比伦楔形文字记录的史诗《吉尔伽美什》是现存人类第一个详细的对梦的记录及其解读。从很早的时候起,人类就觉得梦里肯定有神的意志。

维特根斯坦有一句非常有意思的话,我在《符号学讲义》里引用过:“如果一个人在做梦的时候说下雨了,正好外面在下雨,他说的也不是真相。”为什么?人在梦里进入的是一个虚构的世界,这个世界会借用不少现实中的经验材料,但梦这个体裁不是纪实的,而是纯然虚构的。

梦文本结构,有发展、高潮,却不一定有开端,更少结局,无结局就容易造成道德失位。梦总是“从中间开始”,更特殊的是,梦几乎都没有结尾。在第六讲中我们说过结尾很重要,它是叙述的重大伦理意义之所在。正因为无结尾,所以梦叙述不对道义负责。没有结局是梦的模糊意义方式的重要特征。

哈特曼建议把思想分成四个部分,即“认知意识”分为四阶:

- 清醒思考;
- 清醒遐思;遐思就是第五讲谈意识流时说的自由联想;
- 幻觉与白日梦;
- 最后才是梦。①

人的思想这四个阶段,构成了一个人的“叙述连续带”。白日梦介于中间,因此白日梦对文艺创作非常重要,它是梦又不完全是梦,既容易出现道德半失位,又可以记录下来。从清醒思考到梦,人的思想逐渐不受控制,叙述情节也逐渐摆脱日常生活各种各样的拘束。《道德经》说“惚兮恍兮,其中有象;恍兮惚兮,其中有物”,有象有物,就有叙述,这是艺术家准备进入创作状态前,多少都要经历的阶段。

---

① Ernest Hartmann, “Outline for a Theory on the Nature and Functions of Dreaming”, *Dreaming*, Vol. 6, No. 2, 1996.

第九讲　纪实与虚构

第一节　虚构的本质

1. 实在之轴

叙述题材分类的另一个轴线，是纪实与虚构，这是叙述问题中关键的关键。本讲讨论的虚构是“虚构型叙述”（fictional narrative），这是个非常有趣而又复杂的问题，值得仔细讨论。这个问题在语义哲学中非常重要，但在叙述学界至今研究不够。虚构叙述，是相对于纪实叙述而言的。要弄懂虚构叙述，就要先明白纪实叙述（factual narrative），因为两者处处相对。我们可以说，在几乎任何体裁大类中，都有纪实/虚构两种相应的方式。例如新闻报道是纪实，它的反面小说则是虚构；历史纪实的反面是神话虚构；纪录片的反面是故事片；传记的反面是传记小说；等等。

究竟什么文本是虚构呢？其答案是变动不居的。神话究竟是不是虚构？对于远古时代的人来说，它可能是纪实。我们暂时不谈纪实/虚构这个范畴的历史演变，只谈今日的理解。绘画可以记事，以前没有摄影技术的时候，绘画以纪实为主；展览一般是纪实，而装置艺术则可能是虚构。

或许你们会问，民俗写实的《清明上河图》不是艺术吗？我们不是把它视为中国艺术史上的伟大作品吗？艺术不一定是虚构的，虚构的也不一定是艺术的,这是两个不同的标准,虽然我们承认二者有时候会叠合:大部分艺术品是虚构的,但有些虚构却不一定是艺术的。艺术问题太复杂,有必要单独谈,或者也可以读一下《符号学讲义》第十讲。简单地说,艺术是相对于符号的实际意义而言的,尤其是对日常生活的平庸之超越,因此艺术性是文本的一种品格;而虚构叙述,是相对于纪实叙述而言的,是叙述体裁的两大范畴之一;我们谈任何叙述文本,都必须先弄清它属于纪实还是虚构。

2. 为何纪实性叙述才能造假?

首先有一点必须明白:纪实性叙述讲的事件,不是事实(facts),而是“关于事实”(factual)。一篇关于某事件的报道,到底真实不真实,需要非常复杂的证明,要到文本外寻找证据。新闻叙述的纪实性,并不能保证它说的是真实的;它可能撒谎,明确地说,它是关于事实,而不一定是事实。虚构性叙述,或许可能讲的是事实,但它不要求讲事实。虚构无关事实,纪实有关事实;何者是事实,何者不是事实,却是另一回事。请仔细体会一下二者的区别。

例如,《战争与和平》作为小说体裁,不要求与事实完全相符,其中皮埃尔与娜塔莎的恋爱,明显不是事实。但如果找《战争与和平》中不符合历史事实的地方,例如拿破仑进军莫斯科的动机,这可能是允许的,因为小说没有违反虚构体裁的原则。

纪实和虚构不是真和假的区别,而是一个要求求实,一个不必求实。纪实需要与实在对证,虚构则不求实也不必核实。比如,“周老虎事件”,各位现在可能已经不知道了。大概是18年前吧,一个姓周的陕西村民拍到了一张附近山中老虎的照片。地方政府高兴至极,说我们这个地方生态保护如此之好,我们的山林里重新出现老虎了,大家快来旅游。但后来呢?照片被戳穿是造假,摄影专家看出照片是平面的,拍的是日历牌上画的老虎。那么这张照片究竟是纪实的,还是虚构的呢?

这是纪实的,它有关事实,是事实性叙述(已灭绝的老虎回到了山中),对不对?所以只有纪实体裁才能撒谎,而且观者有权追究它是不是撒谎。既然摄影者声称这是个新闻照片,有关政府也说这是生态的纪实,并且把它当作新闻照片发出去了,大众就有权追问它究竟是不是事实。在我们的文化当中,新闻照片是纪实性的。纪实才有真假,虚构则无所谓真假。既然当地政府声称这是纪实,读者就可以检查它到底符不符合事实。如果他们声称这只是虚构,是拍的月份牌上的画,就不会有人去检查事实。

那么,为什么会有小说诽谤罪呢?法院受理小说诽谤罪,第一步就要判定作品的这一部分,是否超越了虚构的范围,用类似纪实的方式处理了关键的事件与人物,如果是,也只能判定为类近纪实性叙述。这才是追究真假的先决条件。

文学艺术家、文学理论家不断地在讨论如何反映真实。这里的“真实”是另一回事儿,“本质真实”“整体真实”“更高真实”,都并不要求情节的事实性。虚构作品中的确可能会有作者的经验素材,但却是比喻性借用。本讲义下面将讨论到可能世界问题,会更加具体地说明什么是借用。

1958年“大跃进”时期,各地都有“亩产万斤”的报道。当时,提供新闻的人拿出来的是真的照片,新华社发的带照片的新闻也传遍全国:“人有多大胆,地有多大产。”但实际情况是,组织这类照片的人的做法是,让人把几亩地里的麦子割了放到一亩地里,然后再拍照。正因为当时它是纪实的,所以后来我们才能说它是假的,不然这只是“夸张”而已。但也正因为这些照片是事实性的,后果才那么严重。

我们看法律文本、政治文本、历史文本,无论其中有多少不确切性,无论我们现在可以争辩什么,无论我们现在问,商周甲骨文记事是不是真的,其基础都是,这是纪实体裁,不是虚构,因此可以追问。

“疑古”在五四运动时期的历史学界成为潮流,它是一种科学主义的偏激态度。为什么能“疑”呢?因为当时讨论的是殷商之前的历史性记载。《山海经》就不会成为“疑古”的对象,因为它是虚构的。或许《山海经》在某个时代并不是虚构的,但既然现代不当它是纪实,所以它在现代就超越了怀疑,研究者只能从中找现实的影子。因此我们说,只有纪实性体裁才能撒谎。虚构性叙述本身没有真假,所以也就不可能撒谎。

3. 纪实与虚构如何区别?

反过来,所谓纪实性艺术作品倒真可能有点儿混乱。有很多电影是所谓"根据真实事件改编"(based on true events)或"受真实事件启发"(inspired by true events),有的却反过来声明"本片纯属虚构,请勿对号入座"。这两种声明,目的相反,用词都相当模糊。

如果创作者的声明不能算数,旁人的介绍和评论也不能算数,那么到底我们用什么办法区分它是虚构还是纪实呢?只能说,有几个可能的标准:

一个重要的标准是风格。纪实性叙述文本不太适宜人物化:不便于使用人物视角,不便于描写个人性情,不便于多用直接引语的叙述方式,直接引语多了则必定是小说。一般来说一个新闻记者,不太可能真的听到事发时人物直接说话。

本讲义第五讲说到司马迁在《史记》中,有个别地方使用了直接引语,但只有个别地方。如果用了比较多的直接引语,那就是历史小说,而不是历史人物传记。所有的纪实性叙述,对两个人物之间(假定玄武门政变之夜在李世民与尉迟敬德之间)谈了什么,完全可以报道,但如果报道中都是直接引语的话,就不太像历史纪实,因为历史学家不可能有机会听到这样的谈话。历史纪实也不便于过多描写人物的心情,因为记录历史的人不太能用人物视角来观察事件。

本讲义前面说过,采用人物视角来叙述是叙述者自限,这个前提就已经标明说它是小说。在纪实性叙述中,叙述者和作者(执行作者,不是作者的全部人格)是合一的,就比如新闻记者不能说我委托一个叙述者来讲述这个事件。

而小说,哪怕不作说明,读者也知道这是委托性的叙述。小说可以想象一个事件，比如叙述谋杀案可以描写凶犯的心理。如果是新闻报道中写人物心理，读者就会追问记者，怎么知道这个人物会这么想。如果是虚构叙述，作者委托一个叙述者，叙述者就有权利知道一切。

这些风格因素，能够为区分纪实与虚构提供一个倾向性判断，但不是绝对的标准，否则纪实与虚构的区分，就会变成一个直接引语的统计问题。

4. 非虚构小说

困难在于，文化创作发展到现代、当代，出现了不少有意混淆区别的"中间体裁"。有好多纪实性的非虚构小说，有新新闻主义的作品，后者在中国经常被称为"报告文学"。

诺曼·梅勒的作品《黑夜大军》讲的是美国的一次游行示威，它的副标题叫"一部如历史的小说"。这就有点儿可恨了，因为历史不是小说，小说也不是历史。定位于如此骑墙的位置，他就能用小说的方式生动地书写历史事件；而如果就所叙事件的真实性追究他，他也可以推诿。

新新闻主义的第一部作品《冷血》讲的是一个真实的杀人犯的故事。作者卡波特曾多次去采访被押的犯人。既然是采访，他所写下的内容就应为纪实，但他的写法又如同小说般充满细节，所以这个是有意混淆体裁。由此出现了一个术语"事实小说"（faction），词典上没这个词，这是一个有意义的但也让我们叙述学学者难以处理的跨界词。赵禹平老师专门研究这个问题。的确这里需要一个专家来说清其中的许多中间层次。

应当说，虚构与纪实的分野如果完全模糊，会造成很多问题，比如伦理问题与法律问题。因此这些作品必须区分清楚，不是"真实故事的小说式报道"（例如《冷血》），依然是纪实叙述，就是"真实事件改编的小说（或电影）"，依然是虚构叙述。叙述一桩实际发生的事件像讲故事一样，一般来说会引起怀疑，因为叙述者的想象力可能太丰富了。

读者读来可能觉得有趣,但却很可能被误导。十多年前泸州有商场发生爆炸,正在上面看电影的人就觉得:"这就是4D效果,难得感受一下。"他们误把建筑物的摇晃当作虚构风格的一部分,当然就陷入了危险之中。

纪录片与故事片也有风格区分。纪录片一般都是用客观镜头,就是非人物的视角镜头,主观镜头在纪录片当中只能偶尔为之。有一个拍熊猫生活的纪录片叫作《英与白》,一开头镜头是倒过来的,为什么?据说熊猫都喜欢倒挂或仰躺,这时候的它们看饲养员进来自然是反着的。纪录片用主观镜头开场是很少见的做法。

著名图像研究专家赵宪章教授说过他的一个亲身经历。2001年9月11日晚上,他打开电视,看见世贸大楼爆炸,他感叹:"电影特技做得真逼真!"后来才发现这是新闻报道。所以从风格上来说,过于特别的场景反而有可能被看成虚构,而如果把这个体裁大分类弄错,整个文本意义就会被解读错。

纪实与虚构的确风格不同,但至今我们没有找到二者的绝对区别标准。赵宪章教授的"一时读错"就是被风格误导的例子。那么,他当时忽视掉的是什么呢?下一节我们就讨论这个标志问题。

第二节 双层区隔

1. 纪实与虚构的区别方式

塞尔提出过一个公式,他说:"一部作品是不是文学是由读者决定的,而一部作品是不是虚构则是由作者决定的。"[1]这说法貌似很干脆清晰,但实际上是宣布此问题无解。我很佩服塞尔的学问,但这个说法其实是在逃避问题。他实际上是认为虚构与纪实的文本没有区分

① 约翰·R.塞尔:《表达与意义:言语行为理论研究》,王加为、赵明珠译,北京:商务印书馆,2017年,第80页。

的可能,但是本讲义说过,作者怎么想的,他的意图算数不算数,无法考证追索。

对此,我尝试提出一个形式论的标准:虚构叙述必须在媒介化再现(即符号文本与经验实在的第一区隔)之上,再设置第二层区隔。此种看法接近利科的理论:“第一重模仿指的是日常生活中对‘经验的叙述性质’的前理解……第二重模仿指的是叙事的自我构造,它建立在话语内部的叙事编码的基础上。”①二重区隔中的再现,就是叙述在文本内部进行“叙述编码再构”的产物。

为传达虚构文本,作者的人格必须分裂出一个虚构叙述者。虚构叙述者传达的文本,就不再是作者-读者之间传达的第一次媒介化的文本,而是叙述者-受述者之间传达的第二次媒介化的文本。虚构区隔里的情节,是二度媒介化的结果,与经验世界之间出现了双层区隔。正由于这个原因,此文本的接收者,不再问虚构文本是否指称“经验事实”,因为虚构文本是二度再现的产物。

里卡多很早就提醒我们,二度再现可以造成读者的“眼花”;二度再现的目的,是“有意误导读者,让他们觉得这二度世界与一度叙述的世界没有区别”②,实际上它已从纪实变成了虚构,与经验世界隔了两层,指称性被割断了。这种要求说起来有点抽象,下面我们用实例说明,这实际上并不难懂。

2. 戏剧的双层区隔

双层框架区隔的设置,实际上我们很熟悉。一位单口相声演员上台“自报家门”,是纪实性叙述;然后他可以用手势、表情、面具、灯光集束、场内转暗、锣鼓音乐等任何方式略做隔断,就进入一场虚构叙述。区隔设置可以有无数种变化方式,表示区隔的指示符号,可以非常细微,但无论如何必须要有此区隔,才能与纪实再现分开,进入虚构叙述。

---

① Paul Ricouer, “Mimesis, reference et refiguration dans Temps et Recit”, in *Etudes phenomenologiques*, Louvain, 1990, p. 32.

② Jean Ricardou, *Pour une theories du Nouveau Roman*, Paris: Seuil, 1971, p. 115.

莫言创作的戏剧《我们的荆轲》,开场有一个有趣的二度区隔:进入到第一层舞台是纪实性的,台上说我们正在某某剧院;这部分随演出场所而改,是纪实:

> 秦舞阳:(用现代时髦青年腔调)这里是什么地方?人艺小剧场?否!两千三百多年前,这里是燕国的都城。
>
> 狗屠:(停止剁肉,用现代人腔调)你丫应该说,两千三百多年前,这里是燕国都城里最有名的一家屠狗坊。
>
> 高渐离:(边击筑边用现代强调唱着)没有亲戚当大官……
>
> 秦舞阳:我说老高,你就甭醉死梦生度年华了……
>
> 高渐离:怎么,这就入戏了吗?
>
> 狗屠:入戏了!
>
> (台上人精神一振,进入了戏剧状态。)
>
> 高渐离:荆轲呢?今天说好了要练剑术的,他怎么还不来?
>
> 秦舞阳:没准儿是失眠症又犯了。

一度区隔是"指称透明"的,因此台上的演员尚未变成人物,他可以说"我们今天在人艺小剧场(或其他剧场)"。一旦强调信号"入戏了",加上"精神一振"的姿势或灯光变化,就是一个区隔标记,他们就从演员本人转变成剧中人物。莫言很明智地将如何表现"精神一振"的方式,让给导演去处理,的确导演可以在这个点上玩出各种花样,只要起区隔作用就行了。

当扮演高渐离的演员问荆轲他怎么还不来,扮演秦舞阳的演员说"没准儿是失眠症又犯了"。有人说这段话证明这里没有二次隔断成虚构,因为"失眠症"是现代术语。所谓隔断就是开始讲被叙述的故事。战国时代的人,有没有失眠症?当然有。古人是否有权用"失眠症"这个词?这个问题,我们在讨论引语时已经处理过。戏剧中的台词都是直接引语,让古人说现代汉语普通话,已经是在虚构内改造引语。记得《洛神赋》中马车夫说的是文诌诌的话,马车夫怎么可能如此说话?因为即使是直接引语也无法改写成“他的”语言。所以在这里,虚构的秦舞阳完全能说“失眠症”这个词,因为战国时代人们的语言究竟怎样已经没人知道,只能靠虚拟。

第一层区隔开场见于上面那段,区隔收拢则见于该剧剧终的谢幕。本来这个戏结束时是满台的尸体,只有一个秦始皇站着。死者怎么能站起来呢?因为这是戏后的谢幕。剧中人物走出戏剧状态,变回演员本人,回到了第一层再现区隔。

类似的双层区隔,见于许多影视剧作品中。根据猫腻的架空历史小说改编的电视剧《庆余年》,也有“戏中戏”的区隔法:一名古代文学专业的学生,要参加腾讯举办的科幻文学大赛,希望教授做他的指导老师。他的作品还差一个名字,就从《红楼梦》中随手摘下三个字。之后他用幻灯片展示自己的作品:一个患有重症肌无力的现代青年,一觉醒来,发现自己穿越成了一个古代的婴儿,正躺在一个竹篮里,遭受一群杀手的围攻追杀。此后在剧中,凡是他走到绝路,就会穿越回到教授的办公室,与教授商量如何进行下去。

3. 区隔的各种标记

那么,能不能直接进入虚构叙述?不用一度再现(纪实式的报告)做背景,不用谢幕那样的推出行为做结束对照。完全跳脱双区隔是不可能的,但一度与二度区隔都可以压缩得很细微:一个演员可以一上台就直接进入戏剧表演,结束时可以不谢幕就离场,但他进入舞台布景本身,就是区隔转换。

我们可以看到演员身份的变化,在一度区隔当中他是演员本人,在二度区隔当中他是剧中角色,我们一般不会搞错这二者。电影的开场打出电影标题是一度区隔,在这里经验世界转换成媒介化文本,是谁写的,谁导演的,免责声明等都是区隔标记;电影结束要有演员表,展示人物在虚构叙述中的名字,与演员在真实世界中的名字的对照。所以第二区隔有推入,有推出,如屏风一般,隔绝并连通两个世界。

在电影《楚门的世界》中，电视台操纵者把楚门的生活当作纪实电影播放给全世界看，楚门的世界是虚构的。楚门是如何发现自己在区隔之内的？因为他发现了区隔的痕迹，群众演员在轮换出现（因此这些演员不是楚门的世界中的真实人物）；最后他“渡过海”找到了摄影棚架，发现了再明确不过的双层框架设置。

实际上区隔还有各种花样，例如 NG，即废镜头。镜头一旦作废不用，就不再存在于二度区隔的被叙述世界中。把 NG 作为影视片尾，常称作彩蛋（trailer）。影视剧片尾会有各种各样的彩蛋，NG 的彩蛋，往往是些“笑场”“出戏”的镜头，选用的目的是给观众看到“拍摄过程”，也就是二度区隔的内外。电影中的被叙述世界必须以假作真，而 NG 镜头是以假作假。NG 彩蛋式片尾，经常跟演职员表同时出现，因为它们都是区隔标记。

有的电影干脆以“彩蛋”为主。在日本火爆的小成本电影《摄影机不要停》，前 37 分钟貌似是讲一个拍丧尸片的人遇到丧尸这样一个惊悚故事，而后来出现的幕后才是该剧的重头戏：导演接到了 40 分钟影片的拍摄任务，克服种种困难才拍出前 37 分钟的成果，这是通过展示影片拍摄的艰难来表达励志精神。在这部影片火爆之后，电影的续集里说，制片方又找到制作团队制作第二部的故事。这是再次设置二度区隔，是对丧尸这种“程式化影片”的戏说。

一般来说小说无注解，因为注解必有实在指称，是跨出二度区隔回到一度区隔，而小说无须与现实直接对应。贝克特的小说《瓦特》中有一句：“凯特二十一岁了，很漂亮的姑娘，只是有血友病。”小说在此竟然加了一条注解：“血友病和前列腺肿大一样，是男性疾病，但是在这本小说中就是如此。”作者加这个注释的意思是说这个小说是虚构的，不受现实世界的约束。这是个很巧妙的区隔显露，是作者故意为之，有点像现在某些舞台上的演员，摆弄戴着的挂头麦克风，让观众知道他虽然在表演，这一刻是剧中人物，但也依然可以是演员本人。

一旦区隔消失了，就会出现纪录片和故事片混淆不分的结果。芝加哥的 WGN 电视台某日清晨新闻说，刚才有个飞机失事了，在地面上砸了一个大坑；但几分钟后，又不得不纠正：刚才所谓飞机失事实属乌有，那是在拍电视剧。然后电视画面里可以看到现场有摄像设备。电视台拍到现场的摄影机，就是双重区隔。然后拍摄的现场甚至还有一个提醒标语“不要报警”。这是说，对不起，你别把这个当真。这与拉幕、谢幕一样，是二度区隔最醒目的显示。

直接再现就是纪实，再现的再现就是虚构，这个原理需要清楚。香港演员郑佩佩，在南京长江大桥上演一个妇女准备跳江自杀时，路过的人们不明就里，打电话给公安局报警。那个场面有话筒，有拍摄设备，明摆着是区隔标志，而且演员是站在凳子上，来增加镜头的危险角度。如此明显的区隔，竟然还会有人看不出来而去报警，可见南京人民多么心善，急于助人。

不过区隔只是创作者与观众之间双方同意的默契。舞蹈符号学家袁杰雄指出，张艺谋导演的芭蕾舞剧《大红灯笼高高挂》中有一段情节是这样的：陈家全家都在台上看戏，戏中的武生是三太太昔日的恋人；此时三太太和武生有一段“偷情”双人舞。其他人仍在台上，而舞台正中央一束白色的灯光打在武生和三太太身上，加上了叙述区隔。

第三节　区隔与“互相真实”

1. 区隔内证实

有一个电影叫《这个男人来自地球》（*The Man From Earth*），情节奇特，也很有趣。主角出场时 30 岁出头，但他是长生不老的。他曾经是佛陀，后来成为耶稣，现在则是哈佛大学教授。因为他不会老，所以每到 30 多岁时，他就必须离开所生活的环境，因为其他人都在逐渐变老，他的年轻会过于明显。不过这个设定倒也合理，因为 30 多岁正是佛陀与耶稣离开人世的年龄。

他搞个聚会告别大学的同事们，却被同事们逼得不得不说清此事。但在场的人没有一个相信他。到最后他不得不承认，自己所说的事情全是虚构，目的是让同事们笑一场然后放他离开另谋高就。这个"假"认罪，就是二度区隔。问题是他的客人之一，一位老年心理学家，突然心脏病发作。原来这个心理学家是他的孙子，孙子通过回忆认出了这个男人是他童年时出走的祖父。这下子他就麻烦了，第二个区隔消失，他们回到"纪实"：他必须把孙子救起来，送到医院里去，这就不得不承认年轻的自己，有这个老年孙子。

在同一个区隔内是互相真实的，我要强调的就是这个原理：同一个区隔是同一个世界。他的孙子发现眼前这个年轻人就是他的祖父，他小时候听说过关于祖父的一些事，现在落在同一区隔中（而不再是类似虚构的道听途说），被印证了。

瓦尔施提出："叙述者的作用，就在于一个作品读起来像了解之事，而不是想象之事。"[1]而二度区隔的虚构性叙述，也会像一度区隔的事实报道。如果在同一个区隔里，你们互相是真实的。你若不是大观园里的人，林黛玉再漂亮也不关你事，因为她属于另一个世界。维特根斯坦曾经尖锐地指出过其中的差别："我可以在剧本的对话中写道'我很健康'，哪怕是真的也意不在此，这话属于此而非彼'语言游戏'。"这也就是塞尔指出的文本内"横向依存"[2]（horizontal convention）原理。横向就是同框架，同一文本世界。在同一个框架内的情节，是互为真实的。

在实在世界当中，宣布 A 和 B 结婚，就意味着他们的婚姻会延续到离婚或者死亡为止，这些话本身并不是描述一个事实，而是宣布一个起效果的事实，它的意义是要延续的。但在文本内可以宣布婚姻结束，只是需要另外一个情节来取消它。因此，在二度区隔的虚构叙述

---

① Richard Walsh, "*Who Is the Narrator?*" *Poetics Today*, vol. 18, no. 4, 1997, p. 499.

② John R Searle. *Expression and Meaning*: *Studies in the Theory of Speech Acts*. Cambridge University Press. 1979. p. 73.

中，比如在一出戏中，宣布 A 和 B 结婚，要取消这个结果的话有三个办法，第一个办法是宣布离婚，声称他们两个吵翻了；第二个办法是死亡，如果一方在电影里死亡，事情就解决了；还有第三个情况，电影落幕。但这个婚姻结束了没有呢？为什么没有结束呢？因为在实际生活中是无落幕的，而电影有落幕，落幕以后，符号文本的语义场依然在延续下去。

所以用电影来描写爱情永恒，或者英雄不死，是最好的。这很容易证明，要写个“续集”（或是观众心里在写“续集”），你就必须从未离婚未死亡的状态接着写下去，来交代在上个文本之后，离婚或死亡是如何发生的，因为情节依然延续在双层区隔的叙述世界里。所谓《超人》《蜘蛛侠》之类的英雄故事，能永远写下去，原因即在于此。

2. 有意弄乱区隔的结果

虚构卷入的好像都是一些常识问题，一旦从叙述学的角度探讨其根本，就会变得很复杂，因为叙述学理论必须为其找出一个合理的解释。早在 1960 年代电影就已经出现了片头直接进入故事的叙事方式。比如上一节说的像《007》系列电影那样，一开头就是故事，然后是标题与出品公司之类，然后又继续展开故事情节。片头直接进入故事，就是在跳过一度与二度区隔标记，虽然这个标记之后依然要补上。

巴尔特在讨论叙述学时，有一段很奇怪的话：“一般说来，我们的社会尽最大努力消除叙述场面的编码。”[①]什么叫叙述场面的编码？也就是文本的形式特征（包括片头这种区隔）。资产阶级社会用各种方法，使艺术显得“自然”，好像与现实没有区隔，好像 007 是真有此人，好像把肖恩·康纳利演詹姆斯·邦德这个区隔，放到不显眼的后面，故事片就能冒充纪录片。

所以实验戏剧家，像布莱希特这一批人，反过来在不断地增强区

---

① 巴尔特：《叙述结构分析导言》，见赵毅衡编选：《符号学文学论文集》，天津：百花文艺出版社，2004 年版，第 432 页。

隔,“点破资产阶级戏剧的虚伪性”,例如让灯光师上台对着人物照光。布莱希特认为,资产阶级道德的虚伪性,就在于要观众把被叙述出来的世界当作真实世界;把舞台当作真实是资产阶级意在欺骗人民大众。他的观点是,都知道戏剧是有欺骗性的,但如果增加区隔,就把戏剧的虚构性表现得更明显了,那样观众就更能知道台上演的不是真实。

伊朗导演贾法·潘纳希的电影《谁能带我回家》就很精彩地在有意玩弄区隔。这个电影讲的是一个小女孩在放学回家路上迷路了。但故事进行到此,演小女孩的演员突然叫起来说“我不演了!”就跳出了被叙述世界,整个拍摄团队都拿她没办法。但电影还在继续下去,摄影机跟着拍小女孩回家的情况。观众也知道,这还是在电影叙述框架之内。只是电影做了一个跳出区隔的姿势,似乎下面的剧情变成了纪录片,让观众感觉到电影变纪实了:小女孩回到的家,似乎是她的“真家”,是演员本人的家,而不是剧中人物的家。这位伊朗导演很聪明。我猜想可能是这个小女孩耍了一次脾气,导演一看,这个好,就顺着这个方向拍。这个电影的英文名叫作 *Mirror*,前后两段之间用了一个伪区隔,借此形成了神转折。

伪区隔可以玩出很多花样。电影《乐与词》(*Music and Lyrics*)讲一个作曲家遇到一个善于写词的女孩,这个作曲家正黔驴技穷,不知道怎么写歌。然后两人合作成功,并发生了感情。这明摆着是个老套的浪漫片,最后却有一个字幕,说“两个人至今幸福地生活在一起,在某地安了家”。这个电影前面没有“据真实故事改编”的声明,为什么最后字幕打出这样一段?它表示这是个真实故事,本片中的叙述是确有其事。

人生如戏,戏如人生,这句话本身就是把两个区隔连起来了。电影《霸王别姬》的确是一部好电影。张国荣辞世后,最让我感动的是一首歌,毛慧作词的《折子戏》。现在好像不太听到这首歌了,这首歌音乐好,演唱好,歌词特别好。人人是折子戏,一折短短的戏。在《霸王别姬》里张国荣演虞姬,剧中的虞姬自杀后来变成了演员自杀,电影里的故事,越过区隔跳进了现实。

任何虚构,任何叙述,其底线都是真实的。虚构怎么变成真实呢?落在这个区隔里出不来的话,区隔里的世界就是真实。只要不破除这个区隔,那么这个真实里面还可以叠加区隔的区隔,那个时候就是演的戏中戏了。

1989 年全国首次先锋主义美术展览会,给我们留下了一个装置艺术的传说。这个装置艺术叫作《打电话》:两个塑料雕像,一男一女,各自在电话亭打电话,彼此近在咫尺,电话却难传情愫;创作此装置的艺术家肖鲁,在大庭广众之下,用手枪击碎了装置的电话亭;这枪击也是该装置艺术的一个组成部分。按常理,一般人在现实中是不准持枪的,更不能在美术馆开枪。但它作为行为艺术是不是犯罪,界限就模糊了。创作者的射击是在虚构框架里,还是在虚构框架外,也分不清楚。枪击发生后,警察奔过来缴械抓人,整个展览就此关闭。但肖鲁做了周密的安排,将这一切拍成了照片。2006 年,时隔二十多年后,该照片拍卖了 267 万元。照片为什么能卖钱?因为照片背后的签字表示这是原作,因此就是可收藏的艺术品。

现在我们可以承认它是艺术,但当时的警察认为这是个恶性刑事案件。当然警察是对的,因为开枪这个行为已经用暴力打破了两层区隔。

3. 马赛克挡住了什么?

二度区隔问题,还可以引出一种很戏剧化的后果,即在纪实类节目中马赛克。马赛克是一度区隔的标志,被打上马赛克的镜头都是特定的新闻场景:比如同样是血腥或裸露场面,放在二度区隔(虚构的摄影或电影)中,就不会打马赛克,因为它不是直指现实。有趣的是,如果故事片里的人物在看电视新闻,新闻里面的相关场面也会用马赛克遮掩,因为那是纪实新闻的指示,而出现这电视新闻的电影场面本身,哪怕同样血腥,也不会用马赛克。这就很没有道理,对吗?打马赛克是为了避免引起观众的不适,但观众的不适,好像并不是因为这个镜头场面,而是因为这个体裁:体裁是新闻的,那么观众就会被预设是受不了这样的场面的,如果体裁是故事片,那么无论镜头场面里出现什么,都不会被认为可能引起观众的不适,只不过多用了一点番茄酱,区隔的作用就是如此神奇。

马赛克实际上是新闻体裁所规定的一个标记,因为新闻体裁是直指客观对象的,有指称性的;而虚构的电影、故事片是没有指称性的,没有指称性的话,无论镜头场面多么暴力或血腥、暴露都不用担心。当然某些东西还是要遮掩的,遮掩适当就可以通过了。

再进一步追问一下:比如某人坦白某种错误或罪行,第二天他又推翻了自己的坦白,那么他第一天做的坦白是虚构还是纪实?为什么是纪实?因为他在说的时候,他的目的是让别人相信他说的是真实的东西。但他不是马上又推翻了吗?虽然如此,他依然是在说有关真实的事件。他的推翻之词也依然是纪实叙述。这就是第七讲说的否叙述+另叙述。这里要强调的是,所有纪实都能推翻,所有虚构都无须推翻。

虚构当然不等于谎言,谎言是一种反纪实:正因为坦白、忏悔等叙述是纪实,所以它才可能是假的,它不纪实的话它也就不可能做假。所以虚构跟谎言根本不同的地方,就在于虚构是事先宣布它无关于事实,因此也就无所谓真假。

既然能翻案的就是纪实的,那么广告是否是纪实呢?广告可以吹嘘,吃某个营养品能够延寿多少年。广告经常这么说,但它无法证伪。一般来说,广告文本分为可验证部分和不可验证部分,可验证部分才有可能作假。各位知道王海这个人吗?他号称“打假英雄”,1990 年代他才 20 多岁,就非常有名了。他开始打假时,弄出了好多官司。当时我觉得他了不起,为消费者伸张正义。但他输了不少官司,后来他专门找容易证实的,对方狡辩不了的,其广告中有可验证部分的商品来打假。他本人也变得很低调。

比如耐克的高端篮球鞋,主要卖点是它的鞋垫里面有两个气泡。中国人买的耐克鞋,可能货是较早的一批,鞋垫中就一个气泡,但这些耐克鞋在中国的广告的内容与在国外是一样的。这些售出的耐克鞋被索赔时,销售商一看没有办法,只好花钱摆平。这与本讲所讨论的区隔问题有什么关系呢?这说明广告拍得再花里胡哨,也是要纪实的、可以查证的,因为广告叙述与实在世界之间只有一度区隔。

第十讲　叙述分层与跨层

第一节　叙述的层次

1. 分层的学术研究

叙述学每一讲都似乎是很烧脑的，这一讲可能特别烧脑，但这个基本原理必须弄清楚，不然的话等于叙述学没学。

关于叙述的分层问题，有相当多的术语表达，比较混乱。西方学界一直有很多人讨论叙述的"嵌套"(embedded)、"递归"(mise en abyme，就是一步步下沉至深渊)；当今最常见的一个词，是热奈特提出的"转移"(metalepsis)，它原来的意思是作为修辞的"转喻"，现在兼指叙述的分层和跨层。

至于我们要谈的回旋跨层，西方叙述学界有人称为"叙述违规"(diegetic violation)。这个术语有点太宽泛了，因为我们前面不断地谈到叙述的各种各样的"规"与"违规"。但"违"反之"规"太多了，在这里到底是什么意思就不清楚了。所以我建议把这套术语整理为三个：分层(stratification)，跨层(trespass)，回旋跨层(cyclical trespass)。

叙述学发展了一百多年，的确还有好多问题没有解决，比如回旋跨层问题，就一直没有说清楚。

讨论叙述分层问题较多的是热奈特，他在20世纪六七十年代，出版了《体格》(一至三部)(*Figure I-III*)，收入了他的各种文艺理论文章。其中关于叙述学的一些文章,英译后合成一本《叙述话语》(*Narrative Discourse*),中译本据此英译本编排而成。2004年他出了一本新书,就叫作*Metalepse*,中文翻译成《转喻》①。这本书从修辞讨论到叙述的分层和跨层的问题。欧美学界在写作中爱用古希腊语,以示学术有源,在这方面热奈特尤甚。这也正常,就像我们喜欢在写作中用一些出自先秦典籍的词,以示自己学有所承。热奈特2018年去世,他是最后一个经典叙述学大师,对法国学界的影响至今依然很大。

但他这本书的标题使人糊涂,从修辞谈起,也让人困惑。关键是这本书的讨论主要集中于小说,对其他叙述体裁,比如电影,一概不谈。这就把问题极大地简单化了。小说和电影的叙述分层机制很不一样,下面就讲到为什么对各种体裁都必须要加以讨论,才能把问题讲清楚。

2. 究竟如何才是分层?

前文已经论述过,所有的叙述都有个叙述者,作者必须委托叙述,委托一个框架/人格来讲故事。如果一个叙述中的某个人物讲起故事来了怎么办呢?他讲的故事可以长可以短,也可能几乎整个叙述文本都是由某个人物讲出来的,比如《洛丽塔》中的囚犯亨伯特教授原是小说中的一个人物,这个人物做了一个忏悔,他的忏悔就构成了《洛丽塔》这本书。由这本书的主叙述里面的一个人物来说出自己的故事,这个人物的故事就是次叙述。这是常见的"发现手稿"式分层:故事中的主人公,而不是最上一层的叙述者,讲了整个故事。

这与《枕中记》中所讲的黄粱梦故事不一样。《枕中记》没有更换叙述者:主人公是赶考士子,到旅店里歇脚,因旅途困倦,店主人对他说,你先休息,饭做好了叫你。黄粱饭尚未煮熟,他已经在梦中度过了自己的荣华一生。这个故事情节虽离奇,但并没有更换叙述者,故事

① 热拉尔·热奈特:《转喻:从修辞格到虚构》,吴康茹译,桂林:漓江出版社,2013年,第203页。

主人公并不是醒来了以后跟店主人说我梦到了这么一段事,因此这里没有次叙述,没有叙述分层。

次叙述也可以是很短的一部分。《红楼梦》中平儿说贾雨村抢石呆子扇子的事儿,这段情节只占了半回。

一个故事中的人物变成叙述者,这就是叙述分层。热奈特如何定义叙述分层呢?他说:“一个叙述讲出来的任何事件都高于产生叙述行为的层次。”[①]这里的“高”和“低”,意思不清楚。比如《天方夜谭》里的一个个故事,都是苏丹的妃子山鲁佐德讲出来的。她每夜说一个故事,但结尾处留下悬念,以避免自己第二天早晨被砍头。这是各民族比较常见的“封套”(envelope)故事集的形式,读者很清楚一个个故事都是被“封套”装着的次叙述。叙述分层,是由叙述者身份来决定的,高叙述层次的任务,就是为低叙述层次提供叙述者。例如高叙述层次里有山鲁佐德和苏丹,山鲁佐德是第一个层次的一个人物,也是第二个层次诸故事的叙述者。因此,高叙述层次的某个人物,变成低叙述层次的叙述者,就形成了叙述分层。

顺便说一句,“封套”故事集这样的形式,许多民族都有,印度特别多。但偏偏在古代中文里没有这种形式,要到清代,才有一本《豆棚闲话》,但也不太受人注意。我想这是因为中国白话小说的“说书”格局已成程式。在那个年代,惯例是很顽强的。

《狂人日记》第一层次的叙述者,是“我”,某君兄弟俩的朋友。听说兄弟俩中的一个有病,“我”去看他们,哥哥说是他弟弟患了什么病,而且给了“我”一本他弟弟病中写的日记。次叙述者是谁?就是他访问的那个人的弟弟,这个故事中,次叙述占了整个文本。因此这篇小说中有一个“发现手稿”式的上层叙述,提供了一个人物做下一层的叙述者。

所以热奈特说的层次内容的“高”和“低”,作为定义实际上是不

---

① Gerard Genette, *Narrative Discourse: An Essay in Method*, Ithaca: Cornell University Press, 1980, p. 234.

够清楚的。这里应当明确为,“高层次把本层次的某个人物变成下一层次的叙述者”。

叙述分层这个说法是相对的,如果把占主要地位的层次称为主叙述,那么其上层就是超叙述,其下层就是主叙述;如果我们把最上面这层叫作主叙述,那么下层就变成次叙述和次次叙述。因此《洛丽塔》中,亨伯特教授的自述忏悔就是主叙述,因为它占的篇幅最大,雷博士读这份忏悔就变成超叙述。这个说法是相对的,也可以换成别的。有的叙述学家干脆叫它第一层次、第二层次、第三层次,那也很方便清楚。

3.《红楼梦》的“超叙述者集群”

《红楼梦》中“贾宝玉梦游太虚幻境”一段,是不是次叙述?不少人认为是次叙述,因为这是贾宝玉做的梦,影射了后面的人物和情节。按热奈特的“内容高于下一层次”的分法,这里应当是叙述分层。我个人认为此处叙述没有分层。分层的关键问题是要提供新的叙述者,而贾宝玉之梦,没有换叙述者。此段的确是贾宝玉的梦中情节,但对梦境的描写是“宝玉见到”,与正文一样。

这一段如何才能成为次叙述?要宝玉对人讲出他的梦境,或通过写日记来回忆。贾宝玉是需要袭人帮他穿衣服的,假定贾宝玉此时对袭人讲:“我做了一个怪梦”,然后开始讲这个梦,这时候他就变成了一个次叙述者。没有换叙述者,就没有叙述分层。

《红楼梦》有两层超叙述结构,加上主叙述与次叙述,至少有四个叙述层次。《红楼梦》的超叙述特别复杂。

第一层超叙述是第一回开头的“作者自云”。这一段引出了一个接近传统的叙述者角色,下一段的开头“看官,你道此书从何而起?”就是这个叙述者的指点干预。同时,这个叙述者又突破了传统程式,加入了自己的感慨,因而不再是一个影子似的半隐半露的说书人。这一段引出了全书叙述者,因而也是最高的叙述层次。

在这个开头后面,另行起头的是又一个叙述:女娲补天遗一石,而一僧一道(后文中称他们为茫茫大士与渺渺真人)带此石到“昌明隆盛之邦,诗礼簪缨之族,花柳繁华之地,温柔富贵之乡去走一遭”。此后“又不知过了几世几劫,因有个空空道人访道求仙”,看到石头上“字迹分明,编述历历”,石头要求空空道人抄去,空空道人才“从头至尾抄写回来,闻世传奇”。

空空道人寻觅了很久,在“急流津觉迷渡口”找到一个人物贾雨村,经他指点,才让空空道人的抄本与一个叫“曹雪芹”的人物产生了关系:“后因曹雪芹于悼红轩中披阅十载,增删五次,纂成目录,分出章回,又题曰《金陵十二钗》,并题一绝。”此便是《石头记》的缘起。

一般说来,任何叙述都只需要一个叙述者,但《红楼梦》出现了一个超级复杂的复合叙述者(compound narrator),它由四个人物构成:叙述者(石兄),投递者(空空道人),指路人(贾雨村),编辑者(曹雪芹)。编辑者借用了作者的名字,但他在这里不是作者,而是叙述者集群中的一个人物,是我们在第二讲中讲过的“主体租赁”的一个例子。

《红楼梦》的超叙述层集群,几乎是至今所有的小说中,最为复杂的。我说“几乎”,因为我的阅读范围毕竟有限,不能说“肯定如此”。《红楼梦》的超叙述层集群,是对世界文学的一个贡献,但至今我没有见到红学家关于这方面的讨论,他们或许觉得这是形式上的“无谓小事”。我们看一下此后的中国小说,竞相在超叙述结构上模仿《红楼梦》,就知道它对中国文学的影响。

可惜的是,五四以后的中国现代小说已经不再使用这样的超叙述结构,可能是因为,这样的结构会使得叙述与实在世界之间的关系,如《红楼梦》那般复杂难驾驭。

第二节　分层的时间差

1. 小说的次叙述形成倒述

如果觉得分层“供应叙述者”不太好懂,那分层就有更明显的时间标志:小说一旦换了叙述者以后,时间差就出来了。本讲义第六讲曾再三说,所有的文字叙述都是倒述的:较高一层的叙述行为,必定发生在下一层叙述行为之前,叙述者只能说已经发生的事,没有"时间倒推"的话,就不可能换叙述者。中国古典白话小说大部分有"楔子",有的"楔子"是超叙述,有的"楔子"不是超叙述。像《狂人日记》的"楔子"就是超叙述。《水浒传》《说岳前传》《隋唐演义》的"楔子"都没有叙述分层,都不是上一层叙述。"洪太尉误走妖魔",发生在主叙述情节之前,因此不可能是上一层叙述。

在记录类的叙述当中,不管是小说还是历史、新闻,其叙述行为,都是发生在被叙述事件之后,因此都是记录主叙述之前的事。如果它没有回溯先前的事,那么就不是下一层叙述。也就是说,高一个叙述层次的,在时间上必然在后。比如《狂人日记》的"楔子","我"去访问这一对兄弟的时候,是在狂人的病已经痊愈,到某地候补之后,因此是高一层叙述。而《水浒传》的"楔子"的时间翻了过来:洪太尉放走了妖魔,然后 108 将才下凡人间。这里叙述是沿着时间顺序走的,没有回溯,因此"误走妖魔"不是上一层叙述。

贾宝玉"梦游太虚幻境"不是次叙述,因为它与主叙述时间顺序没变。梦在入睡之后,醒来之前,叙述的线性还是保持着。用一个比喻的说法就是:叙述分层就像建厂盖楼,越高的层次在时间上越晚出现。

本雅明有句话说得非常好:"死亡赋予讲故事的人所能讲述的任何东西以神圣的特性。讲故事的人的权威来自死亡。"[①]这话什么意思呢?就是说事件结束了,就赋予了叙述者以讲述它的权利。话说得虽然有点惊人,但事情很清楚。这就像盖楼建塔,越高的层次,时间上越后出现。

因此,叙述是回溯,次叙述则是回溯中的进一步回溯,阶梯式地往先前回溯。假定我要重写一个关于晚清戊戌变法的历史,因为发现了

① 瓦尔特·本雅明:《讲故事的人——尼古拉·列斯科夫作品随想录》,见陈永国、马海良编《本雅明文选》,北京:中国社会科学出版社,1999 年,第 301—302 页。

一份宝贵的新材料,是民国初年某戊戌变法亲历者的回忆录:他从袁世凯的一位幕僚那里听说,袁世凯曾承认,政变前那天晚上谭嗣同来访袁世凯,试图说服他去杀掉荣禄,袁没有反对。现在我要重写戊戌变法史,我的根据是过去(民初)回忆的过去(袁府)传说的过去(戊戌)。我的材料是过去的过去的过去,每一个下一层叙述都是在说过去的事,在时间上是一层一层翻回去。

所有的叙述,实际上都是分层的,因为所有的叙述行为,都发生于上一层;所有的叙述文本,都是上一层某个人物说出来的次叙述。就拿中国白话小说来说,"说书人"不属于本叙述层次,而属于上一个叙述层次,这即是"书场格局"框架。只不过这种安排已经程式化了,我们不再能感觉到而已。

2. 其他各种体裁的次叙述

只有文字媒介的记录性叙述中的次叙述,会出现时间倒述,因为只有记录性叙述(历史、新闻、小说等)有线性向前的情节发展。

当然,在演示性叙述中,高一层次也可以提供某个框架作为下一层次的叙述源头。举个例子,《中国达人秀》这个节目,其模式是某男士在上台前,节目组先播放一点儿内容,是关于此人是如何为上这个节目做准备的。《非诚勿扰》是一档相亲节目,它的组织方式是,一位男士上台来,然后背景上先放一段视频,关于他的经历之类,之后他再当场发挥,表现自己。这些都是次叙述。上一层次的作用是提供了一个叙述框架。综艺节目《欢乐喜剧人》在形式上也是先对演员进行采访,内容大部分都是关于演员的紧张备赛,说的都是演员的现实经验;一旦每组演员开始演出节目,就进入了二度区隔,与现实就失去了指称关系。

意动性叙述(预测、诺言、宣传、广告等)是关于未来的,它一定是纪实的,不纪实的话就无法谈论本来就尚未成为现实的未来。它的纪实性,有"人格担保"。算命人、广告商、带货网红,他们是用"人格担保"其叙述的纪实性。当然这里也可以用次叙述分担一些纪实的责任,例如可以用黄雀抽牌,或者让来算命的人自己摇签筒,这样算命人就只负担一部分责任。

电影作为“演示记录类”,经常出现画外音,有点像小说的第一人称叙述者。间隔使用的画外音,可以在电影叙述的大框架内引出一个次叙述。电影《红高粱》用画外音说“我爷爷当年”,这是电影叙事框架之下的一个次叙述者的声音,是电影当中某个人物在说话(哪怕他的形象并未出现)。

注意,这里的画外音中的“我”不是电影的真正的叙述者,因为“我”的声音不会覆盖全部电影文本,不符合第二讲中强调说明的“源头叙述者”这个定义。电影《阿甘正传》中,阿甘的声音几乎贯穿全剧,几乎从头到尾都是他在说,但电影中的好多镜头、场面并没有他的声音托底。因此,电影的“源头叙述者”是影片叙述的框架,画外音引入的是次叙述。

有一篇很有趣的小说,经常被叙述学研究者引用,这就是拉美作家科塔萨尔的短篇《花园余影》。小说写一位男士正在公园的长椅上读一本书,人物所读的书的内容,就是“发现手稿”式的次叙述,阅读者就是次叙述者。书中写一对男女密谋杀害女人的丈夫,他们制订了计划以后,这个男的就沿着公园的小路,偷偷地走向一位正在公园长椅上读书的男人,举起匕首。这是个令人毛骨悚然的犯罪故事,读书者读到了自己的死亡。

这篇小说的读者会认识到,故事中这个将被杀的男人就是那个在公园长椅上读书的男人,为什么?因为情节会引诱读者往这个方向推测。但他可能不可能被杀呢?如果那个男人读的是一本纪实小说,就不可能。这当中不仅有个逻辑差,更有个时间差,他读的小说必定是他在公园里读小说之前的某个时间写的,是过去的过去。如果要把这篇小说变成一篇真正的恐怖小说,那么此人必须是在一个 iPad 上读这篇小说,而且他的 iPad 连着公园里的摄像头,这样才能把小说的叙述时间,变成演示性叙述的现在式,才能提供一个共时叙述,拿刀的那个人才能真的杀到他。我们在第八讲曾仔细讨论过，记录叙述的时间差，是永远弥补不上的。

《花园余影》之所以让人感到惊悚，是因为它让读者从"比喻上"感觉到读它的人在受到威胁，而这在叙述学上是不可能的，因为此人读的是一篇记录"往事"的叙述。

第三节　叙述时间与跨层纠葛

1. 叙述与集合悖论

什么叫叙述悖论？各种体裁的叙述者，都能够叙述任何东西，想讲什么情节就讲什么情节。但关键是，叙述行为能叙述一切，但却不能讲述这次叙述行为。我们设想有一个天才，他能记住生平遇到的一切，也能振振有词地讲出来，但有一点在他的记忆之外，那就是他的记忆是如何开始的。他刚生下来的时候必须是被护士倒拎着，往屁股上拍一下，让他哇的一声哭出来，他再大的本领，一生的记忆也必须在这一拍之后开始。

叙述悖论是集合悖论的一个特例。关于罗素的集合悖论，我们在《符号学讲义》中讲过了，这个问题在叙述学中也依然重要。我们这里再略微过一下在《符号学讲义》中讲过的例子：一个男理发师说，我给城里所有不给自己刮脸的男人刮脸，我也只给这些人刮脸。那么这个事情就麻烦了，理发师能给自己刮脸吗？如果不给自己刮脸，他就属于不给自己刮脸的人，他就要给自己刮脸；如果他自己刮脸，他就属于给自己刮脸的人，那么根据他的逻辑，他就不能给自己刮脸。这是罗素提出来的集合悖论的故事版。

罗素对这个悖论的解答，用非数学的语言来说，就是：规则的规定点，是在规则之外。① 理发师本人，是在他定的规则之外。最简单的

---

① 参见华莱士·马丁：《当代叙事学》，伍晓明译，北京：北京大学出版社，1990年，第219页。

例子,比如墙上有一纸告示,"此处不准张贴告示"。这告示算不算告示?不是自我违反规矩了吗?实际上不是,为什么?贴这张告示的人作为规则的制定者,不在这个规则的控制之列。这个例子也说明,所有的集合没一个是可以完整而自洽的,否则就不可能成为一个集合。

这落实到叙述上,就是叙述悖论,就是说一个叙述它可以叙述一切,但不可能叙述产生自己的这个叙述行为本身。这个事情是挺奇怪的,关于这个问题,叙述学到现在也没好好讨论过。叙述是一个集合,是一个情节的集合,但这个集合不能说本叙述是怎么出来的。任何叙事行为都是上一层叙述的任务。一般读小说或历史的读者不会注意这个问题,因为它已经程式化,似乎是自然而然的开场。

举个例子,比如克里斯蒂的《罗杰疑案》,讲的是医生"我"帮助大侦探波洛破案,最后真相大白,"我"发现自己就是那个杀人犯。"我"写成一封长信,作为次叙述,"我"在信中对整个作案过程做了坦白,"我将把手稿全部收好,我将把它放到信封里"。注意,"我"的坦白书里说的都是过去,但在这里"我"的表达方式却是"我将","我将"要做什么,而不是"我已经"做了什么。他如果已经封好了信,就不可能再写下去。封信就是此叙述完成的过程。这就是叙述文本的一个集合点,所以叙述总有一个不可自我叙述的点。

如果是一幅画的话,画画的人则是永远画不出自己画作的边框。边框是文本内与文本外的分界。如果画面上已经画了一个框,那么画面外则必然还有一个无形的框,画内的框本身并不是画与画外分界之框。哪怕用最先进的技术来形成一个叙述文本,比如自拍视频,其文本内外的分界也依然存在。

2. 跨层

区隔就是文本的边界,它让一个叙述文本与实在世界相区分开来,也与其他文本世界相区分开来。

区隔本身可能是明确的物理标记,但也可能是个看不见的过程。

区隔使里面的与外面的事件属于两个不同的叙述世界。我们在本讲义第二讲第四节关于框架叙述者的部分谈过这个问题,现在我们进一步讨论区隔在叙述文本内部的使用。

文本内外的区隔之所以存在,是因为人的认知过程有一个最基本的程序:凡是要认识一个对象,先要把它孤立出来,把它周围的事物“悬置”,然后才能够对隔在其中的文本进行分析研究。当然,研究之后,还必须将其放回社会文化语境,看它与周围世界是如何互动的。所以,区隔的特点是,区隔本身不在区隔之内。

上一节我们已经讨论了叙述行为作为一种区隔“不能自我显现”:哪怕我写的是此时此刻想写的事,写的时候这此刻也已经成为过去。所以从神话学的角度来说,造物主不能造自己。《创世记》不谈这个创世者是如何被创造出来的,所以才会有一个创造悖论。“我说”,就不在“我”说的范围当中;“我思”恰恰是在“我”思的主体之外。这个问题我们在《符号学讲义》第12讲中详细地谈过,这里只当作结论提一下,我们主要还是谈叙述分层中的区隔。

叙述分层就是通过一个叙述行为,来创造一个新的叙述世界。叙述行为原则上是发生于上一层的事,比如在《天方夜谭》中,水手辛巴德的冒险经历,是由上一层次的苏丹王妃山鲁佐德讲述出来的,辛巴德的经历发生在她给苏丹讲故事之前。困难在于,演示叙述是共时展开的,分层叙述时,时间区隔不会像上一段讲的小说分层那样有时间差,这会造成跨区隔难题,但同时也是做巧妙的故事设计的机会。

西班牙导演绍拉的电影《卡门》,是他的“弗拉明戈三部曲”之一,讲的是某舞剧团要排演《卡门》,很幸运地找到了一位合适的主舞者。在电影中,剧团排练《卡门》是主叙述,排练出来的《卡门》作品则是次叙述。结果《卡门》作品的导演兼男主舞者爱上了跳卡门这个角色的女演员,后来又出于嫉妒而一刀杀了她。我们知道的原故事中,何塞因嫉妒而刺死卡门,这是《卡门》原有的情节,所以在这个电影中,演员排演《卡门》的过程,变成了一起《卡门》式事件。女演员倒在导演办公室的门口,这是戏内还是戏外?这里似乎没有一个分明的门槛。直到镜头拉开去,电影观众看到,外面是排练大厅,大厅里其他人竟然视若无睹,还在继续排练,似乎什么事都没有发生。

那么男主杀的是主叙述里的女演员,还是次叙述里的卡门这个人物呢?此时就说不清楚了。她倒在舞台的门槛上,这似乎是一个象征,表示该事件发生在叙述分层的区隔上。观众必须要跨入区隔的某一边,才能弄明白这究竟是正在排练的故事中的人物卡门被杀(故事中杀人),还是舞剧团排练这主叙述世界里的演员被杀(排练中杀人)。

虚构叙述双区隔首先使得主叙述获得了一个独立的叙述世界,然后次叙述又创造了另一个区隔中的世界。所以我们可以在这里看到一个复杂的区隔游戏。第一层,媒体区隔:我们坐在影院里,电影荧幕上说以下故事由卡洛斯·绍拉导演,西班牙舞蹈大师伽德斯主演,这是第一区隔。然后故事开场,创造了一个横向"自我"真实的叙述世界,在这个世界中,舞剧团导演在寻找合适的女演员,来演《卡门》中的人物,这是第二区隔。他们排演出来的《卡门》作品是次叙述,这是第三区隔,是由叙述创造的被叙述世界中再次被叙述出来的另一个世界。

以上分析似乎有点儿绕口,实际上我们只要明白,被叙述出来的世界,是独立存在的,是在区隔中自主的世界,就理解了这个叙述游戏的根本立足点,也明白了为什么我们说,任何叙述都是分层的产物:我们坐在电影院里,灯光一暗,或是进入书场里,幕布拉开,或是翻开一本书的扉页,都是在准备隔着不同层次的区隔,去窥探另一个相对独立的世界。

第四节　回旋跨层

1. 叙述怪圈

回旋跨层是一个更奇特的分层现象。分层是为了创造一个新的叙述世界,它的基本原则是,被叙述的世界是独立的,但它不可能包括产生自己的这个叙述行为,因为产生它的这个叙述行为,必须出现在上一个层次。如果这个原则被破坏了,被叙述世界竟然说到了产生自己的这个叙述行为,就出现了回旋跨层,意味着回旋跨层中的人物,回到主叙述去创造自己。

电影《恐怖游轮》过于血腥,让人反感,但是它的叙述结构很有趣:女主角登船,遇到有人要杀她,而且想杀她的人,就是另一个她。也就是说,是另一个她想杀自己。要杀死想杀她的自己,她就不得不杀死另一个正在上船的自己,结果倒了一船的尸体,全是她自己。

这种循环的原理,就是所谓莫比乌斯循环。《符号学讲义》中对此做了详细分析,这里只简单提一下。莫比乌斯环是从一根带子的二维世界,变成了反向连接的三维世界。从任何一点出发,走了一圈以后,都会回到原点,但却是回到原点的反面。这说起来似乎很玄,这里我们不谈数学或宇宙学,只谈叙述跨层问题。类似这样的循环,就回答了一个叙述悖论问题:叙述行为不能写出自身,但在莫比乌斯循环中可以出现原叙述行为。被叙述世界能说到自身的生成过程,就像婴儿回到娘胎里,只是这样必然会产生逻辑矛盾,以及时间矛盾。

这里拿小说中的回旋跨层的具体例子来分析一下,就比较容易理解了。回旋跨层的小说,我能找到的最早的好例子,是 18 世纪末的中国小说《镜花缘》,这是一个至今没有被好好研究过的重要作品,是中国第一本航海小说、商业小说、女性小说,也是中国第一本回旋跨层小说。

《镜花缘》第一回写的是仙女赴王母宴,宴会中百草仙子说蓬莱仙岛上有一块石碑,把她们的故事全写下来了。这听起来有点儿模仿《红楼梦》中青埂峰下的石头。到第 48 回,女主角唐小山到了小蓬莱,发现了这个碑:"上面所载,俱是我们姐妹日后之事。"她用芭蕉叶将碑上文字抄写下来以后,回到船上,船上养的一只宠物白猿,好奇地将它拿起来阅读,表情似乎很赞赏,唐小山就委托白猿找出版机会。

船到岸后，白猿“访来访去，访到太平之世有个老子的后裔”，那就是号称作者的编辑叙述者李汝珍，因为据说姓李的都是老子的后裔。这个人把抄稿整理成《镜花缘》一百回。这说法也很像在模仿《红楼梦》中的空空道人找到曹雪芹。但跟《红楼梦》不同的地方是，空空道人从石头上抄下文字，是在主叙述开始之前，而唐小山在蓬莱岛抄书，是在故事的中间（第48回）。书中说“下面就是我们日后的事”，那之前的事呢？唐小山上蓬莱岛之前的事情是在哪里说出来的呢？这样逻辑差（叙述的产生）似乎被补出来了，但却又产生了无法处理的时间差。

《堂吉诃德》的叙事实际上也是回旋跨层。《堂吉诃德》比《镜花缘》的年代略早，早在17世纪就诞生了，巧合的是，东方和西方的小说在现代早期都出现了回旋跨层。《堂吉诃德》的上半部写堂吉诃德参观印刷厂，那里正在印刷《堂吉诃德》这本书，而且印的正是他参观印刷厂的情节。这是不可能的，在时间上不可能。回旋跨层的小说，就是想在这样的不可能中种下一个可能，把叙述自身行为置入被叙述的情节。

在此，跨层不再是分层的“违规”，而成为分层的前提。跨层提出了叙述行为的发生。这样的写法很奇妙，但怎么会在东西方小说创作领域几乎同时发生的呢？

2. 回旋跨层与现代性

我个人看法是，创造叙述世界，是对世界诞生方式的一个比喻，作者在创作时可能无心，但也很有可能受到流行世界观的启发，正如第六讲在讨论叙述时间时，说到如何“从头开始”。在现代性萌芽时期，文化受到科学思维的压力，对世界的生成提出了各种看法，人们的世界观被不断重建，这种压力也不可避免地传到小说的叙述结构中，人们很希望能解释文学作品的由来，希望看到文本中出现叙述行为的源头，而不再是单纯阅读叙述者的创造物。

类似的小说叙述结构，在现代性追求大爆发的晚清时期也非常多。一般认为晚清小说成就不大,但晚清小说中的回旋跨层非常多,著名的《官场现形记》等都是这样。《轰天雷》这个作品中的回旋跨层比较清晰,它写的是当时一个著名的案件,小说结尾是某人向某友借了这个小说来看,一翻开就看到序文,因此序文也是这个小说的跋文。也就是某人借来看的这本书,写到如何写出这本书,某人读到的这本书,写到他在读这本书。

同一个时期出现的英国小说《爱丽丝梦游仙境》,写到爱丽丝询问她自己到底是谁,这在梦里倒是很自然的情节。仙境中有皇室智者拿来宫廷日志,打开给她看,上面写着:“今日爱丽丝来访。”智者是毛毛虫阿布索伦,他的智慧从他吸的水烟中来。但为什么智者吸的是阿拉伯水烟呢?因为在西方人看来,早期阿拉伯人想象力狂飞,他们的《天方夜谭》太神奇。欧洲18、19世纪的小说,相对来说还很呆笨。因此在《爱丽丝梦游仙境》中,回旋跨层这样神奇的事,必须要由抽阿拉伯水烟的毛毛虫智者来说。

更接近我们时代的例子,有马尔克斯的《百年孤独》。书中说,这本书是一百年前一个吉卜赛人写下的一件神秘的羊皮纸手稿,是用拉丁文写成的。一百年后某人读到了这个手稿,发现这是一篇预言,《百年孤独》中叙述的事件全被预告了。最后这个手稿当中竟然写到他读这个手稿。所以,他阅读这份手稿,就是全书的叙述行为。不过,这当中的一百年时间差,哪怕我们接受了这个神奇预言的逻辑,也依然不可弥补。

回旋跨层在当代影视作品中,比比皆是,可用的例子很多。电视剧《鬼吹灯之精绝古城》中,主人公和其他人在进入精绝古城后发现了一个石匣,石匣中的文卷记载了在未来某个时间,有哪些人会来此地;文卷还指明了他们可用的逃生之法。这里,被叙述的内容翻过来包含了自己的叙述。

3. 影视是回旋跨层的乐园

回旋跨层模仿莫比乌斯环结构,呈现了一种有趣的叙述行为,其条件是让我们忽略时间差。如果是影视,时间差确实可以忽略。为什么影视中的回旋跨层时间差可以消失呢?本书第六讲中已经讨论过,演示性叙述文本的各层叙述,都是现在时式地延续的,所以一旦出现次叙述,就会共时发展,不会出现小说等记录性叙述中次叙述所必有的时间倒述。

韩国2016年的漫画电视剧《W-两个世界》,讲主人公穿越到漫画世界中去寻找父亲。漫画人物从漫画中跳出来对电视剧中的叙述者(漫画家)威胁说:"对不起你不能这么写我。"为什么他能与叙述者对话?因为在演示性叙述中,叙述时间与被叙述时间都是共时的。既然人物与叙述者共时,人物就在时间上能直接跟叙述者对话。另一段剧情中,漫画家画出了一个人物的经历,但这个人物觉得自己的鼻子不够高,趁漫画家睡着的时候跑出来,把画全部改掉了。这样的跨层,只有在影视剧中才有可能。

或许一个更有趣的例子是电影《奇幻人生》(*Stranger than Fiction*),主人公发现自己每一步都受人控制,他的生活正在被人像小说似的写出来,包括他走路、做事时,耳旁边总似乎有个声音,他的行动都被这个声音所控制。声音是一个女子的英国口音,如果他是小说中的人,那么这部小说肯定是一个英国女作者写的。他只好去找大学里一位著名的文学教授,这个文学教授给他列出了各种可能性,比如作家是英国人,是一位女性,她的语言风格如何等。教授最后得出结论说:"你完了,我知道这个作家是谁了,这位作家写的所有的人物,下场都要死。"这个人就赶快去找,最后找到了这位女作家,这时女作家正要写他的死亡场面,而她笔下的人物当面来求情了。人物能不能与(自称"作者"的)叙述者说话?在小说中是不能的,因为小说中被叙述的事件,是在结束以后的叙述行为中倒叙出来的,那时人物已经被写死;但在影视中人物还来得及去改变自己的结局。

我们讨论过了小说或历史的叙述行为,是个时刻,这个时刻让叙述生成,让所有的人物产生。但在演示性叙述行为中时间与被叙述时间是同步的，演到哪儿就是情节进行到哪儿，只有在影视戏剧等演示性叙述中，人物才能找到作者，而且只要人物尚未“被写死”，在时间上就还有机会去让作者改变自己的结局。

另外可作为例子的一个电影是《命运调度局》(*Bureau of Adjustment*)。主人公命中注定要做总统，有一个“命运调度局”负责看管他的行为，使之不偏离这个命运蓝图。不料他爱上了一个女子，调度局不准这种事情发生，因为它破坏了命运路线，而他的命运设计图在调度局手里，调度局随时在纠正他的偏离行为。两人因此被迫逃跑。这个故事其实很老套，讲的无非是帝王不爱江山爱美人之类，但它的叙事结构值得关注。

还有一部东欧电影《逃离循环》，讲男主角在路上捡到了一个录像带，他将其拿回家播放，竟然在画面中看到自己正在看这盘录像带，快进后，他发现录像带里的故事是他被毒枭杀了，结果没想到一会儿后毒枭真的出现来杀他。中国的网剧《传闻中的陈芊芊》，讲编剧陈小芊昏睡过去后，变成了自己剧本中的一个小人物陈芊芊。因为剧本是她自己写的，她知道自己会在新婚之夜被夫君毒死，于是她说服剧中的其他人，反抗原剧本的情节设定，最后改变了情节走向，与男主角成为一对眷属，并得以重返“现实世界”。

前面说过，小说的超叙述比主叙述后出(例如《狂人日记》)，因此无法更改；而电影的超叙述可以与主叙述共时，超叙述者与其所叙述的人物共时，能互相“调度”、干扰。这样的跨层干预，只有影视才能做到。影视和小说的回旋跨层造成的“破绽”是完全不一样的。影视是演示性叙述，是共时的，而小说是倒叙的。影视的跨层有逻辑差，这不可能抹掉，但时间差就可以被忽视，所以影视是叙述回旋跨层的乐园。

像回旋跨层这样奇特的事情，在我们日常生活当中会不会发生呢？实际上我们日常生活当中这样的事件有很多。随便举个例子，一个女生把她恋爱的经过每天记在日记中，然后她把日记给男生看，男生对她日记中的一些内容表达抗议，她把男生的抗议也写进日记，然后男生对此继续有所回应。这就是下一层干预上一层。实际上我们现在通过微信不断地在来回交流，有时互相对对方的微信截图有所质疑，对对方的微信记载有所诘难，这不就是回旋跨层吗？

那么，为什么我们生活中感觉不到回旋跨层呢？这是因为我们没有把它写成一个文本。如果上文中的这位女生把她的日记写成了一本书，用一个叙述行为将其收拢，如果被写入书中的男生对这个女生的叙述再有所抗议，那么他在时间上、逻辑上都不再可能改变女生的叙述，除非这个女生将其叙述文本扩展。但如果女生是将自己的恋爱过程拍成视频，男生可以进入视频（例如重新编辑视频）抗议某一段对他的写法，这样就能出现回旋跨层。不同只在于书面的回旋跨层会破坏叙述时间，也就是文本中说到被写的男生在事后的抗议，而在视频中男生可以直接进入镜头为自己辩护。

我们跨不过的，就是叙述行为无法回溯产生自己的“叙述行为”，这一点造成逻辑差和时间差的无法弥补，幸亏戏剧和影视的时间差消失了，但逻辑差依然存在，所以只有幻想电影才可能有这种情节。总结一下：

- 叙述不仅可以分层，而且是必然分层的，貌似自然的叙述实则为上一层所生成，不管这个上一层有没有写出；
- 叙述可以无限分层，分层以后各层次独立成一个叙述世界，但各层次不可能描写本层次的叙述是如何产生的；
- 在幻想情节中人物可以跨层参与其他层次的情节，因为叙述行为在跨层当中可以实现；
- 但这就会产生时间矛盾，如果在演示性叙述中，跨层所导致的时间差可能不显，但逻辑差始终存在。

以上说起来好像很玄，但中国古人却早就明白这一点。比如脂砚斋评《红楼梦》说：“若云雪芹披阅增删，然则开卷至此，这一篇楔子又系谁撰？足见作者之笔狡滑之甚……这正是作者用画家烟云模糊处。”①同学们现在应该能分析这种“狡滑之笔”了：如果叙述者必须由上一层次提供，那么最高层次的叙述者就会无人提供，只是靠框架成立。

4. 元叙述与“犯框”

什么叫元(meta)？《符号学讲义》对此已有详尽分析，简单说就是关于某课题的言说之言说，就是对一门学问的研究。例如研究宇宙的学问是宇宙学，对宇宙学的研究就是“元宇宙”。“元”这个题目太大，现在在网络平台上“元”概念已经商业化了。

元叙述(mate-narrative)，就是关于叙述的叙述。这个概念太普泛。许多叙述现象都可以叫元叙述，例如“关于新闻的新闻”，只要是对某新闻产生过程或新闻运行机制的报道，那就是新闻的元叙述。比如王老吉的广告词“一样的味道、一样的配方”就是借道别家产品的元叙述广告；“新飞广告做得好，不如新飞冰箱好”，也是关于广告自身的元叙述广告。实际上跨层问题就是一个元叙述问题，既然叙述不能讲述自身的起始，那就只有关于它的叙述才能讲述。

后现代文化的一大特点，就是全媒体承接一个成功的IP。这方面的典型例子就是漫威-DC系列英雄传奇。“蝙蝠侠70岁生日”时，娱乐界为它办了大规模纪念会。也就是说，80年前的10岁的儿童，至今依然在各种娱乐产品中跟随着自己的儿童时代的爱好，也因此，在同一作品系列，不断新出的故事已经或正在成为叙述的叙述，即元叙述。中国武侠小说中的东方不败等人物形象，也在逐渐成为元叙述英雄，其原因就是关于这个人物形象不断有作品出现。

上一节已经详细讨论过，在一个叙述文本中，如果出现了关于此篇叙述的叙述行为，就会形成回旋跨层的怪圈。其形式可能多种多样，但有一个共同特点，就是“犯框”，即突破文本区隔。一旦叙述冲破了边界，叙述文本中就会必然包含了元叙述。这原是叙述学理论的

① 俞平伯辑：《脂砚斋红楼梦辑评》，上海：上海文艺联合出版社，1954年，第8页。

本质:对小说叙述的研究要上升到学理高度,就不能就小说内容来讨论内容,必须打破叙述的区隔,这样就开拓了一个理论方向、理论维度。实际上后现代叙述文本,都少不了“犯框”。

赖声川的话剧《暗恋·桃花源》,是两个戏合用一个舞台,两个叙述同时进行,互相对比,互相冲撞。大卫·林奇的电影《内陆帝国》中,女主人公说了一段有点儿装模作样的话,之后笑起来说:“天哪,真像我们剧本里的台词。”然后她一看周围,戏正在继续拍下去,证明这个戏是真实的,不是台词像叙述世界,而是叙述世界像台词。这是个反向元叙述,女主人公差点儿被吓懵了。这样的现实被虚构所取代,的确会让人感觉很恐怖。

第十一讲　底本与述本

第一节　术语的困扰

1. 为何一个故事可以不断改编？

底本/述本，是我提出的汉语术语，大致上对应源出俄语的 fabula/suizhet。叙述学讨论这个问题，是为了解释一个重要的叙述现象：为何同一个故事，可以用不同媒介、不同的叙述方式重写或改编？有的叙述作品有许多改编本或异本，似乎所有的叙述都可以无限地改写改编，这是为什么呢？

例如“智取威虎山”这个故事，可以有小说、话剧、戏曲、连环画、电影等各种改编。为什么会有这种现象呢？这些改编本之间究竟有什么关联？改编的边界究竟在哪里？底本/述本这个概念的提出，就是为了解释人类文化中这种历史久远的叙述实践。对这一对概念的解释与翻译，无论在外文还是在汉语中，都太混乱。而要理解叙述学的一系列重大的或基础性的问题，就绕不开这一对术语。本讲主要讨论这对概念为什么如此重要，如此有用，以至于哪怕会带来一系列的挑战，都无法让叙述学放弃它们。

最先提出这对观念的是俄国的形式主义理论家。什克洛夫斯基认为 fabula 是一部叙述作品的潜在结构，而 suizhet 则是作家从艺术角度对底本的重新安排，体现了情节结构的文学特性。① 对这一对术语做了最明确讨论的，是托马舍夫斯基的名著《主题学》。他认为，fabula中的事件是“按自然时序和因果关系排列”，而suizhet强调的是对时间的重新排列和组合。②

自1960年代叙述学理论界“重新发现”俄国形式主义以来，几乎每个叙述学家都从这对概念出发来讨论，托多洛夫、巴尔特、里卡尔图、布瑞蒙、查特曼、热奈特、里蒙-基南、巴尔，甚至叙述哲学家利科，无不如此。看来整个叙述学体系，都是建筑在这对概念上面。

这对术语在各国有不同的译法。法国曾是叙述学的大本营，每个论者都有一套自己对应的术语，乱得不能再乱。似乎大致落定于热奈特所用的histoire/récit。英文中大多用查特曼的取名story/discourse。但也有人用词不同，例如巴尔在英文本《叙述学》一书中用fabula/story。查特曼与巴尔对story一词的用法正好相反。中文学界对这两个词的处理也挺混乱，申丹沿用查特曼的用法，称为“故事/话语”③，谭君强沿用巴尔的用法，称为“素材/故事”④。在他们两人的用法中，“故事”的位置也正好相反。

术语的用法混乱还不是真正的困难所在，最大的困难在于，所有这些外文词汇，与中文的“故事”“话语”“情节”“素材”一样，都是极常用的日常用词。每当学术讨论不得不混用非术语的常用词时，误会就难以避免，哪怕打上引号都不行。德里达在1979年就曾嘲弄地说，叙述学的“故事”太让人糊涂了，“每个‘故事’（以及每次出现这个词‘故事’之自身，即每个故事中的故事）都是另一个故事的一部

---

① Victor Shklovsky, “Sterne’s Tristam Shandy: Stylistic Commentary”, *Russian Formalist Criticism: Four Essays*, Lincoln: University of Nebraska Press, 1965, p. 56.

② Boris Tomashevsky, “Thematics”, *Russian Formalist Criticism: Four Essays*, Lincoln: University of Nebraska Press, 1965, p. 67.

③ 申丹、王丽亚：《西方叙述学：经典与后经典》，北京：北京大学出版社，2010年，第13页。

④ 米克·巴尔：《叙述学：叙述理论导论》，谭君强译，北京：中国社会科学出版社，2003年，第91页。注意在她的用法中，story与许多叙述学学者的用法正好相反。

分,但这个另一部分比它大又比它小,它包括又不包括自己,它只管与自己认同,因为它与它的同形词不相干。"[①]德里达说的"同形词"指常用词"故事",所以出现"故事外另有故事"。的确,这一对概念被太多的不明确的术语弄得够混乱的。

因此,不少人主张回到这两个词的俄文中去,例如电影学家波德威尔就直接用它们在俄语中的拉丁化拼写。[②] 波德威尔著作的中译者也跟着用中文译音"法布拉/休热特"。[③] 本书建议,不应对读者的外语记忆力要求过高,将其译为"底本/述本"可求个意义清晰,不会与常用的非术语"故事""话语"等词相混淆。

2. 底本/述本观念的重要性

整个现代叙述研究都以这个分层原理为基础,甚至一百多年以来的现代批评理论也以这个分层原理为起点之一,但偏偏这也是一个最容易引发争议的课题。批评这对概念的芭芭拉·史密斯很明白她针对的是什么问题,她说这个双层模式,"不仅是叙述学,而且也是整个文化理论的脚手架"[④]。这个基础至今依然无可取代,建于其上的大厦至今也依然没被摧毁,也许这个基础本来就很坚实,只不过我们至今依然没弄清楚它是如何构成的。从重新审视这个基础开始,我们可以找到叙述理论的再出发点。

自 1980 年代至今,这一对相互对峙的概念被攻击了整整 30 年,至今依然在受攻击,这反而证明了攻击并没有达到效果。至今没有一本叙述学著作能放弃这对概念另起炉灶。40 年来电影理论越来

---

① Jacques Derrida, "Living on Border Lines", in Harold Bloom et al, eds, *Deconstruction & Criticism*, New York: Seaburry Press, 1979, pp. 99-100.

② David Bordwell, *Narration in the Fiction Film*, Madison: University of Wisconsin Press, 1985, pp. 49-50.

③ 波德威尔:《古典好莱坞电影:叙事原则与常规》,李迅译,《世界电影》1998 年 2 期。

④ Barbara Herrstein Smith, "Narrative Versions, Narrative Theories", *Critical Inquiry*, Autumn, 1980, p. 225.

越发达,远如麦茨,近如波德威尔,学者们都继续在用这个双层模式,这可能是因为电影的“加工”过程特别显著,更不能弃之不用。

巴尔出版于1987年的著作《叙述学》,全书内容就分成两大块:底本部分和述本部分。巴尔在书中列举了反对这对概念的各家的看法,然后她用一句话就打发了所有:“我完全同意这些分析,但是我拥护这对概念。”①

3. 几个述本能否共用一个底本?

1980年芭芭拉·史密斯发表长文《叙事诸变体,叙事诸理论》,系统地批判了这对概念。②

她指出,提出底本这个概念的一个目的是解释为何同一个故事拥有(或可以有)各种不同的改编,为什么许多故事可以被认为是同一个底本的不同述本。她举了民俗学者收集到的全世界各种“灰姑娘”的故事为例,指出它们应当是同一个底本的不同述本。史密斯举华人学者丁乃彤(Ting Nai-Tung)的发现为例:最早的灰姑娘故事,可能是出自中国的《酉阳杂俎》中的《叶限》。这个源头未免太远了。③ 日本学者南方熊楠最早提出《叶限》是一篇典型的灰姑娘的故事。有学者认为“叶限”音近梵语 Asan(灰,英文 Ashes 的词源),这似可证明故事的“传播”,而不是异地自生。

史密斯提出,有的观点认为很多故事都是一个底本的变体,这“只能说明我们惯于以‘情节提要’的名义表演抽象、减缩、简化”,也就是把简写当作“底本”。④ 她认为,没有任何一个叙事是其他叙事的“基

① Mieke Bal, *Narratology, Introduction to the Theory of Narrative*, Toronto: University of Toronto Press, 2017, p. 152.

② Barbara Herrstein Smith, “Narrative Versions, Narrative Theories”, *Critical Inquiry*, Autumn, 1980, pp. 213-236.

③ Ting Nai-Tung, *Cinderella Cycle in China and Indo-China*, Helsinki: Academia ScientiarumFennica, 1974, p. 40.

④ Barbara Herrstein Smith, “Narrative Versions, Narrative Theories”, *Critical Inquiry*, Autumn, 1980, p. 217.

础”:“对于任何一个特定的叙事,都并不存在一个隐藏在其下的‘基本故事’,而是存在着无数个其他的叙事,它们都可以被看作是对这个特定叙事的回应,或与之相关。”①每个述本都是独立的存在,一个述本不可能与其他述本共享某个底本,只存在一连串或许相关的叙事。因此,任何情节相似的叙述,哪怕明确说一个是改编自另一个,两个文本之间也依然是平行关系。

起初,提出底本这个概念的目的是为了解释为什么对某一事件,可以用不同的方式来讲述。这个概念假定底本是“零度变形”叙事,而变形演化出来的是各种述本。史密斯认为“非线性”是叙事的常态,而非例外。甚至人对事件的经验或回忆、作家的构思,都一样是零碎、散乱、变形的,不存在“原时序事件”。她的结论是,底本/述本这对概念不能成立,也没有必要采用。

当时正是查特曼《故事与话语》(*Story and Discourse*)一书出版之后不久,从书名就能看出,此书主要讨论的就是底本/述本概念。查特曼的书成了史密斯主要的批判对象。虽然查特曼是我老师,但我还是同意,每个叙述文本都是独立的,“情节提要”并不能被当作底本,也不能被当作叙述演变的模板;同样我们也无法否认,每个叙述文本都可能有一系列的改写,这些改写之间也必定有一定的关系。

4. 情节究竟在哪里形成?

1981年,著名批评家乔纳森·卡勒出版了他的著作《追寻符号》。该书第九章“叙事分析中的故事与话语”集中批驳了叙述的底本/述本模式。他的批评主要集中在底本与述本的关系上。他指出,既然说述本是对底本的变形再现,那么底本中的事件序列是“真序”,述本中出现的则只是为了情节生动而设的“假序”。② 为此,卡勒仔细分析了索福克勒斯的名剧《俄狄浦斯王》:俄狄浦斯被生父忒拜国王拉伊奥斯

---

① Barbara Herrstein Smith, “Narrative Versions, Narrative Theories”, *Critical Inquiry*, Autumn, 1980, p. 221.

② Jonathan Culler, *The Pursuit of Signs*, London: Routledge, 2001, p. 189.

抛弃在山里,被牧羊人捡到,由柯林斯国王抚养长大。后来,他在一个十字路口与拉伊奥斯及其随从发生冲突,杀了对方所有的人。后来他娶了母亲约卡斯塔,成为忒拜国王。这大致是《俄狄浦斯王》的底本故事。但是索福克勒斯的剧本就像一部侦探小说:俄狄浦斯决心彻查真相,当天就发现了自己"杀父娶母"这一事实,震惊之下,他刺瞎了自己的双眼,离开宫廷,自我放逐。

卡勒指出,这里有个大破绽:戏剧开场时,俄狄浦斯国王已经登基多年,与前王后(也就是他的妈妈)养育了几个子女。这一天他下令彻查当年国王拉伊奥斯被杀一案,但同时也心存犹疑,因为多年前,他曾经在一个路口杀死过一个不认识的老人与其随从。王后安慰丈夫说,有一个证人,曾对全城人说过,他看到"一群强盗"杀了前国王与侍从,因此不可能是他一个人误杀了前国王。但当证人应召到来时,俄狄浦斯根本没有问当年杀人者究竟是"一群"还是"一个",而只是追问他自己的身世,因为这个证人恰恰就是当年收留他这个弃婴的牧羊人。当他从牧羊人那里听说自己就是前国王的儿子时,立即得出结论:就是他自己杀了拉伊奥斯。他的结论不是基于新的证据,而是基于这个述本的戏剧意义及其逻辑。

卡勒说他当然不是想证明三千年前的俄狄浦斯无罪,而是想说,述本必须有它自身的意义所在,索福克靳斯的剧本情节逻辑自身的压力(而不是底本前定故事)迫使俄狄浦斯必须发现自己犯下了弑父娶母大罪,否则这个戏就不成戏。[1] 而且,如果俄狄浦斯不认识自己的生父,那么就很难说他有弗洛伊德所说的"弑父恋母情结"。俄狄浦斯在证据不足的情况下如此直认己罪,只能证明索福克靳斯这个剧本的主题,在要求情节安排上必须有一个带道德伦理意味的结束。

那么,在关于俄狄浦斯的故事的底本里至少有两个情节,而在索

---

① Jonathan Culler, *The Pursuit of Signs*, London: Routledge, 2001, p. 194.

福克斯斯这个特别安排的述本里却只留下了一个。要使述本有意义,底本当中必定有一些情节会被忽略,而另一些情节可能变成新的重点。这就是我们在第七讲中讨论的“可述性”的升降。例如在法庭的庭辩中,控方与辩方的发言不能有意忽视已经确立的证据,而各自强调一些支持本方观点的细节。相同的细节群,如果只强调其中不同的某些方面,就会形成不同的叙述文本。

5. 述本过乱则无底本?

这个问题是理查森提出来的。理查森的主要研究领域是后现代“非自然小说”。什么叫“非自然”?就是情节安排混乱。读者想读懂这样的小说,要花很大的功夫,把它还原成可以理解的底本的“原样”。但如果找不出的话,那么就是“乱无底本”。

前面第七讲讨论了否叙述、另叙述的问题:文本先是说了一段情节,然后说这段情节不算,这些事情并没有发生过,需要起头另说。像电影《罗拉快跑》就是在情节上的不断自我否定,马原的小说《虚构》到最后结尾时说前文所叙述的故事并没有发生过。罗伯-格利耶的好几本小说都是类似这样的写法,例如《纽约革命计划》中,在叙述一段情节后,叙述者说,上文所述的情节只是一张海报而已。如果情节在述本当中被否定了,那么在底本当中有没有这些“弃用”的情节呢?如果没有,那么述本不是背离了底本吗?再举一个例子,库佛(Robert Coover)有一本后现代小说叫《保姆》(*Babysitter*)。在西方,家长夫妇外出社交时,经常会请一位想赚零用钱的女学生,来家里照看孩子,这是这个小说的故事背景。小说共14章,讲了14个并列的不同的情节,讲了隐含其中的各种诡秘的可能,包括保姆杀了孩子、保姆自杀等。在小说里,库佛把各种可能性都并列着叙述出来,但实际上,这14个情节是不可能共存的。

理查森以《保姆》为例,论证说,到头来如果没有一个述本能算数的话,那么读者只能肯定叙述者告诉我们的,与真正发生的事情相去甚远。[1] 他用了“真正发生的事情”这样的表达方式。什么叫“真正发生的事情”？就是14个情节当中没有一个是“真正发生的事情”，全部都是第七讲讨论的否叙述，而且没有一个替代它们的另叙述。这样的述本无法找到底本。

库佛当时在伦敦，跟他见面的时候我问过他，这个小说如果改编成电影的话，怎么处理呢？他说他正在改编成电影，是他自己在改。14个故事必须串起来，不然的话只能是14个短片。那么用什么手法串接呢？用男主人公的幻想——男主人公正面临生活危机，他在想，要是这样怎么办？要是那样怎么办？当然这都是他的瞎想。而他的猜疑本身，在连续把前一则的情节变成否叙述，把新一则的情节变成另叙述。

总结一下，以上三个反对底本/述本这对概念的观点，都是有道理的。我相信对此还有别的反对意见，但这三个是典型。史密斯说每个述本都是独立的；卡勒说述本有独立于底本的情节逻辑；理查森说述本太乱的话就没底本；这些观点说明了什么呢？说明底本/述本究竟是什么，至今依然没有讨论清楚。

第二节　重新定义底本/述本

1. 底本/述本与符号双轴

底本/述本相互对峙的问题已经不断地在受到攻击，但要研究叙述学的话，还是必须要用这对概念。这种局面迫使我们再次考虑，究竟应当如何理解这对一百多年前提出的概念呢？

查特曼认为述本是形式，底本是内容，每个有形式的述本里面都装着同样的内容。巴尔认为符合经验逻辑的进程，也就是我们可以将

---

[1] Brian Richardson, “Denarration in Fiction: Erasing in the Story in Beckett and Others”, *Narrative*, 9(2001), p. 170.

之“自然化”的进程。理查森认为底本是述本背后“真正发生的事情”,底本是真的发生过的全部情节,述本则是有的告诉你,有的不告诉你。以上他们的理解都符合关于底本的原定义:底本是“未变形的故事”,而述本是其变形。

我觉得,这样的理解依然无法处理这个难题。或许我们能从符号学的双轴理论,来重新思考底本/述本问题。具体论述参见《符号学讲义》第五讲。我们至今为止很少谈到符号学,但研究叙述学要用到符号学的许多原理,叙述学实际上是“叙述的符号学”,底本/述本问题只有从符号学的角度出发才能解决。

双轴理论是索绪尔首先提出的,之后,经过一个世纪的研究,依然未能穷尽双轴关系所隐含的奥秘。聚合轴是选择轴,文本是结合轴,一个是选,一个是显。我们看到叙述文本时,只看到述本,那么底本在哪儿呢?底本无法看到,它只是隐藏在述本后面。作者也只能大致感到底本的存在,无论是作者的草稿还是构思笔记都不能被当作底本。底本是我们的思想实验,是我们假想的思维操作。底本只能是由叙述的实践者通过联想、假设才能确定的一个曾经的存在,一个供选择的前提。我们假定有这么一个巨大的“素材库”存在,而我们面对的述本只是其中的一部分水流淌而成。

谭君强和乔国强二位叙述学研究者,把“法布拉”译成“素材”,我觉得还是比较合适的,素材就是还没经叙述化部署的材料。所以底本有两个特征:第一,它是一个素材库;第二,它是文本再现的部分,与没有被文本选上的部分二者的集合,它是一个巨大的事件与各种相关的备选元素的集合。哪些元素最后进入文本,用哪种方式安排其出现,是叙述的聚合操作的过程。一旦文本写成了,文本组合就是一个投影。简单地说,底本就是备选的相关材料。

底本/述本的关系是普遍存在的现象,所有的文本都必然是从底本选择并编排出来。那么我来问一下同学们:哪一种体裁的底本是实际存在的呢?好极了,已经有学生回答了,是“纪实类”。你们非常敏感！纪实的文本包括历史，包括新闻，它都必然有一个底本，它的底本是实在的，也就是与这段历史、这个新闻相关的所有的人与事。为何对同一件事各家的新闻报道如此不同？因为出自不同的角度，选取不同的材料，组成了不同的文本，贯穿着各自的解释。所谓看懂了新闻，就是通过述本看到了其底本。

虚构叙述一样有底本，只是它是虚构事件的底本。我们的二次叙述，实际上也是在探寻底本。波德威尔再三强调，电影底本是建构出来的，并非在叙述之前就存在的。但底本是我们理解述本时必然在做的思想练习，是我们在理解文本的时候，不自觉地进行的一个追溯活动。理解一个述本的情节，实际上就是看到它的底本。

2. 述本的边界

每个虚构述本都有其底本。比如库佛的《保姆》中 14 个情节并列，就应当有 14 个不同的底本，而不是一个合一的底本。如果合一的话，这个底本就乱套了：一会儿是保姆自杀了，一会儿是保姆把孩子杀了……一连串的否叙述，是没办法合成一个文本的。

所以，改写本与改编本不同，改写本与原著并不一定共享一个底本。张爱玲的名篇《倾城之恋》一共就这么几十页，但邹静之把它改编成 34 集的电视剧，怎么办到的呢？用了很多集去讲白流苏的家史，以及她个人来香港前的经历。问题在于，《倾城之恋》一旦被改编成这样的电视剧，它的底本还在原来小说的边界里吗？应当说依然在原底本内，只是张爱玲的中篇高度凝练，只选用了可能的底本范围内的一小部分素材。虽然其核心故事依旧，但各种边缘情节因素用得太多，难免喧宾夺主，但即使如此也依然可以说是出于原底本。的确，如果改编本添加太多，改变了原作的基本走向，改作跟原作，就很难说是同一个底本，甚至可能算是重新确立了另一个底本。大量《红楼梦》的续作，就是涨破了原底本，可以说与原作不再共享同一个底本。

从体量来看，一个长篇小说可以改成电视连续剧，一个中篇小说可以改编成一部电影，一个短篇小说却改不成电视剧或电影，除非你加好多东西。但你加上一些东西的话就必然会扩大情节采用量,这时就要看核心情节是否与原来相同。例如王家卫的电视剧《繁花》,只是从金宇澄的同名长篇小说中采用一部分情节,这可以理解为与小说是同一底本。

我们可以看到,同一个系列的述本,合用的底本的内容不一定那么明晰。比如丽斯的《藻海无边》,讲述了《简·爱》中那个后来在阁楼上被烧死的女人,是怎么成为小说中的疯女人的。这叫作"前传"(prequel),就是原情节以前的事。这本《藻海无边》成为当代英国小说中名列第二的"最受欢迎的小说",就是因为它自称与《简·爱》同一个底本,由《简·爱》的底本中有意不被选用的材料构成。

从卡勒对《俄狄浦斯王》的分析,我们可以看到,述本写出了对底本的情节选择的过程。因为关于俄狄浦斯王的故事的底本提供了两个可能:一个是追问"谁杀了老国王?"另一个是追问"我到底是谁的儿子?"底本的本质就是提供供选择的材料库,它不能决定选择。我们为什么有时候会说这本历史写得错误,那本历史写得正确,是因为我们认为它们所叙述的事件,都源自同一个底本库。这样不同的历史写法之间就有了一个对比的可能,如果某一种写法对史料的选择过于偏向,读者就会认为不可信。

再举一个例子,我在其他地方也讲过,就是底本库里究竟有些什么素材?澳大利亚有一本言情小说叫《荆棘鸟》(*The Thorn Bird*),被改编成电视剧后大受欢迎,得了艾美奖。故事讲的是一场生死之恋,时间跨度是从1912年到1962年半个世纪。问题在于这中间有5年,从1941年到1945年,这一段时间跳过了。后来有人想,既然电视剧那么成功,我就用中间这段另拍行不行呢?反正这个述本依然跟着原底本走。

但影视剧拍摄有个麻烦,因为男女主演已经不能参加了,只能另选演员。如果是小说,作者可以不写人物相貌的变化,但在电视剧里人物相貌如果改变了则是大事,因为观众不能认同在同一个底本的

“中续”(midquel)里,人物相貌竟然不同。在视觉艺术文本中,相貌是基础素材。如果在这方面观众不买账,这个“中续”就失败了。

这就引出一个问题:既然底本包括了“与叙述有关的所有事件”,那么包不包括人物相貌呢?应当说包括可能出现在述本中的一切,只是不同的述本采用的方面不同。小说只是语言描述,视觉上并不精确,而且作者在描写人物相貌时完全可以主观掌握,但视觉艺术就不同,在这里人物的相貌几乎是第一重要的。

观众对此有一个容忍的边界,电影学术语叫作“连戏瑕疵”(continuity flaw)。同一部影视剧,如果人物相貌有变异的话,比如换掉男主女主,那就是改掉了底本,述本就不通了。只有一个办法,就是在情节上说清理由:为什么人物的脸变了?布努埃尔在导演《朦胧的欲望》时,与员工闹翻,女主不愿意演了。于是他要找个理由,让观众意识到,虽然剧中人物的脸变了,但依然是同一个人物。在电影《碟中谍7》中,已经牺牲的特工可以复活,导演所用的方法是让另一个特工戴上她的面具,装作此人复生,重新参与情节。一些影视剧中对人物相貌的变化也会用“盲视”(change blindness)手法处理,但这往往只限于不很重要的角色。比如拍各种《西游记》时,演唐僧的演员经常另换人,但浓妆加上衣饰特殊,观众可能不会太注意其相貌略有变化。

第三节　对底本/述本的重新理解

1. 底本和述本互以对方为前提

应当说清的是,从定义上看是底本构筑述本,但在实际操作中却经常是我们在读了述本后,反过来在思想中构筑底本,这是一种思想实验。或许应当说,底本和述本互相以对方为存在的前提。如果述本不存在的话,那也就不存在底本。底本是不是先导的?并不是。我们先要理解述本,才能用想象构筑底本,是倒过来推断的。

当然对于作者来说,可能有一部分底本是先行的,而且其零星碎片体现于他的笔记本、草稿本、他的相关记忆与经验中。但严格来说,底本实际上并不先于述本,它是对应于述本的一个资料库。但因为只有述本是看得到的,所以我们的批评操作,我们的解释行为,都只能从述本出发。

理查森提出的“述本过乱则无底本”的问题,也可以称作“二次另叙述”(secondary re-narration)。对于非常混乱的故事,我们如何把它合一呢?我们只能沿着述本提供的线索,尽量寻找底本原先的顺序。如果述本中的线索整合不起来怎么办呢?后现代小说文本经常整合不成一个符合逻辑的底本。但同时,底本也不一定要合乎逻辑,因为它主要是个素材库。

电影学家波德威尔坚决反对底本先在,他认为,整齐的述本,是在有意误导观众,使观众认为“底本的世界”也是一个有内在一致性的坚实的存在。[①] 如果太相信一个电影所陈述的故事,我们就会误认为它的底本是真实的,述本只是叙述了真实的对象。但实际上底本并不预先存在,可以说述本反映了某种客观世界的真实,但不能说底本具有本体论的内在一致性,也不能说述本只是切下现实几个片段给我们看。

可以看到,像《罗拉快跑》这样用对不同述本的选择本身构成情节,就是有意用另叙述来推翻前有的情节。但也有另一种情况是,一旦推翻某个述本,也就是推翻了其底本;或者是一个文本,如果有几个述本并列,就分别有几个底本。

再举一个更有趣的例子,香港作家刘以鬯的微短篇小说《打错了》。整个小说只有一页,讲的是某人出门到公共汽车站,结果公共汽车出了车祸,撞死了站台上的几个人(据说这是个真实的事件)。小说下半部分,讲此人出门之前接到一个电话,是有人拨错了号。他很生

---

① 波德威尔:《古典好莱坞电影:叙事原则与常规》,李迅译,《世界电影》1998 年第 2 期。

气,把电话一挂就出了门去等车。这个事情耽误了他几秒钟,但就这几秒钟,让他没有被撞到。那么是谁打的电话呢?目的就是为了耽误他两秒钟吗?这是命运之神打来的电话吗?这些都不是我们此刻要回答的问题。我们要问的是,这篇叙述到底有几个底本呢?我个人认为,这本来就不是一个述本,而是两个述本合在一个文本中作对比,因此它们有两个不同的底本。从叙述学来说,只有这样理解才说得通。

2."冰山说":底本的边界

这样我们就要面对另外一个问题:底本作为素材库,究竟有多大?边界在哪里?哪些属于这个素材库,哪些不应当属于这个素材库?虽然述本的边界是清楚的,但问题是,这个边界清楚的述本,需要的可供选择的元素有多少?这是我们现在要想象,要推断出来的:没有被选择的是哪些素材?任何读者或观众要理解一个述本,多少都还是要思考它的底本究竟有多大范围。

海明威说,讲故事如同描画水面的冰山,露出水面的部分,他认为越少越好,这样能让读者有足够多的想象余地。他讨论的文学写作手法与底本/述本这对对立的概念有点儿相似,我们可以借用于此。底本究竟有多大?边界何在?这说的是一个看不见的东西,一个属于思想实验的想象的东西,但非常重要,因为它决定了文本能变异到什么程度。

叙述学家瑞恩提出过一个问题:卡夫卡《审判》中的主人公K,是否得过阑尾炎并动过手术?这样一个事件,在《审判》的底本中"可以有",虽然《审判》的述本没有提及这个情节。为什么得过阑尾炎是一个"可以有"的素材呢?因为20世纪初,腹部手术比较危险,很可能造成身体上或精神上的创伤。但是,这个底本无论如何没有必要包括K的祖父是否得过阑尾炎这样的情节,因为关联性太弱。如果《审判》中有提到说K的悲观心态有一部分是源自他祖父的痛苦遭遇,那么这两者之间就有关联。但现在在《审判》这个文本中,在K自己得没得阑尾炎这个情节上，述本与底本之间都缺少关联，至于他祖父得没得过阑尾炎就更没关系了。这个素材太边缘了，述本触及此点的可能性几乎没有。底本只是对理解叙述有用的素材，它的边缘是模糊的，有些可能的细节会越来越边缘化，直至因完全无关而淡出。

底本还牵扯一个重叠度问题。什么叫重叠度？比如小说与据它改编的电视剧底本不一样。小说是文字构成的，对前因后果的说明比较多，它的底本中事件材料应当多一些。而电视剧、连环画是图像，图像的底本中视觉材料多一些。所以，跨媒介的改编本，总是会让我们感受到原底本的影响力。例如由话剧改成的电影，会有场面变动少、对话较多的特征；例如有些作家在写小说时，就准备让导演选中改编成电影，那么他对视觉材料的选用就会较多。

举一个在这方面的特征比较明显的例子：在小说《安娜·卡列尼娜》中，我查了半天都没查到有关于安娜戴耳环的描写，但据小说改编的几部电影，有的很突出安娜的耳环，有的则没有。那么《安娜·卡列尼娜》小说的底本，应不应当有耳环呢？底本的材料只是"可以有"而已。在底本中安娜的耳环是"可以有"，因为她是贵族妇女。小说当中没写，某些电影改编也没有，苏菲·玛索扮演的安娜已经带上了耳环，凯拉·奈特莉扮演的安娜·卡列尼娜不仅有耳环，而且很精致。

这种衣饰细节问题，似乎并不是特别需要追究的，但如果底本当中安娜的家族有耳环禁忌，那么这个戴耳环的述本我们就不好接受了。例如，如果让安娜·卡列尼娜戴一副墨镜，就不能接受，为什么？因为19世纪的俄国妇女不戴墨镜。如果我改编一个《安娜·卡列尼娜》剧本，让她戴上了墨镜，可不可以呢？完全可以，但如果这样，底本就变了，变成一个现代故事了。我们知道有一部剧作《罗密欧与朱丽叶》，其背景是放到现代的，那么它的底本就完全不一样了。

3. 二重底本论

从上面的分析中,我们可以看到,对底本的形态有两种解释,一种是从托马舍夫斯基、托多洛夫到查特曼都承认的“底本是原序故事”,述本只是动用各种叙述手法把它说得有趣一些;另一种是热奈特、波德威尔、巴尔都主张的“素材”说,认为述本对底本的加工,主要在于选择。那么,到底底本应当是哪一个呢,是素材库,还是原序故事?

应当承认,从底本出发去构造述本,必须经过两种操作:选择与变位。这两者都是聚合轴的操作,如果混为一谈,会产生很多难以处理的问题。

因此,一些叙述学学者认为虚构叙述应当有三层。最早提出三层说的是热奈特,他认为叙述可以分解成故事(histoire)-叙述行为(narration)-文本(texte)。里蒙-基南的著作主要阐发热奈特的观点,因此也采用这种三分法。按他们的看法,底本与述本之间有一层叙述行为。巴尔也主张三分法,与热奈特的看法大致相同。

仔细观察之下,应当承认,所谓叙述的聚合操作,的确由两种工作组成:选择操作与叙述改组。这两种操作都会在最后文本中留下重大影响:选择操作留下故事,叙述改组则留下成形的文本情节。所以,在具体分析中完全可以将其解释成两个不同的底本/述本转化方式,这样在叙述学的讨论中会更加清晰。

我认为,述本与产生述本的过程,毕竟还是有不同的:热奈特的三层次论,契合本讲义对叙述的理解,但因为对细节的理解不同,本书把这三层称为“底本1(素材)/底本2(事件)/述本”。本讲义第七讲在讨论情节构成时,已经谈到过这三者的区别,正好在这里形成聚合的三个阶段。

这三个层次是叙述的普遍规律,从本章以上的讨论中可以看到,在底本/述本的转换中,出现的是两个操作:选择与再现。这两种操作是文本形成的过程中的必要方式。虽然在时间上很难说清先后，但在逻辑上可以认为有这样的转化顺序（见图11.1）：

底本1 ---- 素材----材料集合（聚合系的集合，尚没有情节）
　　　　　∨（材料选择）
底本2 ---- 事件----再现方式集合（情节化，形成线性故事）
　　　　　∨（再现方式选择）
述本　---- 叙述----（媒介化、文本化）

图11.1　底本、述本转化顺序

我们如果能把叙述行为视为中间过程，就可以理解分层中的各种问题。不过双底本论可能会带来误会：首先，这不是"作家写作过程"，叙述行为是抽象的，是一种抽象转换，热奈特称之为"文字叙述中一种强有力的幻象"[1]。"幻象"这个词用得很准确：我们在第二讲中就讨论过，叙述行为可以被假定为"一刻而成"。虚构叙述行为的实施者，不是作者，而是抽象的叙述者，巴尔称为"表现出构成文本话语符号的那个行为者"[2]。

因为述本是叙述唯一显形的部分，述本不可能自行选择自身的组成方式，只有叙述行为才能够选择，所以，三层次论可以让我们比较清楚地理解底本与述本之间互相依靠的关系。

三层次论也可以解释本讲讨论中的一些难题。底本2，是接收者看懂了小说或电影（尤其是侦探小说、"难题电影"等充满悬疑的叙述，也包括具有另叙述的后现代小说）之后，对各种文本的变形手法恍然大悟，也更加明白其来龙去脉（即很多论者所说的"故事本来面目"）。不同体裁的改编、不同语言的翻译，如果它们都是在严格地讲述同一个故事，没有添加太多的情节，就共享底本2，因为此时的底本

---

① Gerard Genette, *Narrative Discourse*, Cornell University Press, 1980, p. 222.

② 米克·巴尔：《叙述学：叙述理论导论》，北京：中国社会科学出版社，2003年，第19页。

尚未文本媒介化(语言化、图像化等)。

上文引述过的各种“多选择”作品的例子,例如《罗拉快跑》,都是第一层选择的寓言:材料是无穷的,主人公可选择的命运因此也是无穷的。甚至可以说,底本 1 是没有边界的,只有相关性逐渐稀薄的边界地带。底本 2 在材料上已经是有边界的,已经经过了选择,只是没有再现的形态。实际上,大部分叙述学学者所讨论的底本,就是底本 2。

因此,我们用双底本理论,重新回顾本章讨论过的各家观点,就可以发现用这个理论更容易解开这些困难的纽结:史密斯否定不同述本可以共用一个底本,因此否定了底本 1 和 2 的可能,但是她没有看到不同述本(不同的灰姑娘故事,不同的媒介改编)的底本 2 虽然不同,但在底本 1 上有共同之处。卡勒否定情节产生于底本,是否定了底本 1,但他却未能否定底本 2,因为在底本 2 中,情节的选择已经完成(《俄狄浦斯王》中的“杀父娶母”是已经选定的情节),戏剧的演出只是强调、显示某一个方面。理查森提出“述本太乱则无底本”,是否定了底本 1,却未能否定底本 2,因为文本之“乱”,是表现问题,不是选择问题。而像《保姆》《罗拉快跑》这样的“多述”,则是具有从几个底本 1 中选择的过程。

一旦用双底本理论来理解底本/述本,即既有叙述材料选择,又有文本形式变形两个环节,我们就比较容易解答许多相关问题。

第十二讲　叙述想象与可能世界

第一节　可能世界

1. 概念的提出

提出这个概念，是因为我们要回答一个叙述学领域的根本性大问题：到底虚构跟实在的关系是什么？到底什么叫虚构？

英文词 fiction 兼有语义逻辑学意义上的“虚构”，以及叙述学意义上的“小说”两个意思。虚构和小说是两码事，虚构是一种文本品质，小说是虚构叙述体裁之一。本讲集中讨论的是各种虚构性叙述（fictional narrative）。与纪实性叙述（factual narrative）相对，关于虚构叙述的讨论，首先要说清到底什么是实在？对于这个问题，至今为止似乎没有一个有说服力的理论。

这不是一个艺术学的问题，因为艺术不一定要虚构；也不仅仅是一个叙述学的问题。它是许多学科的学者都不得不面对的一个问题。可能需要提出一套理论，来处理虚构与实在的关系；哪怕不能说解决了全部问题，但至少提出一种非常清晰的理解，尤其是对虚构叙述的理解。本讲就是介绍这个理论，同时也提出了比较适合叙述学的一个看法，即虚构叙述“三界通达”后形成的“准不可能世界”范畴。

可能世界（possible world）这想法，最早是启蒙运动时期著名哲学家莱布尼茨提出来的。他提出这个是为了回答一个神学难题：既然上帝是世界的创造者，而且上帝既是至善的，又是万能的，那么上帝为什么让我们这个世界充满了灾难、痛苦、不幸？莱布尼茨的解释是，上帝的确是万能的、至善的，上帝从他所有可能创造的各种世界当中，已经选出一个最好的(optimal)给我们；我们这个世界如果有各种各样的灾难和不幸，那么这些灾难和不幸在任何其他"可能世界"中都有；这些世界都是有可能的，为什么没给我们呢？因为都不如给我们的这个好。

这个说法是为了维护上帝的至善，但有好多世界都有可能进入存在，这概念给后世很大的启发。所以，什么叫可能世界？就是可能存在，但最后未存在的世界。我们只能生活在一个世界，这个世界就是实在世界，但其他设想中的世界也是可能的。

莱布尼茨的可能世界理论后来被科学的进化论取代了。但到20世纪中叶，很多逻辑学家首先发现了他的这个理论很有用；他们在做逻辑分析的时候，经常要做思想实验，看某个命题能不能说得通。叙述学家不久也步逻辑学家的后尘，开始讨论可能世界问题，因为叙述本来就是在创造一个被叙述出来的可能的世界。

2. 可能世界叙述学

对这个问题贡献比较多的叙述学家有多勒采尔，他是布拉格学派的青年一代叙述学家。另外还有艾柯和玛丽-劳瑞·瑞恩。中国学者中，傅修延早在1991年就开始著文讨论可能世界问题。

为什么没有可能世界符号学呢？因为符号学讨论的文本组合可小可大，过于单薄的组合谈不上创造一个世界。某些体裁，比如诗歌，说一首诗创造了一个世界，恐怕有点儿勉强。可能世界论成为叙述学的课题，是因为叙述(小说、电影、历史)的确创造了一个世界，大部分叙述文本都有相当的篇幅，细节丰满。为什么很多人每天追剧？相当重要的一个原因，就是电视剧是被叙述出来的一个世界，好像真的是一个独立的世界，能满足我们的窥视欲。

本讲讨论的实在世界、可能世界、不可能世界、准不可能世界，实际上属于世界实在性的一个变化系列,只是由于各种叙述体裁、叙述流派不同,所以它们所叙述的世界的构成方式不一样。

首先,我们承认实在世界的存在。就叙述学而言,实在世界不一定是莱布尼茨所说的"最好的世界",但却是任何叙述最基础最根本的世界。没有一个文本是完全能离开实在世界的,再奇幻的白日梦,也是与实在世界相关。没有实在世界的经验材料,什么世界都无法形成。构成各种世界的叙述类别,其差别只在于经验材料的用多用少。

其次,大多数的叙述是"三界通达"的,它们既落在实在世界,也伸入可能世界,甚至企及准不可能世界。因此,实在世界是讨论叙述中的可能世界问题的出发点。为了解释的方便,我们可以先看一下这张示意图(见图 12.1):

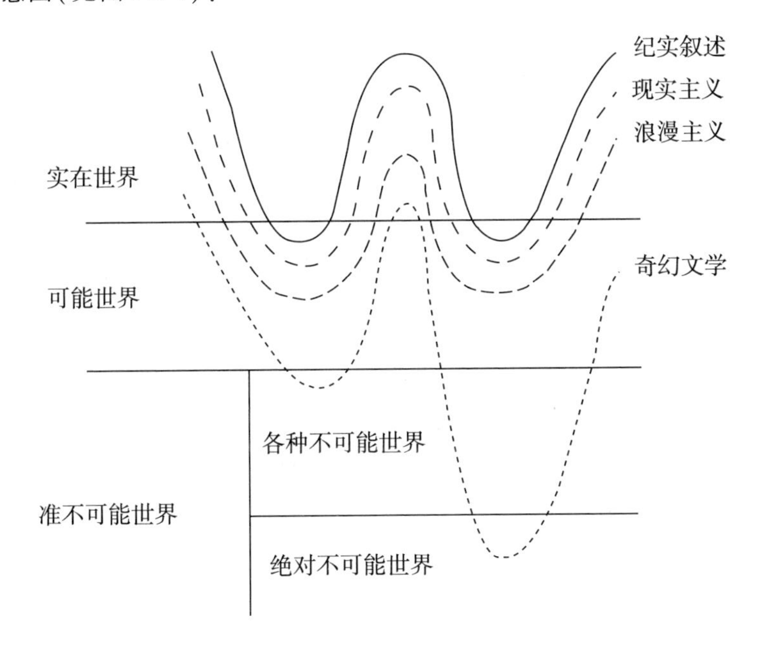

图 12.1　"三界通达"示意图

纪实性叙述(历史、新闻)以实在世界为主要领域,情节基本上是在实在世界中延展,只是偶然落入可能世界。本讲义举过《史记》的例子,其中“鸿门宴”一段显然有虚构成分,因此《史记》对这个事件的叙述,探身到了可能世界。

一个文本,如果叙述的基本面坐落在实在世界,有一部分情节进入可能世界,那么这可以是报告文学、纪实文学。照理说,纪实文学应当全部是在实在世界当中,但其中总有一部分是想象性的叙述,很少有完全没有任何虚构、想象的纯粹的纪实。

现实主义或自然主义的叙述,或是根据真实事件改编的影视剧,同实在世界的关联比较紧。虽然它大部分在可能世界发展,但它与实在世界的距离很近,指称关系近乎透明。

浪漫主义文学向可能世界延伸得比较多,甚至可能触及不可能世界。

奇幻文学是在准不可能世界中展开,甚至触及逻辑上的绝对不可能世界,但有时也会回到可能世界,甚至触及实在世界。

以上对各个风格流派的划分,只是大致上如此。事实上,叙述作品的“三界通达”,都以实在世界为基准点,不可能完全不从经验现实中获得材料,哪怕再狂放的幻想文本(如《山海经》《西游记》《格列佛游记》《敏豪森历险记》等),都不可能不在实在世界落脚,其叙述展开也是在与实在世界的相对比中展开,表面上似乎另外创造了一个世界(例如电影《阿凡达》),但实际上是以实在世界为参照的想象。

因此各种不同的叙述,都会涉及不同的世界,只是它们所立足的世界不一样。所立足的世界就是它脚踏在哪个世界,而不是统计学意义上的其中的哪一世界的因素有多少。上图举出了四种风格流派(纪实文学、现实主义、浪漫主义、奇幻文学),但实际上不一定只有这四种体裁,上图只是示例其展开方式而已。

关键的问题是各个世界之间怎么通达呢?一个文本是怎样跨越几个世界的呢?下面来一个一个地看这些叙述世界是如何在我们的文化中形成的。

第二节　各种不可能

1. 常识不可能

中国最早谈这个不可能问题的,是钱锺书。他的阅读面极广,提出了很多种不可能,其例子大部分来自佛经。儒家思想太"本分"了,好像一切都是真实实在。佛经却常常以虚为实,以实为虚,虚实相通,对中国思想的刺激非常大。

钱锺书指出有几种不可能。第一种他叫作名理(逻辑)不可能(logical impossibility)①,譬如"今日适越而昔来"。时间倒流当然不可能,但在某些地方叙述会跨越时间进入,例如穿越小说。"狗非犬"是不可能,为什么?因为这两个词的最基本的外延范围是绝对重叠的,是两个绝对同义词,只是风格不一样而已;而"白狗黑",则是绝对的反义词,也是不可能。

第二种是"事物之不可能",钱锺书称作"physical impossibility"②。他举的例子是《大般若涅槃经》:"毕竟无:龟毛兔脚。"这是常识上不可能。什么叫常识不可能?任何能想象出来的东西,总有一天能出现,只是至今没见到而已,并非绝对不可能。例如百年前凡尔纳的幻想小说,说到用电线传输文件,如今是不是已经非常常见了?今天说电线传人是不可能的事,但未来无限,也许有一天(虽然不知哪一天)就会实现。

只要有足够长的时间,历史继续下去,进化延续下去,曾经的幻想或许就会变成可能。我们不知道未来有多长,如果未来够长,任何可想象之物都有一天会成为可能。事物之不可能,并不是逻辑上不可能,比如上面所引的"龟毛",没有逻辑说乌龟不许长毛。

---

① 钱锺书:《钱锺书集 管锥编 2》,北京:生活·读书·新知三联书店,2019年,第922页。

② 同上。

在西方中世纪逻辑学中,这叫作恶魔的证明(probato diabiolica):要证明某个事物存在,可以拿证据,用归纳;要证明某个事物不存在,就很困难。比如乌鸦都是黑的,这个结论可以用归纳法证明其成立;但说乌鸦绝对没有白色的,就不可能从逻辑上证明。归纳永远是“非全称”,以前欧洲人认为天鹅肯定都是白色的,但后来人们在澳大利亚发现了黑天鹅。

当我们找到了绿毛乌龟,发现所谓的毛其实是它背上长了一种寄生藻类,于是现在这成了“常识有”。莫言有篇小说名字就叫《绿毛乌龟》。又有人见到照片,照片上的兔子竟然有角,可能是畸形变异的结果,我们只能说,这依然还是兔子,兔子有角并非不可能。

2. 分类学不可能

分类学不可能(taxonomical impossiblity),即一件事物具有在事物分类标准上本不可能具有的特征,例如一条狗是不可能飞的,如果能飞起来,那么它就必须改称为另一种动物。这种不可能,与常识不可能类似,只是在突破人类设置的标准。

实际上这种不可能,是所有虚构叙述要突破的最大障碍。我们虚构一个童话,虚构一个民间故事,需要有想象力。这个想象力首先要突破的就是分类学不可能。一个南瓜会思考,一个汤勺会说话,一个老鼠会给猫安地雷,这些我们都已经在童话中见过。母羊生下的婴儿、变成虫子的人类,我们也都在各种叙述作品中见过。

分类学不可能,与常识不可能一样,是虚构必须进入的领域。为什么?因为分类是自然界强加于我们的思维世界的范畴。一个南瓜怎么能思考呢?这不是说绝对没可能,而是实现这种可能性的概率极小。但换成虚构叙述的思维方式,实现这种可能性的概率就相当大。在虚构中,“像”就可以是“是”。虚构最主要的根据是人的想象,而想象是没有界限的。

因为汤勺有个嘴,就应当跟人嘴一样地说话;因为南瓜很像一个脑袋,里面还有瓤,就应当能够思考。所以从这里我们可以看到,分类学不可能,实际上是不可能与可能的混合。只要有一丁点儿相似,人类就可以有根有据地让其进入想象叙述。

3. 反事实不可能

关于反事实可能我们已经讲过几次了,比如,如果太平天国起义军占领了北京,推翻了清朝,中国会变成什么样?这个是反历史事实的,历史既然是已经成为的一个公认的事实,那么它就不可能被推翻。昨天发生的事情,就是已经成了事实。哪怕发生的事件没有必然性,但如果一旦实例化了,就已经成为事实,是必然而不可改变的。

实际上,真正发生的历史事实,只是许多可能的世界演变方式中,唯一被实例化的方式而已,我们没有办法说明它只能绝对如此。已经不可改变,并不能说明逻辑上也必定如此。所以,虚构叙述完全可以让不可能推翻的历史事实,走入另一种可能。

今天读来,晚清小说虽然在写作技巧上比较笨拙,但想象力却很狂放。带着这种认识去读晚清小说,会觉得很有趣。陆士谔是那时在上海办报纸写文章的人,他写的《新水浒》,讲的是1909年清政府要维新了,水浒好汉成立了一个"梁山会"参与维新。每个人各显神通,想办法赚钱,有的开银行,有的办铁路。宋江成立了一个慈善所,到处收集捐款,自己中饱发财;林冲开学堂讲武;扈三娘最厉害,开了个夜总会;只有李逵一分钱没赚到,反而亏了,他做不了生意。

这是一部推想小说(speculative novel)。在原著中,梁山好汉是靠打打杀杀结伙的,但《水浒传》本身就是虚构,根据虚构的虚构,是从一个可能世界延伸到另一个可能世界,形成"共可能性"。想象无边界,而且《新水浒》中的想象很多是以《水浒传》中的可能世界为依据:宋江心计多,他可能擅长通过游说吸引捐款;林冲本来就是武功教练;以扈三娘的姿色,开夜总会真的挺合适。想象有所谓的事实根据,但也能创造一种"反事实不可能"的叙述。

4. 逻辑不可能,准不可能世界

最不可能的就是逻辑不可能,逻辑不可能是绝对不可能。比如排中律，说两个人互相同时比对方高，那是绝对不可能；矛盾律，说同一个命题当中，不能既肯定又否定，不能说他来了又没来。矛盾律可以扩展到两个描述范畴，不可能互相消除对方。1+1=3是不可能的，前面说到“狗非犬”“白狗黑”就是绝对不可能。钱锺书引禅宗公案集《五灯会元》中的两段：“空手把锄头，步行骑水牛”“无手人打无舌人，无舌人道个什么？”说这都是逻辑不可能，因为破坏了基本的概念范畴本身。

那么，“白马非马”这个先秦名学中著名的命题，是不是也是不可能呢？不是。这是个级差问题，范畴级差。因为“白马”是次一层级范畴，“马”是“白马”的上一层次范畴。矛盾律中，两个命题是并行的，“狗非犬”是绝对不可能。

本讲上面说的所有不可能，严格说来都不是不可能，只是可能性实在太小。而逻辑不可能是绝对不可能，但连这种绝对不可能，在虚构叙述当中也会出现，因为虚构叙述不是依照逻辑编出来的，而是通过人的心理活动想象出来的。傅修延教授援引过这个例子：“一树黄梅个个青，响雷落雨满天星；三个和尚四方坐，不言不语口念经。”①这出自童谣《未之有也》。既然童谣能这么唱，人们也就可以理解这样的情景。

人类的心理，当然大部分浸泡在可能性当中，但也会冲破逻辑不可能的限制，有些艺术作品就是靠逻辑不可能吸引观众。例如我们上一讲中讨论的回旋跨层，就是违反因果逻辑，是一种绝对不可能，但它在叙述世界中是可能的。

总结一下：在虚构叙述中，没有物理或生理上的不可能，体能上的、技术上的局限等都是可能突破的，只是当今的条件尚未达到；更没有心理上的不可能，因为虚构本身就是心理活动破除界限的行为；甚至逻辑不可能在想象叙述中都会被突破。所有这些暂时不可能，或绝

---

① 傅修延：《叙述的挑战——通往“不可能的世界”》，《文艺研究》1991年第4期。

对不可能,在叙述世界中都可以变得可能。

在对叙述的分析中,有时不必区分情节中的不可能是何种不可能,可以把它们合成一个集群。“准不可能”(quasi-impossibility),就是真的(逻辑的)不可能,与各种“暂时的”不可能的集合。它们在学理上都是不可能,同时在虚构叙述中也是想象力起作用的主要领域。把不可能变成可能,正是叙述的魅力所在。

第三节　通　达

1. 文本的跨世界通达

为什么叙述学不得不讨论可能世界?因为叙述文本可以构成一个似乎独立的世界。这个被叙述出来的世界,与我们的经验实在世界互相对比而存在,不断地与实在世界交叉穿插,互相借用,互相挑战。可以说,人类文化存在于一个实在世界与叙述文本构成的可能世界互相通达(access)的混合世界中。

英国女王于2002年授予福尔摩斯爵位,同年英国皇家化学学会也授予福尔摩斯荣誉研究员称号。这是被叙述出来的虚构人物第一次得此殊荣。老百姓作为读者认为这个做法并不是搞笑,因为他们对福尔摩斯很了解。这种了解可以比拟甚至超过对一个社会名人的了解,而最关键的是公众认为福尔摩斯是一个“有意识有思想的人”,一个活生生的人。我们信任甚至崇拜的许多文学作品中的人,似乎比我们的邻居更真实。我们崇拜的镇魔关公,与历史上常打败仗的真实的关羽这个人物似乎完全无法互相比较。

文本世界(textual world),有学者称之为“言述宇宙”,就是叙述创造的世界。它有一定的细节饱满度,这个细节饱满度,使我们的感情能够深入,能够寄托。文本世界与实在世界有一个最基本的区别就是,文本世界是通过符号再现出来的,而且是通过叙述细节、有因果的情节再现出来的。虚构叙述则是深入到想象中的可能世界与准不可能世界,构筑起了相对独立于实在世界的一个文本世界。

文本世界跟实在世界的另一个不同之处在于,文本世界是用媒介再现出来的。物质本身的许多品质是超理解的,关于物质的构成,人类至今只理解了很少一部分。物质世界是细节无限的,而人的意识能力有限,但文本再现的部分,都是可理解之物。媒介化的文本,把一切都变成了可理解,把无限性变成了有限性。这几个转变造成了人的意义世界。

文本有一个立足世界,正如上一节我们所讨论的那样,不同体裁的叙述文本,主导立足点不同,有的是立足于实在世界,但立足于实在世界的,也可以有部分以虚构的方式进入可能世界。

例如历史是立足于实在世界,如果一个历史叙述文本的不实之处太多,甚至有意歪曲事实,它还是不是基于实在世界呢?是的。为什么?因为立足世界是由体裁决定的,第九讲说过历史是纪实性的。不是说纪实叙述就是实在。一部历史不可能真正上升为实在,它依然只是创造了一个立足于实在世界的文本世界。而虚构的小说的立足点落在可能世界,它的主导再现立足点,是离开了实在世界。

托尔斯泰的《战争与和平》,按卢卡奇的理论,是穿透了现实本质的作品,但它依然是虚构。如果有位法国历史学家写一部《拿破仑战史》,通篇为拿破仑辩护,不管其中有多少偏见,它都依然是纪实的历史,因为它的叙述立足点是实在世界。这是小说和历史的根本性的不同。对于历史,我们会问,是否写了真相;对于小说,我们会问,是否写出了历史的本质。

体裁区分是一个符用问题,就是我们如何用它,我们如何思考它提出的问题,是把它当作实在世界的一部分,还是当作可能世界的一部分?一封揭发信,完全可能通篇谣言,但它描述的是实在世界,所以会有人针对它做出调查。如果是一篇小说,那就是可能世界,情节的真实与否没法去追究。

虚构叙述世界不等于可能世界,只是它的立足世界在可能世界。

《战争与和平》里，好多内容与历史真实比较接近，甚至可能比历史都写得真实。这里，不能简单地说虚构表现的是可能世界，非虚构表现的是实在世界，奇幻小说表现的是准不可能世界。这样的理解很容易误导人，因为每一个叙述文本都有相当多的部分通达别的世界。

2. 跨世界通达

于是我们就遇到了跨世界通达（cross-world accessibility）问题。任何叙述文本，都不可能全部落在一个世界当中，而是有大量的跨界的成分，有某些情节、某些因素既属于彼世界，也属于此世界；这种情况就是通达。

通达的第一个规律是对应，就是说叙述文本中的事件再现，有可能跟我们的经验世界对应；但不是从经验世界抄过去，而是与某些事件对应。小说中的人物，我们在实在世界当中能找到他们的影子，虽然不会完全等同，但有可以类比的地方。

举一个奇幻叙述的例子，《尼尔斯骑鹅旅行记》，瑞典作家塞尔玛·拉格洛夫写的，讲一个农家小孩，骑着鹅周游世界。一个农家孩子，很少出门，他成天跟家禽打交道，他不会想象别的交通工具，但会想象有只会飞的鹅，带自己到世界各地去。这情节富有实在经验和情感，虽然是不可能世界，但也通达实在世界。

《变形记》中，格里高利变成了甲虫还在为自己不能去上班着急，因为他是公务员，公务员不能随便不上班。《西游记》里，孙悟空跟二郎神斗法，孙悟空逃跑，变成一座庙，但这座庙的旗杆竟然竖在后院。这是幽默的对应：猴子尾巴虽然能变成旗杆，但却只能放在后面，不能变到前面。孙悟空变成"打花的鱼儿，似鲤鱼，尾巴不红；似鳜鱼，花鳞不见；似黑鱼，头上无星……"这些变化都还是被实在世界压制。

通达的第二个规律，是从一个出发世界，通达一个目标世界。叙述如果是纪实的，出发世界就是实在世界，[1]“坐实探虚”。譬如“鸿门宴”，如果我能够遇到司马迁的话，我就会问他这么写有什么根据？是谁的回忆录提供的细节？司马迁不会是没有任何根据的，当然，有根据也不一定是确有其事，但至少能满足今日学术界的要求。

如果是虚构叙述，出发世界就是可能世界，就是“坐虚探实”。格里高利已经在可能世界里成为一只甲虫了，有一段文字写他苦于翻不过身来。在实际生活中，我们可以观察到，甲虫或蜈蚣要自己翻身的确很困难，所以这里的写法是“坐虚探实”。哪怕写的是幻想，幻想中的细节也很多是真实的。细节真实，才能让读者“虚中求信”。

蒂姆·波顿导演的电影《大鱼》(*The Big Fish*)讲一位老人一生喜欢吹嘘他的“亲身经历”，全是一些荒诞不经的事儿。他的儿子是记者，想揭穿这些荒唐故事，结果却发现有许多证据能证明他父亲所言是确有其事。因此整部电影就是“坐虚探实”。儿子寻找父亲生活经历的努力，变成了可能世界和准不可能世界，与实在世界之间一再通达的例证。炫目的故事与枯燥的现实穿插往来，两条故事线以闪回的方式交织在一起，使得这部电影几乎是有意针对通达问题的讲解。

“圣安东尼的诱惑”是基督教宗教画当中一个惯用的题目。圣安东尼是修道院体制的创始人。他为什么要创建修道院？因为要用体制修身捆束，来抵制人生面临的各种各样的诱惑。所以这些画上的诱惑都是尘世的、实在世界的。画家想象出来的各种诱惑，都是在实在世界确实有的事。达利的《圣安东尼的诱惑》是一幅著名的画，这幅画与之前的同题画作不同的是，在中世纪被认为是实实在在的各种诱惑，在达利那里变成了各种心魔。

3. 局部通达

通达不可能全覆盖，这一点要清楚说明。一部电影肯定是要通达

---

① Jan van Looy, “Virtual Recentering: Computer Games and Possible Worlds Theory”, *Image and Narrative*, No. 12, August 2005, p. 124.

现实的，但哪怕是非常现实主义的电影，甚至纪录片，也不会完全落在实在世界范围内。我们说过，再现的文本，其细节量不可能与实在世界的细节无限相比。乔伊斯曾说他的小说集《都柏林人》写得很现实："如果都柏林被毁了，我可以按照我的小说重建。"当然他这是夸张之言，因为任何叙述都只是从实在世界借部分素材而已。

大部分虚构叙述与实在世界的通达，都很局部。电影《猩球大战》(*Planet of Apes*)有三部，讲有了智慧、道德也比人高尚的猩猩，与人类争夺金门大桥一带的故事。中文翻译比较聪明，翻译成"猩球"，这是一个词素的通达。但作为幻想剧，这部电影处处通达实在世界。猩猩当中出了一个领袖，这个领袖的名字叫恺撒。作为领导者，这个猩猩是能骑马的。因为是与现代人争斗，他手里拿的是冲锋枪。这部电影具有通达实在世界的诸种特征。

上文讨论的是从实在世界通达可能世界，或者从可能世界通达实在世界。我们也可以从可能世界通达另一个可能世界，出发世界和目标世界都是可能世界的情况也是有的，这个往往叫作"共同可能性"(compossibility)[①]，或"跨世界综合"(cross-world synthesis)。比如在一度很轰动的魏明伦的川剧《潘金莲》中，不同年代不同民族的女性都上台来了。

《关公战秦琼》是侯宝林的一个相声经典，内容是讽刺人没有历史知识，竟然争论关公跟秦琼谁的武功更高强。相隔几百年的两个人互相打斗，是不可能发生的事件。偏偏侯宝林用一个相声把他们放在同一个文本里面，并且让这两个人比武。侯宝林的虚构叙述把这个事件通达出可能性。类似情节的网络电影，叫《八武将》，八个历史上的武将全部被召唤到一起，可写的事情就多了。

在一个虚构叙述文本中，引用另一个虚构叙述，就是从可能世界到另一个可能世界的通达。比如马尔克斯《百年孤独》写一个葬礼，说

---

① Ashline W. L.,"The Problem of Impossible Fictions",*Style*,1995,pp. 215-234.

这是马孔多镇有史以来最宏大的葬礼,“只有一个世纪后格兰德大妈的葬礼可以与之媲美”。格兰德大妈是马尔克斯的另外一本小说中的人物,那个小说的名字叫《格兰德大妈的葬礼》。这里有一种作家自我调侃的幽默。

伍迪·艾伦的《午夜巴黎》(*Midnight in Paris*)中的主人公是一个不成功的作家,他来到巴黎,跟一战后寓居巴黎的著名艺术家与作家如毕加索、艾略特、海明威等,先后相遇。我喜欢的是这个电影的海报,背景是梵高的《星空》,这是用图像的不可能来代替叙述的不可能。还有卡夫卡《变形记》的插图,也不必老是画一个甲虫在地上扭动。有一幅插图,画的是格里高利的葬礼,葬礼上人们抬的棺材顺着道路弯曲。这也是用图像不可能来比喻叙述不可能,用通达来说明通达。这插图定是高手所作。

通达在实在世界锚定的话,就会让人开始“悬置”对虚构的疑惑。莫言的《红高粱》里,主人公虽然说是“我爷爷”“我奶奶”,小说的第一句却是:“一九三九年古历八月初九,我父亲这个土匪种十四岁多一点。他跟着后来名满天下的传奇英雄余占鳌司令的队伍去胶平公路伏击日本人的汽车队。”1938 年日寇想打通胶平(山东到北平)公路,这是历史事实。小说用历史事实锚定,构成了与实在世界的通达。有了这样一个实在世界的锚定点,小说就可以展开想象了。

有些文本与实在世界的通达点非常微小。比如,麒麟在我们看来是虚构的事物,但“麒”“麟”是“鹿”字旁,这就是个通达,它表示这个是神兽。凤凰,原来这个“凤”当中的“又”是个“鸟”字,就是在表达它是一种飞鸟。哪怕是罗素说的语义顶撞逻辑的命题“当今法国国王是秃头”,这句话是无指称的,但它是通达,因为有法国、有国王、有秃头,这些东西组合起来就似乎顺理成章,就可以貌似说得通。

所以所有符号文本都是部分通达实在世界,它必须有实在世界的影子。不管是现实主义还是非现实主义,任何作品都有部分通达,完全不通达实在世界的文本是看不懂的。比如《安娜·卡列尼娜》虽然是虚构的小说叙述,但首先我们看到安娜的名字,知道她是俄国人,而且知道她丈夫叫卡列宁,还知道19世纪的俄国有火车。所以这些必须是实际存在,有相应的实在世界事物,在此基础上才可能写出可能世界。

4."事奇而理固有"

这是钱锺书指出的通达定则:民间故事、佛经故事中的情节常很奇特,但其中所包含的道理是实在世界固有的。《西游记》中,二郎神与孙悟空斗法,他们两个人你来我往,一个如果变成狼,另一个就变成兔子,兔子比狼跑得快;一个从狼再变成鹰,从空中扑下来抓兔子,另一个再从兔子变成别的……

在实在世界中,本来就是一物降一物,万物彼此一起构成"食物链"。在全世界各地所有关于变身魔法的故事中,都包含着类似的"理",这些"理"在实在世界也说得通。孙悟空既然如此神通广大,翻个筋斗一下就到西天了,为什么也还要历经九九八十一难护送唐僧去取经呢?关于这一点,叙述者必须说出个道理来:去西天取经的唐僧是个凡夫,来自红尘,他只能一步步走到西天,才能彰显他取经之心的虔诚。

《格列佛游记》讲格列佛到了小人国,那里要用很多人力才能捆住他,很多车辆才能搬动他。这也是"事奇而理固有"。"理"就是搬这样的一个重物,按18世纪的技术水平,需要多少人力和设备?计算要大致不差。电影《格列佛游记》曾有一幅长达十多米、三层楼高的海报,挂在伦敦街头,海报背后房子的窗户,大致上就是海报上的小人国居民的高度。这个大海报想说明什么呢?这是想让我们借实在世界之"理",来理解一个可能世界:如果我们就是小人国,格列佛来到我们的世界,就会出现类似海报中这样的场面。这个例子说明,虚构叙述要与实在世界通达了,才有说服力。

通达本身是有文化背景的。孔子著《春秋》绝笔于"获麟",所以对于孔子时代的人来说,麒麟是真有其物的,不然孔子怎么会听说麒麟被打死了,就觉得这一段历史正在终结呢?后来司马迁写《史记》,他认为自己是在继续《春秋》的工作。后来汉武帝打到了一个怪兽,宫廷里的高官贤达、一代知识最丰富的人去辨识,他们说是麒麟。司马迁一听,也说他的《史记》就写到这儿,不写了,为什么呢?因为当时最饱学的人都认为麒麟是真实存在的,"获麟"就意味着历史的终结。

所以,说某物存在,是在我们共享的世界里存在,我们共享的世界是我们心灵的结合。通达构成了一个很长的风格光谱,在叙述文本中,通达关系数量越大,越接近不可能,它的虚构性就越强,幻想也就越强;相反,如果越接近实在世界,那么它的现实性就越强。

5. 艺术产业与可能世界

以上的讨论听起来似乎很玄,但实际上在我们的艺术产业中这是一个很重要的问题。比如某个设计师设计一个景点,就会把实在世界与可能世界结合起来。写一个小说,或编一个剧,都是实在世界与可能世界这两者的结合,结合的时候,两个世界所占比例的大小直接引向不同的结果。

那么有人会问,迪士尼乐园是实在世界还是可能世界呢?很多人可能会回答,它是实在世界。为什么是实在世界?因为直观上它就是现实存在的。那么迪士尼乐园中的白雪公主,是现实存在的吗?乐园里一个中国女孩扮演的黑发黑眼睛的白雪公主,到底是属于实在世界还是可能世界呢?

这个问题是在问各位同学:你们如何理解当今各种旅游设计?我认为城堡与演员都是媒介,演员扮成故事里的人物,就如舞台上演出的是个虚构叙述文本,而不是实在的。整个乐园实际上是个虚构叙述文本,是个旅游业演出的可能世界。哪怕它是实实在在一块块砖瓦建立起来的,也都只是道具。所以迪士尼乐园是通达实在世界的可能世界的叙述文本,是一场演出。就像舞台上演出的一切都是个文本一样,乐园里演出的一切也不是现实世界,只不过演出的演员、剧场、背景、服装,都是从现实中借取的实物,也就是文本元素通达实在而已。所有的主题公园,其实都可以说是用通达实在世界来再现一个可能世界。

许多文化活动其实都是可能世界与实在世界的来回通达。如果主题是实在的,例如春节晚会,是“坐实探虚”为主导;如果主题是虚构的,例如端午节赛龙舟,则是“坐虚探实”为主导。这个原则可以用来审视许多旅游景点的设计、展览会的设计,或者节庆游行的设计,这些都是广义的演出,是媒介化的可能世界文本。

看一些超现实主义的艺术作品,比如绘画或雕塑,我们会觉得是绝对不可能的,比如人不会变得像毕加索的《阿维农少女》画上的那样,由几大块色块结合起来。按照我们的实在世界的常识,这是不可能,但并不是逻辑上的绝对不可能。我们的常识是不够的,人类生活在这个世界上才几万年而已,在整个宇宙的漫长的历史上,可以说我们是最后一秒钟才出现的。所以除非逻辑绝对不可能的,其他都是准不可能。

这种艺术上的准不可能甚至可以把逻辑不可能也结合起来。我再三强调这一点:逻辑不可能可以进入虚构叙述,我们的叙述、电影等如果完全排除逻辑不可能的话就很难充分展开。乔姆斯基有一句著名的话:“无色的绿思狂暴地沉睡”①,我们讲符号学的时候已经说过,这是逻辑上绝对不可能,因为无色和绿色是违反矛盾律的。但这样的诗句,就有可能在文学当中出现。

当虚构世界通达不可能世界的时候,有很多论者认为这样的小说无益于艺术。多勒采尔认为,“文学虽然提供了建构不可能世界的手段,但却以挫败了整个事业为代价”②,也就是说这样的文学不像文学

---

① Noam Chomsky, *Syntactic Structures*, The Hague: Mouton, 1957, p. 15.

② Lubomir Dolezel, “Possible Worlds in Literary Fiction”, in Sture Allen, (ed.) *Possible Worlds in Humanities, Arts and Sciences*, Berlin: Walter de Gruyter, 1989, p. 239.

了。迈特尔也说,“不是说这种作品没有价值,而是除了高度娱乐性之外,它使我们质疑不可能概念本身”①。这两位恐怕都太保守了,本讲义前面已经讨论过许多逻辑不可能的叙述艺术。

著名的比利时超现实主义画家瑞内·马格利特,就专门画各种不可能。比如悬空的城堡,当然不可能了,这么重的东西怎么会悬在空中?引力不是万有的吗?可以说它属于准不可能世界。《阿凡达》的世界不也是悬在空中的吗?也没有谁抗议这电影不可能吧?《阿凡达》实际上是在张家界取景的,但悬空山峰这个灵感来自马格利特。

马格利特最有名的一幅画,题为《无签名》(*Sans Signe*),画的是一位女士骑着马,在丛林的背景上穿过几株树。骑马的女士和她的马,到底是在树前,还是在树后?画中的这些树要么是前景,要么是背景,不可能前景遮住背景或相反,这是这两个词最起码的意思。但在这幅画中,前景和背景互相错开重叠。骑马者、树干、背后的绿荫,三者互相交叉,这个是绝对的逻辑不可能。但哪怕逻辑不可能,也能成为一幅画中的叙述世界。

6. 叙述如何跨入绝对不可能?

这本讲义说到过的多种叙述,已经跨入了准不可能世界,我们也审视了绝对不可能世界。现在可以总结一下。

第一种不可能是自相矛盾。文本是一个世界,本身要有“理”,哪怕是由一些作品形成的文本系列,系列内部彼此之间也不能有内部矛盾,但实际上对照起来的话,矛盾的地方总是有的。《福尔摩斯探案集》这个系列里说华生医生受过伤,但在系列里,有的小说说他是伤在腿上,有的小说说他是伤在肩上。我们可以说这是作者的疏漏,也可以说这是小说而已,不必认真。

钱锺书有一个情结,我觉得挺有趣:他专门喜欢挑那些名声显赫

---

① Doreen Maitre, *Literature & Possible Worlds*, London: Middlesex Polytechnic Press, 1983, p. 17.

的作家诗人的错。钱锺书指出,《楚辞》中主人公的坐骑是飞龙,既然飞龙有翼,那么就不可能无法渡过赤水,但它却"有待于津梁","津梁"就是桥,你的坐骑是有翼的飞龙,竟然还要桥,这不是矛盾吗?

第二种不可能是平行宇宙。到现在为止,平行宇宙在物理上只是设想,无法证明,但逻辑上不可能,在小说叙述中却可以有,比如"多选择"叙述。最著名的例子是《罗拉快跑》。这些平行宇宙往往在作品当中有个分叉点,从那里开始不一样,这是一种关于世界构筑的寓言。所有的叙述世界都是类似上帝的叙述者创造的,但此类叙述更进一步,它在描写上帝的工作:从几个世界当中挑选一个世界,一旦发现这个世界是失败的,则另选一个。

第三种不可能是时间旅行。我们曾在第六讲中讨论时间问题,已经谈过"前因后果"的逻辑原则。只要叙述是线性时间的,就必须是前因后果,原因必须发生在前面,后果必须发生在后面。由此看当代叙述中经常出现的关于时间旅行的情节:旅行到未来没关系,没有违反逻辑的事;但回到过去就出现了逻辑麻烦,因为它违反前因后果。物理学上说,物体的运动一旦超过光速,就可以回到过去,但超光速在理论上都没有说通,更没有实验或观察证据。在叙述文本中,穿越到过去,现在却成了特别喜欢用的情节配置。

从逻辑上说,改变过去就会改变现在。所有穿越时间的情节最大的悖论是,让你回到过去,但是对不起,你不能改变任何东西,不然就破坏了"现在",失去了穿越的出发点。所以穿越电影常拿来做文章的,是两种情节:一种是"我"现在很衰,是个失败者,但回到过去"我"就是个成功者,"我"有前人所没有的对"未来"的理解,在那里"我"就是个超人。所以很多穿越剧都是所谓过瘾的爽剧。第二种情节设置,是个反向逻辑:如果"我"不回到过去,历史就不可能是现在这个样子,我们也就不会存在。因此,"我"的回到过去是为了保证历史"按至今的样子"发展,之后才会出现"我"出发的现在,因为"我"知道历史应当是什么样子。

霍金说万一时间旅行可以实现的话，千万别改变任何历史，因为你改变历史的时候我们就没了，我们是后果，你不能把前因给变了，“只有疯狂的科学家才会想要回到过去颠倒因果”。霍金的担心也太多了，回到过去是绝对不可能，因为违反了逻辑最基本的顺序，这是虚构叙述中“事奇而理故有”，是通达实在的限制。当然，另一方面，在叙述文本中，越是不可能，越能够激发想象。

在电影《夏洛特烦恼》中，主人公回到过去，唱出朴树、许巍的歌，就此一举成名，登上乐坛顶峰，掌握了歌坛话语权。他只是把现在的前理解变成过去的高明能力。但周杰伦出来了，他不得不让位，因为唱歌能力，不是仅仅靠历史的后来居上的优势就能获得的。

回到过去的历史回旋搞得最复杂的，可能是海因莱因的小说《你们这些还魂尸》(*All You Zombies*)，改编成电影后名为《前目的地》。故事讲的是过去发生了火灾，主人公想回到过去阻止火灾的发生，但回到过去他才发现，正是因为他回到过去才发生了火灾，所以他穿越到过去，不但无法改变历史，而且还加强了它，因为历史已经写定了。火灾的结果固然是使今日蒙受灾难，但要回到过去阻止这场火灾，反而达到了历史的目的，这就叫前定目的。

这个电影的另一部分情节，说的是1965年，某女孩爱上了某先生，但某先生忽然就消失不见了。这个女生很愤怒，于是把自己的性别改为男性，一定要回到20年前去枪杀这个男的。结果他(她)发现，那个女的爱上的竟然是他自己，那时候怎么办？某先生依然要失踪，依然要背叛这个女人。这个时间差可以穿越，但逻辑差就没法弥补。

第四种不可能是回旋跨层。我们在第十讲讨论分层时详细说过了，这里就略过。它的时间差可以弥补，逻辑差也依然在，因为叙述世界与被叙述出来的世界，逻辑上是有分隔的。回旋跨层是把叙述过程反过来放进叙述中，因此也是在再现叙述世界的创造。

也就是说，回旋跨层产生的准不可能世界，不仅可以比拟上帝如何创造世界，而且可以比拟世界如何创造世界的神。幻想和奇幻小说可以借三界通达完成艺术奇迹，三个世界一旦拉通了，幻想就会漫无边际。

不过恐怕我们还是在此打住，不然头脑控制不住思想实验飞翔的边界，弄到不知所以然，未免太自我膨胀了。从这个角度回头一看，就知道人实际上有多么卑微。